VOYAGES

DE

LOUIS GARNERAY

AVENTURES

COMBATS, EXPLOITS

DES

MARINS FRANÇAIS

NOUVELLE ÉDITION REVUE

LIMOGES

EUGÈNE ARDANT ET Cⁱᵉ, ÉDITEURS

L'HONNEUR DES AUBERT

PETIT IN-FOLIO

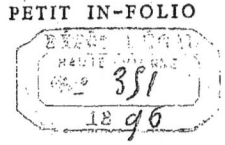

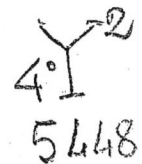

Une troupe de fillettes s'élançait en une ronde folâtre (page 10)

Jeanne FRANCE & Achille MAGNIER

L'Honneur des Aubert

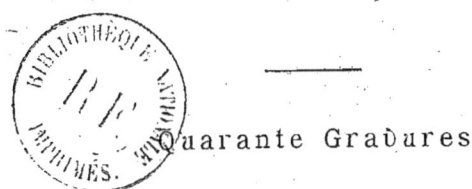

Quarante Gravures

LIMOGES

EUGÈNE ARDANT & Cie

ÉDITEURS

Première Partie

Mirage Parisien

Les jeunes gens installaient la traditionnelle partie de boules (page 10)

L'HONNEUR DES AUBERT

Première Partie

MIRAGE PARISIEN

CHAPITRE Ier

LE LONG DU VAL

Notre maisonnette
Est sous les liserons ;
Dans un bonheur honnête,
Nous y demeurons,
Dans notre maisonnette,
Sous les liserons !

9

> « Accourez, fillettes
> Vers le val accourons,
> Cueillir pâquerettes,
> Et danser en rond! »

 ANS un véritable emportement d'allégresse enfantine, une troupe de fillettes de dix à quinze ans s'élançait en une ronde folâtre à travers la vallée, alerte et bruyante comme une volée d'oiseaux au lâcher d'une volière. C'était, pour tous les habitants de *Valmirey*, une journée de joyeuse récréation que ce Lundi de Pâques, journée d'autant plus joyeuse que la nature offrait un cadre délicieux à l'allégresse générale, et que c'était sous le rayonnement d'un clair soleil d'avril, que l'on voyait, çà et là, se promener les villageois endimanchés.

Réunis par groupes, tous venaient de faire un bon goûter champêtre, au lieu de rendez-vous habituel, sous l'ombre des ormes de la *Belle-Avenue*, au bord du ruisseau des *Vives-Eaux*, traçant son lacet sinueux et miroitant au fond du val.

Et pendant que les fillettes dansaient leur folle ronde, que les bambins organisaient une grande partie de cachette, les jeunes gens installaient la traditionnelle partie de boules, et les ménagères soigneuses lavaient et rangeaient les ustensiles du repas.

Non loin d'elles, quelques vieillards demeuraient assis dans une béate inertie, se réchauffant au bon soleil, remontant le cours de leurs souvenirs, parlant du passé, de leurs jeunes années, comme si tout cela était d'hier, regardant avec complaisance cette folle jeunesse qui pousse, qui les chasse.

Quelques hommes mûrs fumaient, ou faisaient une partie de cartes, *jouant la bière*. D'autres se promenaient, isolés ou en groupe.

Tout semblait repos et poétique bonheur. Hélas ! comme partout, comme toujours, il y avait des cœurs attristés, des esprits inquiets, dans le gracieux vallon, en ce radieux jour de fête.

Un peu à l'écart, deux femmes s'entretenaient confidentiellement ; l'une d'elles avait environ quarante ans ; l'air doux et triste, simplement, mais confortablement habillée, elle paraissait soulagée de conter ses peines à une oreille amie ; l'autre femme, plus âgée, presque pauvre en sa mise très propre, type de vieille fille résignée et serviable, l'écoutait avec une sympathie que quelques mots révélaient de temps à autre.

— Vous qu'on croit si heureuse, ma pauvre Madeleine Aubert, vous qu'on envie ! Est-ce bien possible ?... Personne n'est donc heureux en ce monde ?

Et la femme triste et douce qu'on nommait Madeleine Aubert continuait son mélancolique récit, dépeignant ce rongeur amour-propre, cette soif de l'inconnu, du luxe, du plaisir, qui avaient envahi peu à peu son mari et sa fille. Ce bon Jacques, qui l'avait tant chérie, qu'elle s'était toujours efforcée d'entourer de délicates prévenances, de douce affection ! cette gentille Clairette, intelligente et jolie, aimante et bonne au fond, sa mère en répondait !... tous deux lui échappaient, leurs idées s'envolaient ailleurs ; quelque jour ils voudraient quitter le sol natal, s'installer en quelque grande ville, et elle, Madeleine, en mourrait, elle le sentait bien : cette pensée la désespérait...

— Riches comme vous êtes ! — faisait la vieille fille, pendant que Mᵐᵉ Aubert essuyait ses yeux gonflés de larmes. — Posséder les terres de l'*Abbaye,* les plus belles du canton, et ne pas se trouver satisfaits ! C'est-il bien possible ! Votre Claire épouserait qui elle voudrait dans le pays!

— J'avais fait un beau rêve pour elle — reprenait tristement Madeleine. — J'aurais aimé la marier au neveu de mon mari, ce brave Charles Aubert, si sage et si bon, un vrai travailleur, aussi fortuné que nous.. Si nous nous éloignons, tout est fini.

Tenez, Reinette, regardez-la, — continua avec vivacité la mère. — La voyez-vous ? Les autres s'amusent, sans souci, toutes à la folle ronde ; elle seule s'en détache, dédaigneuse. Sa cousine Lucette cherche à la ramener... elle n'y parviendra pas. . . . .

. . . .

L'essaim des fillettes avait pris sa grande envolée autour des ormes, disparaissant et surgissant, tour à tour, parmi les buissons et les replis du terrain, chacune apportant sa joie exultante, surexcitée par la gaieté universelle de ce jour de fête, auquel la nature prêtait si riant décor; chacune s'exaltant encore au mouvement de la course juvénile , et à la note irrésistible de la ronde populaire ; chacune rivalisant à dominer, surtout aux reprises et aux finales, de son timbre perçant et rieur :

« Aux yeux font risette
Ces gentils environs ;
Bien que, sans étiquette,
En paix nous admirons.
A nos yeux font risette
Ces gais environs !

» Accourez fillettes,
Vers le val accourons,
Cueillir pâquerettes
Et danser en rond ! »

Deux jeunes filles, toutefois, se montraient dans leurs ébats plus modérées que leurs compagnes. Déjà l'une d'elles, — une grande fille de quinze ans, — se retirait du groupe, l'air ennuyé et dédaigneux.

— Tu t'en vas, Clairette ? — lui demandait aussitôt d'un ton d'affectueux regret, une fillette un peu plus jeune qu'elle, et que l'on eût pu prendre pour sa sœur cadette.

Elles se ressemblaient, sérieuses l'une et l'autre, mais avec une gravité de caractère bien différent : douce et sympathique chez la plus jeune, froide et hautaine chez l'aînée.

— Que veux-tu que je fasse avec ces petites filles ? — répondait celle-ci d'un ton méprisant. — Ces jeux d'enfants ne m'amusent plus, moi. Je vais rejoindre les grandes, causer avec elles, en nous promenant du côté de l'Abbaye.

— Mais nous allons aussi de ce côté. Et puis, mon frère doit avoir avec lui son inséparable flûte. Viens donc, nous le prierons de nous jouer la ronde, que nous continuerons en musique ; ce sera plus amusant !

— Non, j'aime beaucoup mieux causer avec les grandes que de jouer avec les petites. D'ailleurs, il y a les demoiselles Livarey, qui sont une meilleure compagnie.

— Laisse-là donc aller, cette princesse, s'écria une petite personne contrefaite, qui n'était pas toutefois des plus jeunes de la troupe, et que l'on appelait : *la Nabote*. Elle t'a dit le vrai mot, Lucette : Il y a des demoiselles, là-bas ; et nous ne sommes que des paysannes... comme elle, après tout.

— Bon débarras ! tintèrent gaiement plusieurs voix de façon à être entendues de la jeune fille qui s'éloignait.

— Vous n'êtes pas charitables, Mesdemoiselles, — reprenait gravement la douce Lucette, — vous savez bien que Clairette est notre aînée. C'est son droit de ne plus s'amuser avec nous.

— Comme c'est notre droit à nous, de la laisser pour qui elle veut être, — reprenait la petite personne laide qui avait eu à subir maintes fois un mépris dont elle se vengeait. — Elle n'est pas fille de roi ; toi, sa cousine, tu pourrais être aussi fière qu'elle ; mais personne ne pense à *t'actionner*, toi, parce que tu as de bonnes façons avec tout le monde.

Mais déjà Lucette se dirigeait du côté du jeu de boules, hêlant l'un des joueurs qui répondait au nom de Charlot.

Charles Aubert, le frère de Lucette, était un grand jeune homme brun, de dix-sept ans, à la mine sympathique et intelligente. A un certain degré d'instruction il joignait un modeste talent d'artiste, un véritable goût pour la musique, à laquelle il consacrait les loisirs que lui laissait la tâche rurale.

Ainsi que sa sœur, il était aimé de tous pour les qualités de son cœur et de son esprit ; et cette sympathie s'augmentait encore de celle acquise au musicien en retour du plaisir procuré à tous par sa distraction favorite, quand, après le labeur du jour, tout en reposant à l'air attiédi leurs membres fatigués, les paysans écoutaient avec une douce émotion, les airs naïfs, les notes souples, moëlleuses et vibrantes qu'il jetait dans le calme profond des soirs d'été.

Bientôt, cédant à la prière de sa sœur, il se décidait à la suivre, accordant sa flûte à la ronde familière qu'il exécutait d'ailleurs avec une rare perfection.

Et les notes alertes, sautillantes, enlevaient dans un redoublement de furia enfantine la jeune troupe, qui dévalait plus rapide encore, avec de nombreux zigzags, dans la direction de l'Abbaye.

Ainsi s'achevait la *Ronde du Val*, quitte à revenir ensuite indéfiniment aux mêmes couplets cent fois répétés.

« Chante l'Alouette
Dès le Minet-patron,
Et le coq à tue-tête
Y sonne du clairon,
Quand chante l'Alouette
    Dès Minet-patron !

» Accourez fillettes, etc.

» Le ruisseau caquète
Glissant sous les vieux troncs ;
La rive s'y reflète,
Et nous nous y mirons,
Au ruisseau qui caquète
    Le long des vieux troncs !

» Accourez, fillettes, etc.

» La bergeronnette,
Les linots, les pinsons,
Y faisant leur toilette,
Répètent leurs chansons.
O gué bergeronnette,
    Linots et pinsons !

» Accourez fillettes, etc.

» Le printemps apprête
Fleurettes et fleurons,
Dans la campagne en fête,
Et nous y fêterons ;
Le printemps nous apprête,
    Fleurettes, fleurons !

» Accourez fillettes,
Fillettes accourons,
Cueillir pâquerettes,
    Et danser en rond ! »

Voilà le bel âge, l'âge heureux ! proclamait l'aïeul attendri (page 18)

CHAPITRE II

L'INSTITUTEUR

BIENTOT la ronde venait évoluer auprès d'un groupe de trois promeneurs, vite dépassés ; paysans graves, discutant sur des questions agricoles.

Interrompant leur conversation, tous trois jetèrent un regard ému vers cette jeunesse heureuse d'une joie innocente et saine.

— Petit Père ! s'écriait Lucette en passant, avec un accent et un regard caressant à l'adresse de celui qu'elle avait interpellé, sans autre motif d'ailleurs, et qui lui répondait par un affectueux sourire.

— Grand-père ! s'exclamait à son tour la Nabote, en s'adressant au plus âgé des trois.

17

— Oui, je te vois ; amuse-toi bien, fifille, répondait l'aïeul, un petit vieillard, vif, replet et sanguin à face rougeaude, parlant à tout propos et avec volubilité.

— Tiens ! Clairette n'est pas de la partie, murmurait un peu songeur, l'homme qui n'avait pas été appelé. C'était Jacques Aubert.

— Voilà le bel âge, l'âge heureux ! proclamait avec une nuance de regret, l'aïeul attendri.

— Vous auriez raison, père Cavirot, répondait Jacques Aubert, si à cet âge on était seulement capable de désirer le bonheur, de le comprendre, de savoir ce que c'est.

— Certes ! le bonheur n'est pas toujours tel que croient le comprendre les plus malins, répliquait le père de Lucette, Nicolas Aubert. C'est une machine délicate qui ne fonctionne plus dès qu'on la complique ou qu'on la surcharge trop. Il me semble que ces enfants ont pleine conscience de leur bonheur ; leur conviction est assez éclatante.

Les meilleurs philosophes sont encore ceux qui savent être simples dans leurs goûts et dans leurs désirs ; ceux qui savent se contenter de ce qu'ils ont, concluait-il d'un ton significatif comme une leçon.

— Soit ! je sais où tu veux en venir ; nous reparlerons de cela, grondait le père de Clairette.

Toujours remuant, soit en parlant, soit en écoutant, Cavirot avait tourné la tête en arrière.

— Tiens ! s'exclama-t-il, voici notre nouveau magister, M. Bernier. En voilà un qui est de mon bord, pas fier avec le paysan, et qui me revient tout à fait.

— Bonjour Messieurs, faisait le nouvel arrivant. Mrs Aubert, M. Cavirot, j'ai l'honneur de vous saluer.

— Votre serviteur ; bien le bonjour ; honneur et joie ! M. le Maître, — répondait le vieillard loquace, tandis que ses compagnons rendaient non moins poliment,

mais plus discrètement le salut. — A la bonne heure!
vous reconnaissez les gens, et vous ne *béguez* pas
pour les appeler par leur nom. Oui, c'est bien moi,
Jean Cavirot, dit *Tonton*, un *faux briquet* (sobriquet)
qu'*ils* me donnent dans le pays. Vous pouvez demander
à ces Messieurs que voilà, ce que je leur disais justement en vous voyant arriver . que vous n'étiez point
fiérot ni dédaigneux avec le paysan; oh! pas pour un
sou!

— Pourquoi serais-je plus fier que vous, M. Cavirot?
je suis comme vous, un paysan-né. Votre carrière n'est
pas moins honorable que la mienne, et plus indépen-
dante; parfois je l'envie; ou plutôt, je regrette cette
carrière qui eût dû être la mienne. Le cultivateur est
le premier artisan, le plus nécessaire; et il peut avoir sa
fierté.

— Pour le sûr! Voilà qui est bien parlé. Çà prouve
que vous avez plus d'esprit que votre devancier.

— Moi, j'ai toujours trouvé M. Henrion assez convenable, très affable, rectifiait Nicolas Aubert.

— Oui, vous, je ne dis pas, Messieurs les Aubert,
parce que vous êtes des gens bien, des gens éduqués,
qu'on vous a mis au collège dans le temps. Mais avec
moi, il avait toujours un air de deux airs, et même
souvent il me *riotait* au nez, et il me reprenait, parce
que je ne savais pas parler *en termes*. Si je lui avais
mis en main la charrue ou la faux, il aurait peut être
encore été plus emprunté pour s'en servir que moi
pour parler. Est-ce que c'est mon métier à moi de parler *en termes?* Mais je me fais comprendre quand
même, n'est-ce pas, M. le Maître?

Et puis, si j'avais été acheter de l'esprit au collège,
moi aussi, j'aurais même pu devenir un avocat!.. Tel
que vous me voyez, je vous fais la *pariure* de parler

deux heures de temps sans décesser, et sans vous répéter la même chose.

— Je n'en doute nullement, M. Cavirot, je vous crois sans parier, — affirmait l'instituteur avec un discret sourire. — Mais ne regrettez rien, la vie est généralement plus paisible et plus heureuse dans la carrière où l'on est né, que dans toutes celles vers lesquelles nous pousse l'ambition, vers cet inconnu pour lequel on lutte, sans l'atteindre toujours.

— Partout les pierres sont dures, — confirmait Nicolas Aubert, — et celles de la ville plus encore que celles de la campagne. Je pose en principe que la campagne est le lieu où l'on souffre le moins de la misère la plus grande, et où l'on jouit le mieux de la plus modeste aisance.

— Paradoxe facile, — reprenait vivement Jacques. — Mais tu ne parles que d'une modeste aisance, à l'exclusion des grandes fortunes. Est-ce à la campagne que l'on peut facilement, rapidement les édifier... ou même en jouir?

— Je n'ai pas à répondre à ceci, parce que je considère la généralité et non l'exception, parce que je considère le bonheur, ou simplement, si tu préfères l'appeler ainsi, la vie simple et paisible, et non pas la fortune et les grands courants d'une existence impétueuse. Mon sentiment, que je suis très heureux de voir partagé par un homme tel que M. Bernier, c'est que le séjour de la campagne a bien des charmes, c'est que l'état de cultivateur, à la condition toutefois de dominer sa situation, à bien des privilèges dont l'équivalent ne se rencontre pas toujours ailleurs.

— Bravo! Voilà une excellente vérité, et parfaitement formulée, M. Aubert, — appuyait l'Instituteur. — Permettez-moi d'ajouter que la communauté de sentiments que vous venez d'affirmer est parfaite, et toute sympathique. Et, s'il m'est permis de parler de moi je répèterai que je regrette parfois (notez bien que je dis parfois seulement) cette carrière qui était la mienne.

— Vous êtes né cultivateur?

— Oui Monsieur, mon père est un cultivateur aisé; mes frères et sœurs sont avec lui, ou établis auprès de lui, et tous se trouvent heureux. Non pas que je me croie malheureux, que ma carrière me déplaise et que je veuille vous présenter ici une antithèse qu'il serait facile de rencontrer ailleurs. J'ai le goût du travail et une ambition très bornée ; avec cela on sait se contenter de son sort.

A l'école primaire du village, je montrais une certaine aptitude, une certaine application à l'étude, je faisais des progrès assez encourageants pour que mon père, sollicité par l'instituteur, conçut à mon sujet une ambition exagérée, ambition que je devais d'autant moins justifier que je ne la partageai jamais, surtout dans ce qu'elle avait d'excessif. Après quelques années de travail, poussé par mon père, je choisis précisément la modeste carrière d'instituteur parce qu'elle me promettait le séjour de la campagne.

Je fus l'un des bons élèves de l'Ecole Normale ; je conquis assez facilement mon titre et ma situation d'instituteur; mais je ne visai pas plus haut. Je ne me sentais ni le tempérament, ni l'ambition d'un homme supérieur; cela n'est pas donné à tous. Je ne me faisais aucune illusion sur ce que pouvait être cet assaut des postes et des honneurs par une armée de postulants diplomés. Je ne me sentais pas taillé pour la haute lutte; au fond j'étais, je suis resté un rural.

J'ai bien, avec l'amour du devoir, le goût de mon état ; l'hiver, je suis un instituteur et rien autre. Mais je vous avoue qu'à l'apparition des premiers rayons de soleil, des premières feuilles, des premières chansons, aussitôt le renouveau de la nature, je suis comme un oiseau en cage avec des tentations folles de m'échapper, de courir l'école buissonnière, de m'emparer d'un outil, dans un besoin physique d'agir, de me griser de soleil et de grand air parfumé. Vous comprenez cela, n'est-ce pas ?

— Oui-dà, pour le sûr ! — s'empressait de répondre Cavirot. — Passe encore au fort de l'hiver, d'être un tantinet encaserné, mais faudrait voir essayer de vous retenir quand le coucou se met à chanter ! je ne ferais pas ce marché là pour une couronne !

— Tout çà, c'est affaire d'habitude, risquait Jacques Aubert, désireux de conclure par une formule banale.

— Je ne sais si vous avez bien traduit votre pensée, M. Aubert, reprenait M. Bernier. Vous me pardonnerez de n'être que trop d'accord avec vous en constatant cette force de l'habitude qui devient, dit-on, une seconde nature, surtout alors qu'il s'agit de l'influence du milieu d'origine et de développement ; cela agit sur certaines natures comme sur certaines plantes que l'on veut désacclimater.

Pardonnez-moi d'avoir insisté là-dessus ; c'est précisément parce que je constate que je ne puis plus me déshabituer de la vie champêtre au prix d'une autre habitude. Bien que je me donne autant que possible la clé des champs, elle me sollicite sans cesse comme une nécessité physique et cela se traduit par certains malaises, à tel point que mon médecin m'a déjà conseillé de quitter l'instruction pour retourner à la terre.

Après ce discours, l'instituteur se tut subitement, un peu confus d'avoir tant parlé de lui, puis la conversation retomba dans des généralités, soutenue toutefois par l'*avocat manqué,* qui non moins curieux que loquace, jetait à brûle pourpoint cette question :

— Et vous allez comme ça, M. le Maître ?... du côté de l'Abbaye ?

— Mais oui ; je vais rendre visite à notre châtelain, M. Lorenchet de Valmirey.

— Oh ! vous pouvez bien dire Lorenchet tout court : c'est déjà trop d'honneur pour ce gaillard là. Il a aussi son *faux briquet ;* nous l'appelons : le *Crochous*, un nom qu'il a hérité de son père et de son grand-père ; ce qui prouve que bon chien chasse de race. N'est-ce pas vrai, dites, les Aubert ?

Jacques se taisait, tandis que Nicolas répondait qu'il ne savait pas grand'chose, sinon que Lorenchet était connu sous ces noms patois de Crocheux ou Crochous, qui signifiaient en français : Crochu, mais qu'il avait l'habitude de laisser les gens pour ce qu'ils sont.

— Mais vous savez bien ce qu'il est, le Crochu, s'obstinait le vieillard, exigeant un assentiment. Pas moins, vous savez bien ce qu'on en dit, et l'on ne dit jamais *vache grivelée, sans qu'il n'y ait quelque tache !*

— Vous ne ménagez pas assez les gens, pas plus que vous ne ménagez vos termes, ni votre langue, père Tonton, répliquait tout à coup Jacques, visiblement impatienté.

— Oh ! je sais bien ! vous êtes encore comme M. Henrion, vous. A vous entendre, je ne cause qu'à bâtons rompus, et pas dans les principes. Je n'ai encore rien dit ; mais quel mal y aurait-il à crier casse-cou aux braves gens qui ne connaissent pas le terrain et à montrer le Crochous tel qu'il est.

— M. de Valmirey est tout aussi honnête que vous, et moins sot, ce qui est fort heureux pour lui, déclarait insolemment Jacques prenant ainsi ouvertement fait et cause pour le châtelain.

— Dis-donc, M. Jacquot, c'est-il ton brave homme de père qui t'a appris à *insolenter* les vieux ? Il ne m'en a jamais tant dit, malgré que nous étions cousins et de la même année de *circonscription*, ni ton frère

Colas, non plus, qui est plus aîné que toi. Et puis, c'est-il par leur ordre que tu fréquentes le Crochous, dis ?

L'incident tournait à la querelle entre les deux hommes. L'aîné des Aubert s'interposa pour la conjurer, apaisant son frère qu'il voyait prêt à la riposte, et comme ils se trouvaient précisément à la bifurcation d'un sentier, il l'entraîna dans les champs, sous prétexte de lui faire vérifier une expérience de céréales hybrides.

Vous avez peut être entendu parler de ce temps, qu'il y avait des seigneurs (page 27)

CHAPITRE III

L'USURIER ET LE MOINE

CE sont les deux frères, — reprenait le vieux paysan en poursuivant son chemin avec l'instituteur, — c'est la crême des honnêtes gens ; mais comme caractères c'est de l'eau et du vin ; c'est tout comme vous M. le Maître, sauf vot' respect avec M. Henrion.

Colas est comme était son père, comme sont ses deux enfants, *bonnes gens, bonnes gens.* Mais l'autre, çà vous a un ton d'arrogance, comme vous avez vu ; on ne l'appelle que le *Monsieur,* parce qu'il a toujours l'air de se distinguer sur le paysan.

Pour ce qui est de sa femme, on ne peut en dire que

du bien; avenante et entendue en tout. C'est éduqué, et
pas moins, sans fierté, et tout à fait de notre genre.

Mais il y a leur petite, qui est grande, et qui est le
vrai *poltrait* (portrait) de son père; çà fait des manières
de grande demoiselle; çà ne cherche qu'à se décontenancer. Çà fait pitié !

Si je dis tout çà, vous comprenez que c'est pas par
malveillance contre eux, bien du contraire, c'est par
intérêt, à cause du père, qui était mon ami d'*antiquité*
et mon cousin au-dessus de germain (issu de germain)
par ma mère qui était une Aubert. Pour ce qui est de
l'honneur, les Cavirot peuvent lever la tête; mais on
n'est pas louis d'or; y a nul qui n'ait d'ennemi et nul
qui soit parfait. Pas moins, quand on parle des Aubert,
c'est à part, c'est au-dessus de tout pour la *braveté*, la
probité l'honneur et tout. Un jour je vous raconterai,
en buvant une bouteille, (chez vous si vous voulez), des
tas d'histoires sur les vaillances et les honnêtetés de
ces gens-là, et comment ce que « l'Honneur des Aubert,
Brave comme les Aubert » etc., çà se dit comme les vieux
dit-on (dictons) du pays.

— Oui, j'ai déjà bien entendu citer leur nom en exemple. N'appelle-t-on pas aussi l'aîné : « le Bon Conseiller ?»

— Çà, oui ! c'est le nom qu'on lui donne tant par aux
alentours, comme à son père, parce qu'il est savant,
servissant, et juste et tout, et qu'il connaît mieux la loi
et la vraie justice que les juges et les avocats, et qu'il
arrange vite, pour rien, et bien mieux que quand çà coûte
cher, tous ceux qui ont des différences, au lieu que les
avoués les auraient embrouillés esqueprès (exprès).

Mais depuis quéque temps, Jacquot le Monsieur, ne
sort plus de cette *tarnière* (tanière) du Crochu, çà ne me
dit rien qui vaille. Quand on est propre, faut prendre
garde de se salir; voilà pourquoi j'ai causé, pour lui,

et aussi un petit peu pour vous, sauf vot' respect, M. le Maître, parce qu'un homme averti en vaut dix.

— Je ne puis que vous remercier M. Cavirot. Je ne rends qu'une visite de politesse au propriétaire de l'Abbaye ; je n'ancrerai pas autrement mes relations, si le personnage est notoirement mal famé et mérite sa réputation.

En ce cas, vous pouvez me dire, et je vous en prie, sur quoi se base cette réputation. Il n'y a nulle médisance dans ces conditions, et c'est un service à me rendre.

— Entendu ! vous comprenez bien, Monsieur, que c'est pas de mauvaiseté, bien du contraire, si je vous reconte çà, et je peux vous en parler savamment, attendu que je connais les Crochous de plusieurs *dégénérations* (générations). J'ai soixante-dix ans ; je suis de 15, nous v'là en 85, comptez.

Je me rappelle bien de l'*Aïeu* de celui-ci : Claude Lorenchet ; il est mort qu'il avait mon âge, l'âge que j'ai aujourd'hui, et moi, de ce moment-là j'avais dix ans, c'était en 25 ; c'est bien facile à compter, vous voyez que je ne vous dis pas des menteries.

Et puis mon père était tout à fait du temps ; il avait vu, comme je vous vois, les histoires de la Révolution et celles des Crochous ; il racontait çà comme un livre, si bien que je peux vous le raconter comme si je l'aurais vu et que vous l'*aureriez* vu aussi de vos yeux.

Vous avez peut être entendu parler de ce temps-là qu'il y avait des seigneurs, et puis des couvents qui étaient riches, qui avaient les terres que les paysans faisaient valoir ?

— Mais oui, c'est l'histoire çà... Ma mission est même de l'enseigner à tous mes élèves, — répondait avec une pointe d'impatience, l'instituteur, un peu effrayé de la tournure que prenait le récit. — Vous pouvez abréger, mon bon M. Cavirot.

— Bon! nous allons donc couper au court. Alors, c'était dans ce temps-là qu'on appelait le règne de la *Fée-aux-dalles,* pas vrai?...

— Oui, le régime féodal...

— Eh bien ! dans ce temps-là, le château de l'Abbaye que nous avons devant nous était une Abbaye pour de vrai avec des moines, même il paraît que c'est très ancien et très gothique.

Les moines s'étaient fixés là à cause de la source miraculeuse ; faisant du bien au pauvre monde ; même qu'on y vient encore tous les ans, à un jour dit, à la source, pour se faire guérir, et qu'on en emporte une provision à boire chez soi. Ne riez pas ; j'en connais d'aucuns de guéris... Mais faut pas perdre mon fil ; je reprends :

Jusqu'à la Révolution, les deux fermes de l'Abbaye étaient bien pour de bon les fermes de l'Abbaye, comme on les appelle toujours. Là, à main gauche, au Nord, du côté des friches, il y avait la ferme de Champ-Gelé, où Claude Lorenchet écorchait sa vie de toutes les façons ; mais pas toujours de la bonne façon.

Son meilleur revenu n'était pas en Champ-Gelé, mais par aux alentours. Malgré que c'était un pauvre sire, il n'était pas le dernier à prendre sa dîme sur ses voisins ; un droit qu'il prenait comme çà au bout de ses doigts crochus, et sous la semelle de ses pieds *déchaux,* car il était sur pied toute la nuit, à naviguer par voies et par chemins au soleil des loups.

Dans les champs des autres, tout lui était bon, les légumes, les fruits, les gerbes, et il faisait argent au marché, comme si tout le Valmirey avait été à lui.

Y avait pas de truc ni de manigance qu'y n'ait eu pour rapiner ; comme de retrousser la terre du voisin avec sa charrue, de faire diverser le cours d'eau par des fascines, pour *largir* (élargir) sa propriété. On allait à lui de confiance quand on avait besoin d'un coup de main pour une *vilaineté*. Les jeunes gens, les femmes qui voulaient vendre quelque denrée en cachette s'arrangeaient avec lui; la ferme de Champ-Gelé était l'entrée (l'antre) de tous les mauvais gas et des voleurs de la contrée; même qu'il y avait des voleries dans les églises et qu'on disait qu'il en était.

Petit à petit y ramassait de l'argent comme un *banquetier* (banquier), et y se faisait le banquetier de tous les *mal-en-train*, qui venaient le trouver de tous les environs. Quand ils étaient au dernier cran de la charrue et qu'ils ne savaient plus à quel diable se vendre, ils se raccrochaient à lui comme un *neijé* à une branche pourrie.

Il leur avançait de la denrée, des semences, du bétail, de l'argent, tout ce qu'ils voulaient et ils trouvaient çà commode sur le moment, comme si l'avenir ne devait jamais arriver pour payer; mais il leur avait fait signer des billets pour le double et le *tripe* (triple) et quand le papier était échu c'étaient des rémérés qui redoublaient encore la dose de la dette, et quand il les avait bien fait mijoter, il faisait tout vendre leur avoir. Vous comprenez M. le Maître?

— Oui, oui, cela c'est l'usure à outrance, à boulet rouge.

— De fil en aiguille, çà allait comme çà jusqu'à la Révolution, que je n'ai pas besoin de vous dire comme c'était, puisque tout çà doit être marqué dans vos histoires de France. Vous savez tout le vacarme que çà à fait. Çà c'est de la politique, y en a qui disent que la Révolution c'est tout bon, et y en a d'autres qui se fâchent en disant que c'est tout mauvais. Moi, il me semble qu'il y a à boire et à manger dans cette affaire-là, comme dans beaucoup d'autres; et je dis qu'on ne peut guère faire d'ommelette sans casser des œufs. Faut qu'on se demande surtout si fallait que l'ommelette soit faite.

— Vous parlez comme un vrai philosophe, M. Cavirot. Oui, c'est comme vous le dites, les destinées des nations, la marche de l'humanité toute entière, du progrès même, tout cela s'accomplit souvent par de grandes tragédies. Il y a du sang ou des pleurs mêlés à bien des gloires. L'homme n'est pas parfait.

— Non, bien sûr ; et dans la Révolution y avait de rudes gredins, qui n'étaient guère parfaits puisque Claudot Lorenchet en était.

Il s'était mis tout de suite du parti de ceux qui avaient *cent culottes*, (sans-culottes) dans les sacs à diables qui *déravageaient* les églises et les châteaux.

De la ferme de Champ-Gelé à l'Abbaye, y avait qu'un saut, les moines ne pouvaient guère en réchapper. Le Crochous y courait avec deux *gueurdins* comme lui, et comme y avait plus que trois moines, çà faisait homme pour homme, chacun traquait le sien, mais y en avait deux qui se *desquivaient* par les *catacombres* (catacombes) et qui ont pu gagner la plaine.

Le troisième, qui était un colosse et un intrépide, s'était *embarricadé* dans la chapelle, et y se défendait si bien qu'il y en avait deux qui voulaient refouler si le Crochous ne les avait pas traités de lâches.

A la fin des comptes ils enfonçaient la porte, et ils faisaient un champ de bataille devant le maître-autel qu'ils voulaient *dévariser*, (dévaliser) tandis que le moine, sur la dernière marche, le défendait au *périr* (péril) de sa vie.

Il avait empoigné un gros candélabre, qu'il faisait aller tout autour de lui, avec des moulinets comme une vergette. D'un coup il avait déjà *semé* un des chenapans qui s'était approché de trop près, et qui tâchait de s'ensauver sans demander son reste. L'autre camarade, qui était le moins *engressi* (agressif), *descampait* derrière lui, et y regardaient seulement de loin comme çà allait se passer, si bien qu'il ne restait plus que le Crochous qui s'était reculé, mais qui ne voulait pas capituler à cause du butin qui était devant lui, qu'il aurait mieux aimé périr auprès.

— Alors, c'est à nous deux, au dernier vivant, qu'il dit au moine, avec des tas de vilains mots de *malotrui*. Allons, en garde, vieux malin!

Et le voilà qui se met à arracher les petits bancs *d'à-genoux*, tout ce qui vient soùs sa main et qui se met à le *frombir* à la tête du pauvre moine, qui se garait bien tant qu'il pouvait, tout en garant le tabernacle. Mais tout par un coup, le voilà qui tombe, *aforfenté* (frappé) par un des *projectibles* (projectiles) qui l'avait attrapé à la tête.

Et puis le voilà qui se relève tranquillement au milieu de son sang qui *trissait*, et le voilà qui ouvre le tabernacle, prend le calice, se met à genoux se relève en élevant l'hostie en disant sa prière en latin...

— Le Domine non sum dignus.

— Oui, Domine *nous ne sommes dignus*.

Alors, le voilà qui fait la communion comme si de rien n'en était et qui replace le calice, l'air heureux d'avoir sauvé l'hostie et de ne pas l'avoir laissée saccager qu'il paraît qu'il en était comme tout ressuscité. Mais tout d'un coup, il *s'anantissait* par terre, et puis c'était fini de lui, le brave homme.

Pendant ce temps-là le Crochous en était resté de là, sans bras ni jambes, comme une *estatue* (statue) *putréfié* (pétrifié) comme on dit. C'est les deux compagnons qui ont rapporté cela, en disant qu'ils n'avaient jamais rien vu de pareil que cette lutte féroce du Crochous et cette bravoure du moine, et qu'ils avaient préféré renoncer au butin plutôt que de rentrer dans la chapelle, y laissant le Crochous tout seul avec le mort. Même qu'y aurait un des chenapans qui s'aurait converti, et qui aurait crié miracle, qu'il aurait vu la Sainte-Hostie s'envoler toute seule comme un oiseau dans la bouche du moine ; même que c'est dit comme ça, dans la Ballade qu'un savant du temps a composée là-dessus.

Bien sûr que quand il a vu que plus rien ne bougeait l'assassin s'est renhardi et il a fait son affaire ; même qu'on a dit qu'il avait cherché longtemps par les *cata-combres* le trésor du couvent, et qu'il ne l'aurait pas trouvé, que les deux moines en s'ensauvant, avaient dû l'emporter.

Quelque temps après, on a fait la vente de l'Abbaye comme bien de l'Etat, vous savez comme on appelait ça ?

— Oui, les biens Nationnaux.

— Alors, c'est le Crochous qui a racheté çà pour rien, pour un croûton de pain, parce que vous comprenez que dans le commencement personne n'osait acheter, et que le gouvernement était presque embarrassé de ces biens-là ; à preuve qu'il paraît qu'il y avait un gros bonnet de la Révolution qui disait qu'on les donnerait pour rien si fallait... Vous savez, un gros qui avait quasiment un nom de petite prune ?

— Un nom de prune !..

— Oui, de ces prunes qu'on met dans de l'eau-de-vie, des Mirabelles.

— Ah ! oui, oui, Mirabeau !

— Le Crochous avait donc acheté le château avec quelques terres autour, et puis il avait toujours sa ferme de Champ-Gelé ; mais les deux belles fermes de l'Abbaye étaient vendues à part, dont l'une à l'*Aïeu* des Aubert dès ce moment-là.

Claudot Crochous avait affermé ses terres et y faisait le seigneur, en se faisant appeler Lorenchet de Valmirey, tout comme moi je pourrais m'appeler Cavirot

de Valmirey, mais vous comprenez que ça ne pouvait
pas prendre; il avait beau faire de l'éclat, *installer son
lustre* (étaler son luxe) autour des paysans, tout chacun disait en le voyant passer dans sa *cabriole* (son
cabriolet) :

« On te connaît bien va! t'es toujours le Crochous. »

Et on se détournait de lui comme de la peste.

Il essayait bien aussi de se frotter dans le grand
monde de Paris, mais il n'a jamais pu frayer qu'avec
du monde de son espèce.

Et puis, ce qu'il y avait pour lui de plus pire... vous
n'allez pas me croire, M. le Maître, et pourtant c'est
la pure vérité, c'est que le moine se revanchait, lui appa-
raissant au même jour annuel de chaque année, sans
manquer; n'importe où qu'il allait, ce jour, le moine se
montrait... Et que le Crochous en avait la chair de poule
six mois à l'avance. C'était toute l'affaire qui se jouait
à nouveau : le défunt, avec son grand manteau noir, et
son front chauve tout balafré de sang, sortant lentement
de terre, et se dressant tout debout, plus grand qu'homme
qui vive, balançant son grand candélabre, tandis que
l'autre se débattait comme un diable dans un bénitier,
voulant le chasser, se recommandant à tous les saints
du paradis lui jetant à la tête tout ce qu'il pouvait attra-
per, et finalement tombant comme mort..... Vous n'y
croyez pas, hein?

— A l'apparition du moine, non. Mais je crois parfaitement aux terreurs de l'assassin croyant voir l'assassiné : ce sont des hantises de coupable

— Peut-être bien : seulement, d'autres aussi ont vu
le moine; même des braves gens. Passons : vous allez
dire que je suis un bavard. Bref, le Crochous nᵒ 1 s'est
pendu, une belle nuit, dans les *catacombres,* et le Crochous nᵒ 2, son fils, a été tué par la foudre du tonnerre,
un soir d'orage qu'il s'était réfugié dans les ruines;

lui aussi écorchait le pauvre monde et faisait l'usure, comme vous dites : il avait deux fils, dont que l'un s'est neijé, ayant trop bu, dans une mare de rien du tout ; l'autre, c'est celui-là que vous allez voir. Mais on a bien raison de dire que le bien mal acquis ne profite pas, et que ce qui vient de la flûte s'en retourne au violon : le Lorenchet d'aujourdhui s'est bien chargé de *réparpiller* le patrimoine que les autres lui avaient ramassé.

Il a été longtemps dans ce Paris ; il y a croqué sa fortune, tant et si bien qu'on dit qu'au jour d'aujour-d'hui il est criblé de dettes et qu'il vit *d'expéditifs* comme on appelle...

— Oui, d'expédients.

— Même que je ne peux pas me figurer comment qu'on peut venir à bout de dévorer un pareil magot ; faut bien qu'il y ait invité tout le monde. Il n'en serait jamais venu à bout tout seul ; tout à beau être hors de prix dans ce Paris. Quand on ne vivrait-y que de fricot, de lapin et de saucisses et qu'on se mettrait en ribotte tous les jours, je ne comprendrais pas que çà aille si vite que çà !

Bref, le Crochous s'était si tellement bien ruiné qu'on a dit qu'il s'était jeté dans un tas d'escroqueries et d'af-faires pas catholiques, même qu'il aurait été mis en prison par *privation*...

— Par prévention ?

— Oui par prévention, qu'il aurait été inculpé avec des complices, et qu'on ne l'a relâché que parce qu'il avait bien su mettre toute la dose sur les autres, et qu'il avait su se *déparpiller*, tandis que ses camarades payaient tout le rinçon, (la rançon).

Aussi, depuis ce temps-là, qu'il est rentré bien vite par ici, il ne remet plus les pieds dans ce Paris, parce que la coterie lui avait promis de lui casser le *pol-*

trait... Çà serait si grand dommage! Un joli de *poltrait;* qu'est-ce que vous en dites, M. le Maître? Une
vraie tête à faire le caprice d'un gendarme. M. Henrion
disait comme çà qu'il avait une « filiosomie pas tubu-
laire... »

— Une physionomie patibulaire. Çà veut dire : bonne
pour la potence; c'est un peu vrai tout de même.

— Vous connaissez le particulier, à présent, M. le
Maître, et tous ses tenants et aboutissants. Faites excuse
si j'ai causé trop longtemps; mais voyez-vous, moi j'en
suis pour prévenir les braves gens, pour qu'y ne se
frottent pas aux gens pas propres.

Et il acheva, d'un ton grave d'oracle :

— Çà ne sera pas ma faute, si Jacques Aubert s'y
frotte; je l'ai prévenu; je m'en lave les mains; comme
dans la Passion, vous savez?

Pourquoi M. de Valmirey ne serait-il pas fréquentable, je te prie ? (page 38)

CHAPITRE IV

LES DEUX AUBERT

NICOLAS Aubert avait eu un double motif de rechercher un tête-à-tête avec son frère, en l'entraînant à l'écart, et ce dernier s'en rendait parfaitement compte.

Aussi, après un regard échangé, où se traduisait une mutuelle expectative, Jacques se décidait-il à rompre un silence gêné, prenant son parti d'une explication qu'il sentait inévitable.

— Bon voyage Tonton !... Va-t-en, va, vieux barbouilleur !... jeta-t-il d'un ton dégagé.

— Bavard, soit, c'est un genre, un défaut si tu le veux, — répliquait l'aîné, — qui de nous en est exempt?

Le seul fait vraiment regrettable, c'est que son bavardage ne traduise que trop de vérités ; en d'autres termes ; qu'il ne soit que trop exact que le *Crochu* n'est pas une société possible pour les honnêtes gens ; et néanmoins tu le fréquentes !...

— Pourquoi M. de Valmirey ne serait-il pas fréquentable, je te prie ?

— Parce que c'est un homme sans foi ni loi, ou tout au moins disqualifié.

— Disqualifié, de par une inepte légende, de par de tyranniques préventions... Voyons, il ne t'est pas permis, à toi, avec ton jugement et ton instruction, de te montrer aussi sottement crédule, aussi ridiculement intransigeant que le plus sot, que le plus ignorant des paysans, que ce Tonton, par exemple !

Longtemps ils discutèrent sur ce même point avec ce même accent d'irritation.

— Soit ! — admettait enfin Jacques, obligé de se rendre partiellement à l'évidence. — Soit, il y a des présomptions contre l'honorabilité de cet homme ; mais, les présomptions sont-elles des preuves ? A-t-on jamais pu condamner les gens sur des présomptions ? les mettre au ban de la société ? Comme l'on voit bien que tu n'as pas l'habitude de sortir de ton trou ! Que tu n'en as pas secoué, au frottement du monde, les idées étroites, les mesquins préjugés ! Combien tu retardes ! Tu es vraiment d'un autre siècle, mon cher !

— Si tu dois à tes fréquents voyages une telle ampleur d'idées, je t'avoue que je préfère de beaucoup demeurer *en mon trou*, et retarder ; mais je veux croire aussi que notre siècle a une meilleure idée du progrès.

— Peste ! entendons-nous ! Tu sais bien qu'au fond je professe les mêmes sentiments, les mêmes principes de probité. Mais il n'y a ici qu'une question de savoir-vivre, de tolérance, à l'endroit de toute accusation dénuée de preuves, d'une part; tandis que d'autre part, lorsqu'il s'agit d'affaires d'intérêts, on les traite comme l'on peut, et avec qui l'on peut... Or, il ne s'agit ici que d'affaires d'intérêts...

— Circonstance aggravante alors!... Quels intérêts peux-tu bien avoir à démêler avec cet homme?

— Il ne s'agit point d'intérêts à démêler, mais bien d'intérêts à associer au contraire. Nous voulons tenter ensemble un beau coup de fortune.

Il ricanait, déterminé, déjà triomphant, dominant son frère de toute cette grosse fortune convoitée, entrevue.

Et comme celui-ci demeurait muet de stupéfaction, il s'enhardit encore, s'animant dans un luxe d'argumentation :

— Crois-tu donc que je vais passer toute mon existence à retourner la terre, à m'épuiser à un travail de cheval, littéralement, et pour un tribut ingrat? Il faut être vraiment aussi bête que notre bétail pour se résigner à une telle existence! Laissons-y ceux qui veulent y croupir, ceux qui ne peuvent s'élever plus haut que le fumier où ils se complaisent! Le succès, la fortune appartiennent à l'intelligence, qualités superflues, du reste, pour vivre parmi la terre et les écuries...

— Mon pauvre Jacques, est-ce possible! Ce n'est plus toi! non, je ne te reconnais pas à ce langage où je sens la plus funeste inspiration. Tes idées, je le sais, ont toujours incliné de ce côté; mais je vois que ces dispositions ont été cultivées, et que le châtelain t'a absolument tourné la tête.

Où vas-tu t'imaginer maintenant qu'une intelligence et une instruction modestes soient déplacées dans notre état? N'y avons-nous pas trouvé, dans ces conditions, une saine prospérité, une honnête aisance qui doit suffire à une sage ambition? Ne jouissons-nous pas ici des mille privilèges de la vie rustique : la force, la santé, la sécurité, la gaieté saine, le bonheur respiré à pleins poumons dans une atmosphère qui nous donne ce que j'appellerai l'appétit de la vie, le bonheur embrassé par les yeux et par l'ouïe, dans toute cette nature riante et chantante...

— Que me chantes-tu toi-même? Je ne te savais pas bucolique, lyrique même à ce point. Efforts inutiles; je ne goûte que médiocrement la poésie quelle qu'elle soit. Puis, je te ferai observer que cela me paraît la 2ᵉ édition des leçons morales de tout à l'heure. Tout cela peut être signé : Tonton Cavirot et Cⁱᵉ. Seulement, je n'aime pas beaucoup que l'on me réserve les restes... si bien accommodés qu'ils soient, ajoutait-il, railleur.

— Non! je ne te reconnais plus, — clamait Nicolas désolé, — voilà maintenant qu'on ne peut même plus te parler! Il n'y a pire sourd que celui qui ne veut rien entendre. Ricaner, ce n'est pas raisonner.

— Soit, raisonnons, si nous le pouvons... Mais pour cela, il faudrait du moins que nous puissions nous entendre sur le point de départ, et nous sommes comme des gens qui parleraient une langue différente; et ce n'est pas d'aujourd'hui, quoi que tu en dises. Tu prétends trouver un grand charme à un travail physique dont toute intelligence tend à s'affranchir; tu méprises une fortune que chacun poursuit. Tu vantes exagérément une nature marâtre pour un grand nombre auxquels elle ne sourit pas; car je ne sache pas que les misérables aient jamais pu vivre de l'air du temps...

— Non, comme tu le dis, nous ne parlons pas le même langage, et nos idées ont un cours tout opposé, mais tu conviendras que je n'ai jamais fait l'apologie de la misère, où qu'elle soit, et que ce n'est pas ton cas ici.

— Mais tu affectes de faire peu de cas de la fortune, qui pourtant est le but universellement poursuivi; n'est-ce pas incontestable?

— Et puis, vous n'allez pas me croire, n'importe où il allait ce jour, le moine se montrait (page 33)

— J'apprécie comme il convient une honnête aisance qui nous procure le bien-être nécessaire, et nous met à l'abri de certaines servitudes...

— Eh! nous voilà donc d'accord! avec cette différence que ce qu'une *modeste aisance* ne peut nous procurer que modestement, la fortune l'acquiert, le conquiert largement. *Une clé d'or ouvre toutes les serrures.* Puis, elle seule assure la plus haute indépendance, je dirai même la plus haute autorité, force la considération, les honneurs.

— Oui, les honneurs... plus souvent au pluriel qu'au singulier, ce mot! oui, des mots, mots tout à fait relatifs, conventionnels et faux, comme les idées et les faits qu'ils expriment... A un certain degré, moi, je méprise ces choses qui s'obtiennent à prix d'argent : luxe, autorité, considération, que sais-je?... Je connais assez l'existence des riches pour savoir qu'ils ne peuvent jouir d'une certaine indépendance que lorsqu'ils viennent la chercher à la campagne.

— J'aime le travail et c'est ma santé ; je puis me procurer tout ce qui m'est nécessaire, même le superflu tel que je puis raisonnablement le désirer. Une plus grande fortune ne me ferait pas mettre les bouchées doubles.

— Alors, tu travailles pour le seul plaisir de travailler et sans te soucier du gain ?

— Je suis l'ennemi de tout excès, soit pour acquérir l'argent, soit pour le gaspiller ; cependant le gain a pour moi son charme ; mais, à la condition de ne pas coûter plus qu'il ne vaut, d'être le légitime tribut d'un travail ou d'une spéculation honnêtes, de ne pas exiger le sacrifice de biens plus précieux que la valeur qu'il représente, tels que la santé, la paix familiale; que sais-je?... peut être aussi la paix de la conscience... je me méfie instinctivement des fortunes trop rapides.

N'as-tu pas tout ce qu'il te faut ici pour être heureux ?
Songe à ta femme, à ta fille.

— Ne parlons pas de ma femme, si tu le veux bien ;
elle est comme toi, réfractaire à certaines idées, mais
quand à Clairette, c'est tout différent. Elle a une toute
autre conception de l'existence, et je te répondrai qu'en
ce qui la concerne, je considère comme un devoir de
lui créer une existence digne d'elle ; l'existence pour
laquelle elle est faite et qu'elle appelle de tous ses
vœux. En la faisant élever à la Visitation, je ne la des-
tinais pas à une existence de fermière, et je suis heureux de constater que ses goûts et ses dispositions
dépassent mes espérances, qu'elle promet d'être une
parfaite mondaine. Maintenant c'est elle qui m'entraîne ;
elle se voit déjà l'égale de Mlles de Livarey, et elle est
capable de les éclipser ; déjà elle les éclipse par son
élégance, en dépit de sa mère, qui s'obstine à ne pas
comprendre son avenir.

— N'accuse pas sa mère devant moi ; tu sais combien
je l'aime et l'apprécie ? Elevée avec ma chère femme
tant regrettée, qui la traitait en sœur, elle la vaut bien.
Pour moi c'est tout dire. Ne parlons que de toi, mon
pauvre Jacques... C'est une vraie folie des grandeurs
qui te possède ? Déjà tu parles de l'avenir comme d'une
chose acquise. Je ne sais quels sont tes moyens, mais
je les pressens fort aléatoires, ou bien... je n'ose m'exprimer, je n'ose croire, et je crains tout cet inconnu.

— Rassure-toi... Le moyen est encore un secret, mais
je puis t'affirmer qu'il est sûrement lucratif et rigoureusement légal. Qu'il te suffise de savoir dès à-présent
qu'il s'agit d'un commerce brillant et sûr, d'un mono-
pole exempt de tout risque.

— Jacques, écoute-moi, c'est une fièvre, un fatal
entraînement ; tu cèdes plus encore aux suggestions
de Lorenchet et à celles de ta fille qu'à ton propre

mouvement, je le sais. Tu t'es laissé endoctriner par
ces sollicitations sans avoir su les discuter avec le sang-
froid nécessaire. Si tu daignais me confier tes projets,
je serais heureux de les examiner avec un intérêt tout
fraternel.

— Non, j'ai juré le secret ; je ne puis le divulguer.

— Soit, je ne te demanderai pas l'impossible pour
l'instant ; mais pour l'honneur du nom que tu portes,
pour le bonheur même de ta fille, je te demanderai de
temporiser, de réfléchir sainement et à fond, avant de
prendre aucun engagement décisif. Je te demanderai
de montrer un peu plus de fermeté devant les entraînements de ta fille, dont tu n'as que trop développé
les goûts, et surtout de ne pas revoir d'ici quelque
temps ce satané ensorceleur de Lorenchet. Il faut me
promettre cela, dis ?

— Tu me prends pour un enfant, décidément !...

— Promets-le moi ; il le faut. Ce n'est pas seulement
un frère parlant à un frère, c'est un père qui parle au
père de Clairette. Tu aimes ta fille ; cette promesse t'engage si peu ! c'est pour elle que je te la demande, je
te le jure.

— Va !... pour te contenter... —jetait nonchalamment
Jacques du ton équivoque de quelqu'un qui veut se
débarrasser d'un importun, — va, mais à la condition
de tourner le feuillet pour le moment ; je n'aime pas
que l'on rabâche.

Lizon, très contente de l'importance que lui donnait l'incident, raconta les faits en détail
(page 50)

CHAPITRE V

L'AMOUR-PROPRE DE MADEMOISELLE CLAIRETTE

ILS étaient arrivés au bassin de la source dite miraculeuse, à laquelle le père Cavirot avait fait pré-
cédemment allusion ; chaque année, à jour fixe,
les crédules campagnards, les femmes surtout,
venaient s'agenouiller au bord de ce bassin rustique,
jetant au fond quelques menues offrandes, telles qu'é-
pingles, pierrailles de leur jardin, feuilles sèches de
leurs arbres, etc. ; puis, l'offrande faite, la prière dite,
buvaient dévotement, à longs traits, dans leurs mains.
Ensuite, on festoyait sur l'herbe, gaiement ; avant de
partir, on remplissait bidons et bouteilles, le plus possible : et l'on buvait de cette eau à chaque malaise

menaçant, et certains affirmaient sa vertu souveraine.

Jacques Aubert, s'arrêtant auprès de la source, la considéra longtemps, puis, fit d'un air étrange :

— On accuse l'ignorant de crédulité, de superstitions stupides.... Et l'on ne se doute pas que parfois une vérité, un talisman précieux se dérobe sous la grossière croyance...

Très étonné de cette réflexion inattendue, paraissant n'avoir nul rapport avec la conversation brusquement délaissée, Nicolas se permit une interrogation.

— Rien, une idée à moi, — répondit évasivement Jacques. — Plus tard, je te dirai... Continuons jusqu'à l'Abbaye.

Après un léger détour, les frères Aubert se retrouvaient hors du Val, remontant le ruisseau des *Vives-Eaux* jusqu'à sa source, au pied de l'Abbaye.

Devant leurs yeux, le Val se resserrait en un col étroit, sur lequel se dressait, imposante, en son cadre des plus romantiques, l'Abbaye avec ses murs vieillis et ruinés.

A droite, un lourd et sombre bâtiment de style roman restait encore debout, soutenu par ses contreforts, contre le lent assaut des siècles, des lierres et des mousses dont il était visiblement surchargé. C'était la partie, plus ou moins habitable encore, et à peine entretenue, occupée par le dernier des Lorenchet.

A gauche, des pans de murs plus ou moins écroulés ou démantelés, envahis par une végétation confuse.

Parmi ces ruines, se distinguait encore une suite d'arceaux de plein cintre, dont plusieurs, percés à jour, ouvraient leur trouée sur le ciel, où le soleil couchant jetait des tons d'or incandescent.

A cent mètres, en avant, au flanc d'un rocher, taillé lui-même en abside de style roman, conformément au style des ruines, jaillissait, puissante, limpide et sonore, la source des *Vives-Eaux*.

Son jet, de la grosseur d'un boisseau, se jetait, conduit par un chéneau d'une hauteur de près de deux mètres dans un bassin qui, plus doucement, le déversait à travers la vallée.

Et ce torrent dirigé par le travail des hommes, bruissant, grondant, clapotant, écumant, pareil à un fougueux coursier domestique, semblait être la seule note de vie et de mouvement habituelle à cette profonde solitude.

Devant les deux promeneurs, parmi les ruines, la troupe enfantine s'exerçait maintenant à une vive farandole, traversant les arcades libres, portiques ouverts sur le ciel.

Le tableau était splendide, rehaussé par les fulgurations du couchant qui y versait une lumière d'apothéose et l'on respirait un air délicieux tout imprégné des senteurs printanières.

Mais les deux frères restaient songeurs et silencieux devant l'allégresse de tous, devant cette fête à laquelle participaient les êtres et la nature.

Le premier, Nicolas rompit le silence, subitement dominé par la beauté du spectacle :

— Voyons, n'est-ce pas vraiment admirable? Ne se sent-on pas heureux au milieu de cette belle nature, lorsqu'on ne se rend pas esclave de vaines préoccupations?..... Vois donc ces enfants ; quel salutaire exemple !.....

Mais l'attention de Jacques ne se fixait point sur les mêmes objets. Il fouillait la grotte des *Vives-Eaux;* une forme humaine, effacée tout au fond de cette grotte et sur laquelle s'était concentrée son attention, se glissait, cherchant à se dissimuler.

— Comment! — s'écria-t-il en reconnaissant sa fille qu'il avait devinée. — C'est toi, Clairette? C'est toi

4

qui restes là..... abandonnée de toutes ?.... — ajoutait-
il, prompt à accuser toute autre que la vraie fautive,—
que se passe-t-il, voyons ?

— Rien..... Laisse-moi, — grondait la mauvaise tête,
injustement boudeuse contre son père lui-même.

— Mais enfin ?..... Ma petite Clairette !

Il l'avait saisie dans ses bras, l'interrogeant des yeux,
à la fois tendre et impatient.

— Il y a que je m'ennuyais à mourir de la sempi-
ternelle ronde des *petites* et que je m'étais rendue
auprès des *grandes,* pour causer avec elles.....

Elle s'arrêta; dans ses yeux noirs passa une lueur
de colère rendant presque laide sa jolie figure; puis,
ses lèvres tremblèrent, des larmes que son amour-propre s'efforçait vainement de retenir brillèrent sous ses
paupières.

— Tu me diras..... je veux ! ordonna son père dont
l'orgueil se révoltait, grondait sourdement.

— Non ! non ! non ! — riposta l'enfant gâtée cherchant à s'échapper, — Vous n'y pouvez rien..... A quoi
bon ? Vous n'empêcherez pas ces mauvaises de me faire
de la peine, n'est-ce pas ?

— Quelles mauvaises ?..... Quelle peine ?..... Que
t'a-t-on fait?

Une jeune ouvrière, très coquettement attifée, quoique
portant un bonnet et un tablier, jolie fille d'une ving-
taine d'années, s'était approchée du groupe, écoutant
le dialogue.

— Je vous conterai la chose, si vous voulez, M. Jacques, — intervint-elle enfin. — Cette pauvre Mlle Clairette, cela l'ennuie de répéter tous ces mauvais propos.

— Soit, parle, Lizon, — approuva le père, laissant
sa fille aller essuyer ses yeux à l'écart.

Lizon, très contente de l'importance que lui donnait
l'incident, raconta les faits en détail.

Ce n'était rien; mais combien pénible, ce rien, pour la fierté maladive de Clairette et même pour celle de Jacques!

Clairette avait voulu rejoindre les *grandes*, qui se trouvaient avoir, presque toutes, la supériorité de la fortune, en même temps que celle de l'âge. Parmi elles, se distinguaient les demoiselles Livarey, filles d'un riche commerçant de la ville, natif de Valmirey, et y revenant volontiers. Elles avaient des toilettes à la dernière mode : jupe longue, manches très épaulées, col pierrot en vraie dentelle découvrant le cou, chapeaux surchargés de fleurs.

Complaisamment, Lizon la couturière s'attardait à ces détails; Jacques impatient dût l'interrompre.

Alors elle expliqua que Mᴵˡᵉ Clairette était venue rejoindre ces demoiselles; on l'avait accueillie froidement, s'étonnant qu'elle eut quitté la joyeuse ronde d'enfants, où l'on s'amusait si bien. Piquée au vif, la jeune fille avait essayé de taquiner les railleuses à son tour, louangeant, avec d'impertinentes réticences, leur toilette trop mondaine, n'ayant pas eu le bon goût d'être une vraie toilette de campagne.

La riposte était facile, trop facile, hélas! En dépit des observations de Madeleine, qui aimait la simplicité, devinant qu'elle est le suprême bon goût, Clairette avait une mise excentrique et voyante, où les fautes contre la mode et contre le tact sautaient aux yeux : autorisée par son père, la pauvre petite n'en faisait qu'à sa tête, côtoyant presque le ridicule.

Une à une ses erreurs lui furent doucement révélées; à la fin, manquant de riposte, prête à pleurer, elle prétexta que Lucette l'appelait et s'enfuit.

Jacques eut un furieux accès de colère en écoutant Lizon, qui, bien entendu, voilait les torts de Clairette, ne les voyant peut être pas, tant elle aimait et admirait

Mlle Aubert, et chargeait Mlles Livarey et leurs compagnes, avec une complaisance lourde de rancune.

Nicolas, prêt à hausser les épaules, essaya de calmer
son frère, lui démontrant que tout ceci n'était qu'en-
fantillages, que sa nièce n'avait qu'à aller retrouver
Lucette, se faire consoler par elle, puis prendre part,
de nouveau, aux jeux de la troupe joyeuse.

Déjà, enflant la voix, il appelait sa fille.

— Non, non, mon oncle, — supplia Clairette, — non,
je ne veux pas qu'elle vienne... Je... je l'ai déjà vue,
depuis...

Pressée de questions, elle dut avouer que la bonne
Lucette l'avait réellement cherchée, Charles aussi, tous
deux voulant la consoler, l'entraîner, et qu'elle les
avait rudoyés, désirant être seule, dans son *amer* chagrin. Elle dut avouer aussi que Gothon *la Nabote* était
venue fureter de son côté, voulant savoir, l'interpellant
avec malice, lui jetant d'irritantes plaisanteries en s'é-
loignant, vraies flèches barbelées.

Nicolas s'écarta, impatienté de l'importance donnée
à des querelles et chagrins d'enfant, dont il eut souri,
s'ils fussent advenus à sa fille.

Jacques furieux prit le bras de Clairette, et au lieu
de la calmer, de lui montrer la puérilité de son chagrin,
lui murmura quand ils furent seuls :

— Ne pleure plus ; tu auras un jour ta revanche ; une
splendide revanche, c'est moi qui te l'affirme. Tu les
écraseras toutes, tu verras.

Et la pauvre petite orgueilleuse sourit soudain à son
père.

Elle était consolée !

À son signal, la mélodie simple et lente commença, berçant la marche des promeneurs charmés, (page 58)

CHAPITRE VI

LA BALLADE DU MOINE

PENDANT ce temps, la farandole des fillettes avait cessé. Lucette, revenue, le cœur gros de l'échec subi auprès de sa cousine, refusait de reprendre sa place dans la sauterie; Charles et sa flûte se taisaient.

Alors, quelqu'un avait proposé de jouer à cache-cache, et Lucette avait accepté, dans l'espoir de soulager son cœur, en donnant un instant cours à ses larmes, en un recoin isolé.

Dans ce but, elle s'était retirée, cherchant une cachette, à l'une des extrémités des ruines, s'enfonçant sous une arcade obstruée par des végétations touffues qu'elle

53

écartait ; pénétrant encore, elle se heurtait presque aussitôt à des murs massifs, dans une sorte de cellule, sans autre issue apparente que celle par laquelle elle venait de pénétrer.

Le réduit était obscur : les lierres, les chèvrefeuilles et les houblons qui en masquaient l'entrée n'y laissaient filtrer qu'une lumière pâle et larvée, impuissante à régner en cet asile des ténèbres.

La vaillante fillette, ignorant toute peur puérile, si naturelle encore à cet âge, eût la curiosité d'inspecter les lieux, suppléant par le tâtonnement des mains aux lentes explorations de la vue.

Bientôt, elle sentait à ses pieds, au fond de la cellule opposé à l'entrée, un amas de matériaux qui la firent trébucher. Affaissée sur cet obstacle, elle étendit les mains en avant, et peu à peu, sa vue se formant à cette demi-obscurité, elle constatait l'existence d'une basse excavation masquée par cet encombrement de pierres.

Cet entassement avait-il été voulu, fait de main d'homme ? Un écroulement s'était-il produit ? Lucette voyait distinctement, maintenant, une voûte d'un mètre environ de hauteur ; se prolongeait-elle ? Serait-ce l'entrée tant cherchée, depuis longtemps perdue, d'une partie des catacombes de l'Abbaye ? Curieuse et vaillante, elle eût voulu se glisser, faire une découverte. Elle n'en eut pas le temps ; son frère l'appelait ; elle courut le rejoindre ; mais ne lui parla point de l'incident.

Au-dehors, le crépuscule assombrissait peu à peu sur le ciel les tons fondus d'or, d'azur et d'améthyste ; un commencement d'ombre tombait sur toutes choses, plutôt pressentie que perçue dans ses transitions infinies.

— Allons, les enfants ! Il n'y a pas de si beau jour qu'il ne prenne fin, — clamait Tonton, qui resté seul était venu s'asseoir non loin de la jeunesse dont il contemplait béatement les ébats. — La grande lumière de là-haut est baissée ; faut laisser la brune aux chauves-souris et rentrer le troupeau au bercail. Allons, les petits agneaux ! Au rassemblement, toute la ribambelle Voilà tout chacun qui vous attend par là-bas.

Effectivement, les divers groupes de promeneurs se rassemblaient, à l'heure convenue, aux abords de la fontaine.

Troupeau docile à sa voix, la jeunesse suivait le vieillard, qui bientôt se retrouvait face à face avec les Aubert.

Bien qu'il eût le travers de parler inconsidérement, le vieux paysan avait néanmoins un assez bon naturel, et quoi que dépourvu d'instruction, il était doué d'un certain degré de bon sens vulgaire, auquel s'ajoutait son expérience de la vie..

La présence de Jacques et de sa fille lui rappelait les incidents fâcheux de la journée, ceux auxquels il avait été mêlé, ainsi que ceux dont il venait d'être témoin, assis à son poste d'observation.

Aussitôt il prenait la résolution de se faire l'arbitre de la paix générale.

— Allons, nous voilà tous ! — clama-t-il, paternel et conciliant. — On s'en reva le cœur gai, en riant et en causant comme des parents !

Il fixait un regard significatif sur Jacques, qui toutefois ne répondait rien à cette avance, et demeurait sombre et préoccupé.

— Après une si belle journée, — continuait le doyen,— est-ce qu'on peut se garder de l'humeur pour des petites piques de rien du tout ? Cela serait trop souvent qu'il faudrait se fâcher. A la campagne on se dit tout comme cela vient ; mais sans rancune, n'est-ce pas Jacques ? C'est pas comme si on avait eu des grosses différences (différends) ensemble. Non ! c'est plutôt des *malentends-*

tu (malentendus); cela n'est pas conséquent. On peut quand même se donner la main, et mettre tout çà sous le pied, hein?

Et le geste suivait le discours, tandis que Jacques répondait négligemment, l'air occupé d'autres idées, le regard en dedans :

— Oui, va pour la paix... Comme vous le dites, il faudrait se fâcher trop souvent.

— Voilà une bonne parole ; il faut maintenant secouer la main à son frère, hé, Jacques.

— Nous ne sommes pas brouillés, — dirent ensemble les deux frères, sans pourtant se donner la main.

— Ce sont les petites qui se boudent un peu, — continua Nicolas Aubert. — Faites-les rire et s'embrasser, Tonton, puisque vous avez la vocation d'un pacificateur.

Et le vieux, enchanté, bavardant à outrance, cherchant toutes les drôleries de son fécond répertoire, amena Lucette à Clairette, puis la Nabote aux deux cousines, les poussant l'une vers l'autre, prescrivant un chiffre d'embrassades déterminé, s'attendrissant sur l'amitié qu'on se témoignait si spontanément.

Mais cinq minutes après la paix signée, Clairette, au bras de sa cousine, ralentissait le pas, laissant Gothon marcher seule en avant.

— J'en ai assez de tout cela, — disait Clairette énervée, mauvaise, injuste. — Les voilà, les plaisirs, les amitiés du village; comment veux-tu que moi, qui souffre des choses et vois les gens tels qu'ils sont, je continue à vivre ainsi?

— Tu m'en veux, tu ne m'aimes plus? soupirait la douce Lucette, le cœur noyé de chagrin.

— Non, certes, je ne t'en veux pas, je t'aime toujours bien; mais les autres! tu n'es pas seule ici, malheureusement. Considère cette Nabote, laide, railleuse, méchante, ridicule, jalouse, parlant le français, en outre, comme son âne de grand-père ! Je la hais, je la méprise, et le vieux aussi, et bien d'autres avec eux !

— Ecoute-les causer ! reprit-elle un moment après, interrompant sa cousine, qu'épouvantait cette explosion de dégoût et de haine, et qui, péniblement, tentait de l'apaiser. — Les entends-tu tous ? Quel jargon, quelles expressions, et quelles idées stupides et terre-à-terre, mon Dieu ! Voilà le grand Claudot qui s'enhardit jusqu'à désorganiser les étoiles !... Et Tonie qui lui répond, pour rectifier, affirmant que le soleil tourne autour de nous ! Ceci dépasse les bornes de la plus grossière ignorance... Et Gervaise qui disait tout à l'heure...

Elle continua ainsi quelques instants, âpre et moqueuse, les méprisant tous.

— Sois donc indulgente, — fit soudain Lucette d'une voix ferme. — Si tu sais, c'est qu'on t'a appris, fort coûteusement, toutes ces choses. Et combien qui te sont et te demeureront ignorées ! Si on ne leur a rien appris, est-ce leur faute ? Ils te valaient, peut être, en intelligence et en bonne volonté. La plupart n'en sont pas moins de braves gens connaissant bien la terre, la faisant fructifier, et prêts à t'aider à l'occasion.

— Bravo, Mademoiselle, — fit quelqu'un à mi-voix tout près des deux cousines. — Votre réplique montre du bon sens et du cœur.

— M. Bernier ! Vous nous écoutiez ! — s'écria Lucette un peu effrayée et émue ; — c'est bien mal !

— Ecouter de bonnes et saines choses n'est jamais mal, — protesta l'Instituteur. — Néanmoins, je vous prie de m'excuser. Nous venions, votre frère et moi, vous prévenir que l'on se groupe là-bas pour chanter la Ballade de l'Abbaye, afin de me faire bien connaître la vieille légende : je demandais qu'on me la racontât, on m'offre de me la chanter. J'aurai double plaisir.

Très empressée, Lucette rejoignit le groupe de jeunes filles; un peu en arrière se joignirent quelques chanteurs que dirigeait Charles Aubert, faisant fonction de chef d'orchestre. A son signal, la mélodie simple et lente commença, berçant la marche des promeneurs charmés, leur faisant oublier les vagues frayeurs superstitieuses qui flottent dans l'air aux heures nocturnes.

＊ ＊ ＊ ＊ ＊ ＊ ＊ ＊ ＊ ＊ ＊ ＊

BALLADE DU MOINE

I

EN l'Abbaye, une lutte effrayante,
    Devant l'Autel amenait trois bandits.
    Brave, et terrible en sa taille géante,
    Un moine, seul, repoussait ces maudits.
Mais le *Crochu*, ce forcéné du crime,
Traîtreusement revenait l'assaillir,
Livrant, caché, la plus atroce escrime
A ce héros si lent à défaillir.

    L'heure de justice
    Guette les méchants...
    Tremblez, gens de vice!...
    Paix aux bonnes gens !

II

Le prêtre, armé d'un pesant candélabre,
Garde longtemps les abords de l'Autel,
Lorsqu'un pavé frappant sa face glabre,
Sanglant, il tombe atteint d'un coup mortel...

Puis, ô prodige! ô gloire mortuaire!
Quand les élus se font ouïr en chœur,
Le pain sacré changeant de sanctuaire
Vient s'abriter de lui-même en son cœur.

    L'heure de justice, etc.

III

Quand la terreur, le remords cet ulcère,
Rongeant le cœur de son vil assassin,
En l'Abbaye, du jour anniversaire,
Vers la mi-nuit revient le capucin.
Tel qu'autrefois; mais plus terrible encore,
Du candélabre armé, tel et sanglant,
Il apparaît, bravant jusqu'à l'aurore
Le criminel en sa couche tremblant.

    L'heure de justice, etc.

IV

Souventes fois il revient d'aventure;
Nombre l'ont vu, géant rasant le sol,
Sombre vengeur de toute forfaiture,
De tout méfait, de rapine et de vol.
Le violent, l'égoïste et le traître,
L'avare même et celui qui mécroît,
Combien l'ont vu, le verront apparaître!...
Mais au passage, il bénit l'homme droit.

    L'heure de justice, etc.

V

La mort, en vain, sous le poids qui l'accable,
Viendra frapper le coupable vieilli.
En haut l'attend la justice implacable,
Et sur ses fils l'opprobre à rejailli.

En attendant l'éternelle vengeance,
L'ire du ciel n'en éclate pas moins :
Tant que vivra la misérable engeance,
Ces lieux hantés en seront les témoins...

L'heure de justice
Guette les méchants...
Tremblez, gens de vice !
Paix aux bonnes gens !

Avec la ballade était revenue la gaieté générale, sincère chez les vaillants, factice chez les peureux. Tous reprenaient le refrain, mais certains avec un frisson encore de vague terreur, comme ces faux braves qui chantent tout en fuyant à la course, dans la nuit, à la traversée d'un bois.

Spontanément, instinctivement, Lizon et quelques autres pétulantes de la troupe, adaptaient un pas de farandole au rhytme de la ballade ; et bientôt, les mains se joignant d'elles-mêmes, la sauterie se déroulait de nouveau le long de l'avenue.

Tout à coup vibrait un cri perçant et effaré, en même temps que Clairette, détachant ses mains de celles de ses compagnes, interrompait le jeu, créant un émoi général.

— Le revenant ! — s'écriait-elle. — Le moine errant dans les ruines de l'Abbaye ! Voyez donc ! il serait donc vrai ?

L'on était arrivé à un tournant où le chemin se surélevait en côtoyant un monticule dans la direction du village.

Tous portèrent leurs regards du côté de l'Abbaye, dont la silhouette opaque se dessinait vaguement sur le fond d'azur sombre, au-dessus des monticules voisins.

Dans la partie en ruines, à ras du sol semblait-il,

on distinguait une pâle lumière, allant et venant. Ce n'était point une illusion, tous la voyaient.

Ce qui fut échangé de propos à ce sujet parmi ces gens supertitieux, élevés dans la peur du moine de l'Abbaye, de l'assassiné qui revient, son grand candélabre aux mains, prêt à terrasser qui le brave ou l'arrête, remplirait un volume et aurait peu d'attraits.

Ce qui est à noter c'est que Clairette Aubert, la jeune fille instruite et sensée, raillant si volontiers ses humbles voisins, avait plus peur que le plus poltron d'entre tous.

Tandis que Lucette, la brave fillette douée d'autant de sens que de cœur, ne tremblait nullement, et répétait avec assurance à sa cousine que les revenants n'existent pas, que sûrement c'était un vivant qui promenait, là-haut, une lanterne dans les ruines.

Clairette, c'est de l'effronterie!... tu manques absolument de cœur... (page 68)

CHAPITRE VII

LARMES DE MÈRE

TANDIS que de part et d'autre les propos allaient leur train, Nicolas Aubert, muet et songeur, se tenait un peu à l'écart, cherchant à se rapprocher de sa belle-sœur, qui, non loin de lui, évitait aussi les divers groupes.

Depuis un quart-d'heure Jacques les avait quittés à l'embranchement du chemin de la ferme d'Epineuil, alléguant un prétexte d'affaires avec le fermier.

— Voilà une idée qui le prend sur le tard, fit observer Nicolas à la mère de Clairette quand il l'eut enfin rejointe. Il n'en avait pas fait mention tout le temps qu'il a été avec moi. Saviez-vous qu'il dut y aller, Madeleine?

— Mais... je crois que oui, qu'il m'en avait parlé, répondit-elle vaguement.

— C'est que je crains toujours ses fréquentations là-haut... Çà ne me dit rien de bon.

— Et à moi donc !... Vous savez que je pense comme vous là-dessus, Nicolas? Je fais tout ce que je peux pour le détourner de là.

— Y réussissez-vous, aussi? Est-ce qu'il n'y fréquente pas bien souvent?

— Non... pas trop de ces temps-ci.

— Il ne vous le dirait pas, Madeleine... Moi je sens quelque diable en l'air. Pourquoi s'attarderait-il à passer à cette heure aux Epineuil, tandis qu'il pouvait si bien y enjamber dans la journée?

— C'est, bien sûr, qu'il craignait de ne pas rencontrer le père Bonnard; d'ailleurs, il a pris tout de suite, par les friches, le sentier des murgers, — tenta-t-elle d'expliquer.

— Oui, celui où l'on est caché, le plus facile pour faire un crochet, plutôt que sur le chemin tout blanc de poussière.

Il insistait, montrant non seulement qu'il n'avait plus de confiance dans les allures de son frère; mais aussi qu'il doutait des assertions de l'épouse dévouée ; dévouée dans son malheur jusqu'à dissimuler les agissements de son mari.

Maintenant, la réflexion se faisait en elle, réflexion stimulée par le fait constaté de la lumière dans les ruines et par les commentaires de tous. Elle sentait le tort de sa réserve exagérée, ingrate peut être, à l'égard du meilleur auxiliaire, du seul qui put se dévouer à sauver son mari.

Comprenant la pensée de Nicolas, elle parla enfin, baissant la voix :

— J'ai eu tort de vous cacher la vérité... Vous n'êtes pas un étranger; vous êtes son frère...

— *A la bonne heure!* Vous comprenez donc maintenant que j'aie le droit d'insister, que je puisse déployer autant de zèle, peut être plus de pouvoir que vous pour le sauver. Il est l'un des deux héritiers du nom d'Aubert; à ce point de vue ne m'est-il pas autant qu'à vous? Voyons, dîtes... Bien sûr, il est là-haut?

— Je le crois, hélas !

— Et pendant ces derniers temps?...

— Il s'absentait tous les soirs, rentrant très tard, avec des airs tout étranges, comme quelqu'un qui reviendrait du sabbat.

— Oui, il est ensorcelé, rempli de mauvaises chimères, avec une arrogance telle qu'on ne peut même plus lui parler. Tantôt, après s'être chicané avec le père Cavirot, il allait encore se fâcher avec moi; j'ai dû battre en retraite avec toutes sortes de précautions.

— Cela n'est que trop vrai! On n'a pas l'idée comme il fait l'esprit fort, il est absolument intraitable, il n'écoute plus personne; moi, moins que toute autre... personne, si ce n'est sa fille, depuis qu'il en a fait son alliée contre moi, retournant ses sentiments, son esprit et son cœur, qui n'inclinaient que trop à lui ressembler. Ah! que n'ai-je une fille comme la vôtre! que vous êtes heureux dans vos enfants, si aimants, si vaillants et si sages! combien j'envie votre bonheur!

— Vous savez bien, Madeleine, qu'il n'y a pas de bonheur parfait en ce monde, ou bien qu'il n'est jamais de longue durée.

— Oui, je sais que vous n'oubliez pas votre chère défunte. Comme elle serait heureuse avec vous, parmi vos enfants; comme vous seriez heureux tous en famille ! Mais quelle consolation vous avez tout de même; comme cette brave Lucette tient déjà la place

de sa mère dans la maison, et comme Charles vous
est un bon adjoint partout, au travail et à la direction
de la ferme !

— Oui, c'est une grande consolation, puisque dans
la vie, il faut se résigner à de durs sacrifices, à subir
certaines lois de la Providence.

— Je ne crois pas qu'il soit rien d'aussi cruel que
de souffrir dans ses enfants, de les voir détournés,
perdus d'esprit et de cœur, perdus pour leur mère !
Et dire que je ne suis rien, que je ne puis rien,
quand je vois Clairette afficher des goûts et une toilette excentriques et ridicules ! Dire que je ne puis
rien, quand je la vois entraînée avec son père sur
une pente fatale, à un abîme inconnu, à un avenir
qui m'épouvante !

— Le pire malheur, c'est qu'il y ait eu un Lorenchet sur son chemin, sans quoi il aurait pu se maintenir ; mais l'autre a su flatter, cultiver jusqu'à la folie
les germes d'ambition qui étaient en lui.

— C'est votre frère. Sauvez-le, je vous en supplie !
nous sommes si malheureux !

— J'essaierai ; je ferai tout ce qui sera possible, vous
pouvez le croire. Je l'ai déjà tenté aujourd'hui. Je lui
avais fait promettre de ne pas revoir Lorenchet pendant quelque temps, le temps de le raisonner, d'aviser,
de prendre un parti ; mais il s'est sans doute moqué
de moi, comme il se moque de tout maintenant.

— Chut !... — faisait tout bas Madeleine, qui s'était
retournée. — Chut, nous avons Clairette sur le dos.
C'est triste à dire : je me méfie d'elle ; elle me boude,
elle ne voit en moi qu'une hostilité, qu'un obstacle à
ses rêves insensés. Toute la journée elle m'a évitée ;
maintenant, je crois qu'elle nous écoute.

— J'écoute ou je n'écoute pas, peu importe, j'entends... — ripostait impertinemment Clairette, — cela

prouve que j'ai l'oreille très fine, plus que vous ne le souhaitiez.

La réplique ne fut point immédiatement relevée. On était arrivé à proximité des fermes de l'Abbaye, ceux du village poursuivant leur route, on se souhaitait le bonsoir.

— Allons, vous voilà quasiment arrivés nos gens ! — jetait Cavirot. — Bonsoir Nicolas, et toute la compagnie, tout le monde. Chacun un bonsoir et bonne nuit !

— Bonsoir à tous ; bonsoir ! répondaient ceux des fermes.

Puis, ils se turent durant les quelques pas qui les séparaient de la Basse-Ferme. Sans éclat, Madeleine pleurait à chaudes larmes. Tous marchaient épars dans un silence grave et triste ; Charles et Lucette eux-mêmes demeuraient péniblement affectés des caprices, des bouderies et de l'attitude finale de leur cousine.

Toute la gaieté de cette journée était emportée par la troupe du village, gaieté fugitive dont l'écho languissait dans un progressif éloignement, et bientôt se mourait, enseveli au détour d'un bosquet à l'entrée du village.

— Entrez un instant, — fit Nicolas, en arrivant devant sa porte, — venez attendre le retour de Jacques, et nous causerons... Et l'on pourra tout entendre sans méprise et sans effort, ajouta-t-il, avec une nuance d'acrimonie à l'adresse de Clairette.

— Veuillez entrer, ma tante, — insistaient le frère et la sœur, en se hâtant d'ouvrir la porte. — Entre donc Clairette, ajoutaient-ils en remarquant que la jeune fille hésitait à suivre sa mère.

Tandis que celle-ci venait s'affaisser péniblement sur la chaise qui lui était offerte, la boudeuse allait se dissimuler en un coin sombre de la grande pièce d'entrée qui était tout à la fois la cuisine et la salle à manger.

— Sais-tu que c'est très mal, ce que tu as fait là, Clairette? reprenait sévèrement l'oncle Nicolas.

— Qu'ai-je fait de si mal, s'il vous plaît? répliquait-elle avec arrogance.

— Tu me le demandes? T'imagines-tu donc qu'il soit permis d'espionner ainsi, de braver ainsi sa mère? Sans parler de moi.

— Vous imaginez vous, vous-même qu'il soit permis à une femme de dénigrer son mari, à une mère de dénigrer sa fille, quoi qu'elle puisse ne pas les aimer, et sans parler de vous, si vous y tenez, mon oncle?

— Clairette! c'est de l'effronterie! Nous n'avons fait que constater, et nous ne pouvons que constater encore un fait douloureusement pénible : tu manques absolument de cœur et de tous les sentiments que tu dois à ton excellente mère. C'est indigne! je souhaite que tu n'aies jamais trop à l'expier... — acheva-t-il, comme prophétique,

— On ne peut cependant avoir pour les gens d'autres sentiments que ceux qu'ils savent eux-mêmes vous inspirer, après tout!...

A cette violente sortie, il se fit un court silence de stupéfaction indignée durant lequel on entendait, seuls, les sanglots irrésistibles de Madeleine.

— Oh! Clairette! Clairette!... Ma tante!... Chère bonne tante, peut-on vous faire un tel chagrin! — s'écriait Lucette en se précipitant dans les bras de la malheureuse mère. — Oh! Clairette! toi qui as le bonheur d'avoir ta mère!

— Je ne gênerai pas longtemps, hélas! — gémissait la malheureuse. — Je sens que j'en mourrai!

Clairette s'était rapprochée, très embarrassée de sa personne, poussée par la nécessité de faire montre d'un semblant de tendresse, cherchant des mots et des attitudes capables d'atténuer l'effet de son féroce égoïsme.

De ces deux jeunes filles l'une seulement manifestait une tendresse, sincèrement, pieusement filiale, à ce point qu'un étranger s'y fut trompé, infailliblement : c'était Lucette, embrassant et consolant sa tante, pleurant avec elle.

— Oh! j'en mourrai, j'en mourrai! — répétait Madeleine, — qu'il me serait doux de mourir!

Clairette, cependant, se laissait émouvoir par cette profonde douleur qu'elle avait causée, et la gravité même de la situation lui faisait trouver des paroles de circonstance.

— Non! ne dis pas cela, Mère, je t'en prie. Il faut m'excuser; aujourd'hui j'étais toute énervée. Voyons, ne pleures plus; je t'aime bien.

— Puis, — reprenait-elle en voyant sa mère se calmer, — il ne faut pas trop m'en vouloir; tu sais bien que tu nous contredis toujours, Père et moi, tu ne vois pas les choses du même œil que nous; tu vois tout en noir, et tu te crées un tas de fantômes, au lieu de te mettre d'accord avec nous dans nos projets; nous serions si heureux! Puisque c'est pour notre bonheur à tous!

— Jamais!... non, mon enfant, je ne serai jamais dupe ni complice de ces aventures romanesques que je tiens pour louches, puisque Lorenchet y est mystérieusement associé; ni dupe ni complice de l'éducation qui t'est donnée, de la fausse existence que l'on te prépare... Je n'en veux pas à ton père, pas plus qu'à toi, mais je déplore qu'il s'abuse, se laisse entraîner et t'entraîne ainsi, toi-même. Tu n'es qu'une enfant, et tu es plutôt victime que coupable; mais, de grâce, écoute-moi. Tu n'as aucun motif d'être en hostilité avec moi; n'avons-nous pas une entière communauté d'intérêts? Je ne

sais vraiment pourquoi ton père me cache ainsi ses
projets.

— Pardon, Mère, vous devriez le savoir. C'est parce
qu'il vous sait en contradiction d'idées avec lui, parce
qu'il prétend, que vous êtes bourrée d'idées fausses
sur la vie, que vous voyez tout étroitement tandis
qu'il a une grande ampleur de vues ; que sais-je ?...
je me permets de vous faire une réponse ; mais je ne
songe nullement à émettre une opinion personnelle.

— C'est bien ! ne discutons pas. Ce que je voudrais,
ce qu'il est de mon droit de discuter, je pense, et dans
ton propre intérêt, c'est ce projet inconnu de ton père.
Je ne suppose pas qu'il puisse en arriver à l'exécution
sans consentir à en conférer avec moi ni avec ton
oncle ?

— Pourquoi pas ?... qui sait ?... Moi je ne sais rien,
atténuait-elle avec embarras, sentant qu'elle avait été
trop affirmative.

— Mais certainement si, tu sais, — reprenait l'oncle. —
Tu es mieux renseignée que tu ne veux le paraître...
Voyons, tu ne peux pas être contre nous, contre toi-
même. Ce projet est bon ou mauvais ; s'il est bon, il
soutient victorieusement la discussion et nous nous
rendons à l'évidence ; pourquoi alors en faire un si
grand secret ? Un tel mystère est précisément ce qui
le rend suspect... Moi, je n'ai en cela d'autre intérêt
que celui que je vous porte à tous ; c'est ce qui m'au-
torise à parler, à dire que je ne laisserai pas ce projet
se consommer sans faire ce que j'appelle mon devoir
auprès de ton père. Je veux l'amener à s'expliquer, et
si je n'y suffis pas, je m'aiderai d'auxiliaires, je ferai
agir d'autres personnes ayant de l'influence sur lui. Ce
mystère est obsédant et inquiétant ; je veux à tout prix
le tirer au clair... D'ailleurs, je pressens l'urgence ; dès
demain soir je veux en avoir le cœur net, et ce serait

dès le matin si nous n'étions obligés de nous rendre à l'enterrement de notre vieux cousin.

Nerveux, surexcité, il s'était laissé entraîner ; mais soudain il se reprenait, se demandant s'il n'avait pas été imprudent, s'il était parvenu à influencer la jeune fille.

— Eh bien, Clairette, il faut nous dire la vérité, ou du moins la dire à ta mère ; elle a le droit de savoir, aussi bien que toi...

Mais Clairette avait eu aussi le temps de se ressaisir.

— Je ne sais rien, absolument rien, protestait-elle.

— Alors, il faut avec nous chercher à savoir, — reprenait la mère, — Aide-nous. Fais-ton possible et renseigne-nous.

— Père est parfaitement maître de ses secrets. Voulez-vous donc que je fasse de l'espionnage ? Même pour votre compte, vous sentez que cela m'est impossible, reprit-elle sèchement.

— Je comprends que tout ce que l'on peut te demander, c'est la simple neutralité. Est-ce trop encore ? ripostait amèrement l'oncle Nicolas.

— Mais mon oncle, vous me malmenez vraiment comme un faux témoin, répliquait-elle, esquivant la question.

Un silence glacial suivait ces mots ; puis, la conversation retombait, sans autre transition, dans de vagues généralités, lourde, paralysée par la défiance réciproque. Et le temps se traînait lentement, péniblement, dans l'attente inquiète, et Jacques ne reparaissait point.

Ainsi, vous le voyez disait Lorenchet, nous aurons ici une cave, là un magasin superbe...
(page 75)

CHAPITRE VIII

AFFAIRE CONCLUE

Tous demeuraient silencieux et mornes, comme en une veillée mortuaire, l'oreille tendue et l'esprit glacé.

De temps en temps, l'un ou l'autre sortait, sondant la nuit, guettant le moindre bruit lointain, si ténu parfois qu'il confinait à l'imaginaire; puis il rentrait avec une lenteur soucieuse qui à elle seule était une réponse négative à la muette interrogation de tous.

Rien ! Personne !

Une heure et demie s'était ainsi écoulée.

— Jacques n'est certainement pas chez les Bonnard à cette heure , — gémissait Madeleine , — qui sait quand il rentrera! Il faut nous en aller, Clairette.

— Vous permettez que je vous reconduise, ma tante? proposait Charles.

— Oui je veux bien, mon brave Charles; bien que ce soit tout près ; les femmes sont si peureuses la nuit, et ce soir je suis moins vaillante que jamais.

Et tandis que les jeunes gens prenaient les devants, Nicolas retenait sa belle-sœur :

— Ne pourriez-vous vous dispenser de venir vous-même à l'enterrement? Il y a loin , c'est la journée entière, et je crains que cette journée ne soit fatale, que Jacques n'abuse de notre absence, car nous n'a-vons pas une alliée en Clairette ; loin de là , sans doute!

— Oui, notre double absence est fâcheuse ; mais vous savez Nicolas, que je ne manque jamais à ces devoirs envers les morts.

— Mais Jacques ou Clairette ?

— Jacques ne consentirait jamais à me remplacer, surtout si c'est contraire à ses projets. Du reste, il *déteste ces corvées,* comme il le dit. D'autre part cela n'appartient pas à Clairette, et elle n'a pas la toilette convenable. Bonsoir Nicolas, à demain, à quelle heure au juste?

— J'attellerai à cinq heures; trouvez-vous ici, bon-soir Madeleine. . . . .

. . . .

Les pressentiments de Nicolas ne l'avaient point trompé au sujet de la lumière vue dans les ruines. Dans son jugement sain et réfléchi, il avait compris que ce fait ne devait rien avoir de commun avec les légendes et les racontars fantastiques que les paysans se plaisaient à reproduire, à amplifier et parfois à créer.

Deux hommes étaient là, bien vivants et sans souci des fantômes, parcourant, visitant minutieusement les ruines, parlant avec animation.

— Ainsi, vous le voyez, disait Lorenchet, cette partie est parfaitement conservée ; nous aurons ici une cave, là un magasin superbe et très sain. Voyez donc cette vaste voûte, cette assise sur le roc. Nous avons toutes les facilités d'installation, et nous pourrons nous créer une large sortie sur l'avenue.

— Alors, vous ne jugez pas à propos d'utiliser la petite sortie que vous venez de me montrer sous les arcades? objectait Jacques, faisant allusion à l'étroit passage découvert quelques instants auparavant par Lucette.

— Mais non, certes non! Pour mille raisons, il faut laisser cette partie des ruines en leur état. Il y aurait tout à refaire de ce côté, tandis que nous avons ici toute l'aisance et toute la place nécessaires. Le passage ne pourrait être élargi qu'à grand peine étant taillé dans le roc, et quelque amélioré qu'il puisse être, il déboucherait mal en cet endroit difficile et isolé. Puis, cette partie des catacombes est secrète, introuvable... Laissons-là secrète... Qui sait quel service cela [peut nous rendre?

— J'espère bien que nous n'aurons jamais à nous cacher, répliquait Jacques, avec une fierté mêlée d'inquiétude.

— Qui vous parle de cela, — riposta prestement Lorenchet, — non seulement je l'espère; mais j'en suis certain ; non certes, nous n'aurons jamais à nous cacher. Je ne saurais d'ailleurs en imaginer le motif. Je n'ai pas tant d'imagination que cela... tandis que sur un simple mot voilà la vôtre qui chevauche dans le plus bizarre inconnu. Je veux dire que nous pourrions modifier, augmenter notre commerce peut être,

— insinua-t-il. — Qui nous empêcherait, par exemple, d'ajouter à notre vente d'eau claire, la contrebande de l'eau-de-vie? Nous aurions là une si belle cachette, et il serait si facile d'introduire cela dans Paris, parmi nos envois d'eaux minérales.

— Jusqu'alors, — fit Jacques sèchement, — j'avais compris qu'il s'agissait tout uniquement de l'exploitation de la source saline, comme commerce d'eaux minérales et que cela était une affaire de succès et d'avenir sans qu'il soit nécessaire d'y ajouter des articles de contrebande.

— Allons, je n'ai rien dit. Supprimons vite ce gros mot de contrebande qui vous effraie, tout comme s'il s'agissait d'un acte indélicat. Tenez pour certain que je n'ai émis qu'une parole en l'air, comme l'idée m'en est venue. Cela pouvait être une vague éventualité; mais un projet, nullement. Je vous l'ai toujours dit et je vous le répète : La source sera pour nous un pactole, la rivale de Pougues, cette source si célèbre. C'est la plus brillante affaire possible, un coup de fortune que je n'avais qu'à proposer à qui que ce soit. Je vous ai préféré, vous sachant intelligent, débrouillard et animé d'une certaine ambition, doué en un mot du vrai sens de la vie. Cependant, si vous tenez encore à écouter votre séquelle de rustres, si vous avez encore quelque hésitation, dites-le; il faut en finir par oui ou par non.

— Holà! holà! qu'est-ce qui vous prend, M. de Valmirey? Notre affaire n'est-elle pas des mieux conclues? Ne vous ai-je pas dit tout à l'heure que j'étais plus que jamais résolu à exécuter nos projets et conventions, que je voulais faire la nique à tout ce monde de mollusques qui prétend m'arrêter. Je veux même les priver du plaisir des derniers sermons, échapper à leurs stupides jérémiades, et agir vite sans crier gare!

— C'est bien ce que vous avez de mieux à faire ; ne vous l'ai-je pas toujours dit? Si vous vous mettiez sur le pied de rendre des comptes, d'accueillir tous les avis, vous n'en finiriez pas. Ceux qui veulent arriver ne doivent obéir qu'à leur propre inspiration, ou à celles qui peuvent favoriser leurs projets, et non se préoccuper du gré de chacun comme le meunier de la fable. Alors, quand pensez-vous partir, au plus tôt?

— Dans quelques jours... Je voudrais pouvoir partir dès demain; ma femme doit s'absenter pour la journée avec mon frère. Comme ce serait amusant de leur faire cette surprise, et d'éviter les scènes finales!

— Au fait, pourquoi ne partiriez-vous pas dès demain?

— Parce que je ne suis pas prêt.

— Mais vous le serez si vous le voulez. Vous venez de le dire vous-même. Notre affaire est parfaitement entendue. C'est tout simple : je fournis, avec ce local, le fonds d'exploitation, la source que nous nommons *des Vives-Eaux,* et dont la valeur convenue est très réelle, au-dessous même de la réalité. Ma comparaison avec Pougues n'a rien d'invraisemblable, puisque les *Vives-Eaux* sont d'une composition similaire, caractérisées par la présence de l'acide carbonique libre qui les rend effervescentes et leur donne cette saveur aigrelette et raffraîchissante, ce goût acidulé si agréable, qui, en outre de ses vertus thérapeuthiques, l'ont rendue si célèbre dans la contrée...

— Oui, c'est entendu : c'est avec raison que cette eau raffraîchissante et saine est appréciée de nos paysans. Par sa dominante acidulé-gazeuse, nous pouvons la rattacher... de loin, à celles de Seltz ou de Pougues ; mais c'est à nous d'accentuer par une savante réclame ce que cette ressemblance a de trop vague, en exploitant ce que nul autre avant nous n'avait cru devoir exploiter. Nous sommes donc bien d'accord.

— Peste ! vous raillez comme un sceptique ; mais j'ai à vous répondre que non seulement la renommée de ces eaux est immémoriale, légendaire, mais que leur vertu spécifique se traduit par une formule. J'ai des chiffres ; les chiffres d'une analyse sérieuse ; tout à l'heure je vous les mettrai sous les yeux. Nous ne sommes pas à cent lieues de la formule de l'eau de Pougues ! celle-ci n'atteint pas 4 grammes de minéralisation et la nôtre dépasse 2 grammes, c'est plus de la moitié, tout de même ! Et nous sommes à peu près dans les mêmes éléments : les bicarbonates de chaux, de magnésie et de fer ; le chlorure de magnésium, avec des traces de bicarbonate de soude, etc. Il ne fallait pour exploiter grandement cette source de fortune, qu'un homme d'initiative qui jusqu'à ce jour à fait défaut ici. C'est à nous de réparer le temps perdu en faisant retentir les mille et mille voix de la presse, qui valent bien celles de la renommée antique, puisqu'elle prodigue souvent le succès même à côté du mérite... Le mérite nous l'avons, et cette tâche d'une intelligente publicité, je la laisse à votre charge, avec la conviction que vous vous en tirerez au mieux... Vous allez donc vous installer à Paris, ouvrir, en une situation bien choisie, un dépôt général que vous saurez faire valoir... Ce que vous ferez à Paris notre associé, M. William Atkinson le fera à Londres, aussi grandement que possible ; vous verrez comme ces fils d'Albion savent lancer les affaires... Ainsi, vous à Paris et M. Atkinson à Londres pour la publicité et la vente, moi à l'Abbaye pour l'exploitation et l'expédition. Avec cela nous tenons un joli succès. Partez, hâtez votre installation, aidez à la mienne en me faisant adresser immédiatement le matériel nécessaire. Quant à notre contrat de société, je vais le faire préparer et notre sieur Atkinson se rendra comme nous au jour dit, en l'étude de mon notaire parisien, Mᵉ Gossin, pour la constitution de la société *de Valmirey*, *Aubert et Atkinson*.

— Oui, je compte partir promptement; mais demain serait trop précipité pour quitter ma ferme et pourvoir à tout.

— A quelques jours près, soit; mais vous n'en serez pas plus avancé d'ajourner votre départ. Vous ne pouvez pas emballer votre femme et l'emmener avec vous, n'est-ce pas? Vous n'avez pas de moments plus libres que celui-ci : tout est ensemencé, planté, jusqu'aux moindres légumes, et l'on ne sarcle pas encore, il n'y a rien à faire à la campagne; d'ailleurs, vous êtes bien décidé à laisser la besogne à d'autres. Vos plans sont bien toujours les mêmes?

— Oui, je compte laisser ma femme et ma fille à la Haute-ferme jusqu'après les récoltes, pour soigner nos intérêts; ensuite louer ou vendre. J'ai déjà le fermier tout trouvé en mon premier garçon de ferme, Vincent.

— Donc, vous êtes aussi libre dès ce moment que dans huit jours. Enfin vous aviserez et agirez pour le mieux. En principe, notre affaire est conclue.

Et ils se serrèrent la main pendant que Jacques Aubert, ravi, répétait :

— Affaire conclue!

Au trot d'un vif alezan, une charrette descendait l'avenue blanche et poudreuse (page 84)

CHAPITRE IX

DÉPART FURTIF

MADELEINE s'étant rendue de bon matin à la Basse-Ferme pour le voyage projeté, Clairette, à son lever, était accourue auprès de son père, le saluant avec force caresses et câlineries.

— Bonjour Père!... Eh bien, où en sommes nous? quoi de nouveau?

— Bonjour fillette? quoi de nouveau? j'allais précisément te le demander.

Sans plus préciser, ils se comprenaient, du moins sur le sens de leurs questions réciproques. De quoi pouvait-il être question entre eux, sinon de la grande affaire en laquelle se passionnait leur ambition? L'un et

l'autre s'interrogeaient sur l'état de la question, après
la journée de la veille.

— Que puis-je savoir? Vous n'ignorez pas que l'on
se méfie de moi.

— Allons, Clairette, pas de mystères ! Il n'est nullement prouvé que tu n'aies rien observé ni entendu,
que tu n'aies rien à me dire. Pas de mystères avec
moi. Je t'ai mise assez ouvertement dans mes projets,
je t'ai accordé assez de confiance (plus qu'on ne le
fait certes à une fillette de ton âge), pour que tu ne
me marchandes pas ton dévouement à des intérêts,
qui sont les tiens, somme toute.

Facilement vaincue, et sans plus de scrupules, l'imprudente fillette narrait les incidents de la veille, incapable de garder dans le conflit du père et de la mère
cette neutralité réclamée par l'oncle Nicolas, et rigoureusement imposée par le devoir filial.

— Ah ! c'est cela! — s'écriait Jacques, lorsqu'elle eût
achevé, — un complot pour me faire la leçon ! Est-ce
qu'ils me prennent par hasard pour un petit garçon?
Je vais leur montrer de quel bois je me chauffe. Je
vais leur ôter le souci de leur rodomontade. Je veux
qu'à leur retour ils trouvent le fait accompli et Jacques
absent. Ce sera beaucoup plus simple et plus expéditif.

— Vous partirez aujourd'hui même?

— Aujourd'hui même, au plus tôt. Tu vas t'occuper, petite, de mon linge, de ma malle, suivant mes
indications, tandis que je vais me plonger dans d'autres détails.

— Je n'ai qu'à vous obéir, père; vous savez ce que
vous avez à faire... Au fait, puisque c'est pour en
venir là, peut être avez vous raison d'éviter des
scènes.

Discrètement encore elle l'encourageait. Au fond elle
était ravie, intérieurement elle exaltait de voir son père

partant vers cette terre promise, éclaireur d'un pays de rêve où elle brûlait de le rejoindre.

Et tout en se contenant pour ne pas chanter, pour ne pas crier immédiatement sa joie, elle se hâtait avec une légèreté d'oiseau, comme si elle eût ainsi sensiblement précipité l'heure de son propre départ.

Soudain, une pénible appréhension, un distinct pressentiment de l'avenir vint la mordre au cœur, gâtant toute sa joie; elle songea à la douloureuse surprise de sa pauvre mère... elle se rappela une histoire récente de ruine et de misère, un père se tuant, les enfants dispersés, gagnant péniblement leur pain...

Jacques la trouva assise sur un escabeau, les bras pendants, le regard fixe, perdue dans ses pensées, devant la malle inachevée.

En riant, il lui reprocha sa paresse : en larmes elle se jeta à son cou, lui contant ses noires pensées.

Toujours riant, il lui rappela combien elle avait désiré la révolution qui allait s'accomplir, et la traita par avance, de petite Parisienne impressionnable et nerveuse.

— Tu n'en veux donc plus, de ton beau Paris, tu as donc oublié que tu y trouveras la fortune et toutes les félicités qu'elle donne? Je te veux instruite et heureuse comme une reine, ma Clairette chérie.

— Si pourtant tu préférais le village, si tu recevais en ce moment une inspiration d'En-Haut, — acheva-t-il, mordu au cœur à son tour par l'épouvante de l'obscur avenir. — On dit que parfois les enfants sont divinement inspirés. Prononce, il en est temps encore. Je n'ai pas fait un pas.

— Non! non! non! — cria la pauvre folle, entrevoyant soudain, dans un mirage, tous les plaisirs, toutes les revanches, tous les bonheurs rêvés. — Non, partez, j'avais tort. C'est vous qui avez raison.

Et il partit, et Clairette, responsable du départ de son père ; mais oubliant les pressentiments, oubliant sa pauvre mère, se plongea dans les plus radieux espoirs.

. . . .

Le soleil commençait à décliner du côté des monts, dont les sommets baissés projetaient déjà des ombres allongées sur le val.

Au trot d'un vif alezan, une charrette descendait l'avenue blanche et poudreuse, jetant à travers la campagne son écho roulant, trépidant et sonore.

Dans la cour de la Basse-ferme, Lucette, qui observait le véhicule, hélait son frère :

— Dis donc, Charles, tu es là? Voici nos gens, je crois ; tu vas venir dételer, dis?

— Tu n'as pas l'œil Lucette, — répondait en riant le jeune homme qui venait de sortir des engrangements.— C'est le *Fauvet* et la voiture de l'oncle Jacques.

— Oui, c'est vrai ; d'ailleurs je t'ai bien dit qu'il m'avait semblé voir passer la voiture tout à l'heure, mais j'étais si occupée à la laiterie, et puis, elle filait si bon train, que je n'ai pu m'assurer qui était dessus.

— Tiens! c'est Clairette, avec Vincent.

Le frère et la sœur s'avançaient au-devant de la voiture, qui bientôt s'arrêtait en face de la ferme, devant la barrière.

— Bonjour Clairette! Bonjour Vincent.

— Bonjour Charles. Bonjour Lucette.

— C'est toi qui te promènes comme cela en voiture? Descends donc un peu. Est-ce que tu ne vas pas attendre ma tante? *Ils* ne doivent pas tarder, — proposait Lucette.

— Au fait, oui, je veux bien descendre ; tu pourrais dire que je me sauve sans prendre la peine de te répondre.

— Allez, Vincent, — ordonnait-elle en sautant de la voiture.

— Oh! j'en mourrai, j'en mourrai! répétait Madeleine, qu'il me serait doux de mourir!
(page 69)

— Oui, c'est moi qui me promène comme cela,
— reprit-elle bravement. — Papa a dû partir subitement
en voyage, et je viens de l'accompagner jusqu'à la
gare.

— Tiens... il me semble qu'il n'en était pas question hier, de ce voyage, — émit Charles, d'un ton
vaguement inquiet et inquisiteur.

— Il ne pouvait pas en être question, puisque Père
n'a été fixé à ce sujet qu'aujourd'hui seulement.

— Et puis, ce ne sont pas mes affaires, ajouta-t-elle
d'un ton qui signifiait : *ce ne sont pas les tiennes
surtout.*

Le jeune homme le comprit ainsi, et sans répliquer,
le cœur gros, il retournait à son travail, tandis que
de son côté Lucette s'emparait d'une diversion qui se
présentait.

Autour d'elle, à sa suite, la basse-cour, adultes et
couvées gloussait, caquetait, cancannait, piaulait, en
s'ébattant, réclamant le repas du soir.

— Pchtt! Pchtt!... Oh! les vilaines bêtes. Elles vont
salir ma robe. Elles sont encore plus dévergondées ici
que chez nous, et c'est parce que tu le veux bien.
Tiens, voilà comme je les reçois moi! — fit Clairette
avec dégoût.

Et elle lançait le pied de côté, rabrouant les vola-
tiles confiants qui s'étaient approchés le plus près,
provoquant une rumeur tumultueuse, fièrement accen-
tuée par l'état-major des coqs et des dindons.

— Mais point du tout, ce ne sont pas de vilaines
bêtes, mes petites cocotes, mes dindonneaux, mes
canetons, — protestait Lucette. — Mais bien sûr qu'elles
sont ainsi parce que je le veux bien. Elles connaissent leur petite maîtresse et elles la suivent, mais elles
ne font pas de sottises; elles sont très sages... Voilà
que tu m'as tout effarouché mes petits poussins si

mignons. Petits! Petits! Poussenets, poussenets! cocotes! venez! venez!

Toute la gent emplumée se rapprochait, répondant
à la voix familière et caressante de la jeune fille par
une rumeur apaisée et sympathique.

Seuls, les coqs gardaient encore une attitude belli-
queuse; dressés sur leurs ergots, ils portaient haut la
tête, secouant un rudiment de drapeau rouge, affirmant leur vigilance par des « kock! kock! kock! »
alertes et éclatants.

Aux pieds de Lucette, une nuée de petits poussins
rondelets, aux plumes follettes se pressaient, pullu-
laient, semblaient sortir de terre.

Et c'était plaisir de les voir titubant, roulant, trotti-
nant, allongeant le cou, tendant grand ouvert, leur
petit bec, d'où partaient, multipliés, les « piu-piu »
quémandeurs.

— Vois donc comme c'est gentil, toute cette petite
marmaille, ces petites bêtes du bon Dieu, — reprenait
Lucette, — c'est si mignon, et ils me connaissent déjà
si bien!

Elle avait jeté les mains comme un coup de filet, et
parmi cette onde vivante, elle avait saisi deux sujets
qui ne paraissaient nullement effarouchés, la regardant
tranquillement de leurs yeux ronds, répondant par des
« piu-piu! » satisfaits, lorsqu'elle les approchait d'elle,
les couvrant de caresses et de baisers.

— Petits poussenets! petits poussenets!

— Oui, les petits poussins, c'est gentil, si l'on veut,
— répondait Clairette, — encore est-ce plus ou moins
propre! mais il faut aimer les bêtes. Quant aux cou-
veuses, elles sont mauvaises; je ne les aime pas.

— Tu donnes tout à la fois, le *pourquoi* et le *parce
que*, ma chère Clairette. Ces mères sont mauvaises,
parce que tu ne les aimes pas, elles et leurs petits...

Vois donc comme elles sont douces et *amiteuses* avec moi, comme elles gazouillent de contentement. Ce sont d'admirables mamans. Je les aime, non seulement pour leur zèle à faire vivre leurs petits, à si bien *écabaner* leurs ailes pour les abriter ; mais je les aime, je les admire surtout de les voir si intrépides, si gendarmes, se hérissant, se grossissant, se rebiffant contre tout danger qui menace la couvée, pauvres faibles cocotes que le moindre roquet effarouche en bandes, quand elles n'ont pas de petits.

— Çà !... mais c'est de l'instinct, tout bonnement.

— J'aime beaucoup ce « tout bonnement ! » J'accepte ce mot d'instinct ; mais cela n'empêche pas qu'il ne soit touchant et sublime.

— Venez mes cocotes, venez mes poulettes, venez mes petits, venez ; je vais vous donner à souper.

— Toi aussi, ma chère, tu es une admirable maman ! — murmurait railleusement Clairette, tandis que sa cousine allait chercher la pitance réclamée.

Bientôt les couvées se pressaient avec des pépiements, avec des frémissements d'ailettes, autour d'un auget où les becs embarbottés puisaient leur pâtée.

Et tandis que parmi les adultes, Lucette faisait pleuvoir le grain qui rebondissait sur leur plumage avec un doux bruit de grésillade, au milieu d'un ébrouement d'ailes, d'un moutonnement de plumages variés et mouvants comme une onde, les becs actifs, accentuaient de leur picotement rapide le léger roulement d'une grêle lointaine.

Clairette, se tenant à l'écart, considérait cette scène d'un air vague et ennuyé.

Lucette s'en aperçut et se hâtant de distribuer les dernières poignées de grain :

— Viens donc faire un tour au jardin. Tu vois mon jardinet de fleurs ? Celui-là est tout à moi ; personne autre n'y touche. Je bêche, je sème, j'arrose et tout. N'est-ce pas qu'il est joli, bien fleuri déjà? J'aime tant les fleurs!

— Moi aussi j'aime les fleurs, — répondait Clairette, évitant de formuler le compliment mieux mérité que sollicité. — Mais je n'aime ni la terre, ni l'eau, ni la boue; j'aime mieux les cueillir que les cultiver.

Et parlant d'exemple, elle cueillait impitoyablement les fleurs les plus belles, les plus rares, tandis que Lucette, souffrait de ce vandalisme indifférent, comme si on lui eût arraché quelque chose d'elle-même et répliquait:

— Je les aime surtout pour les cultiver et pour les voir sur leur tige; c'est ainsi qu'elles sont les plus belles; et puis cette culture est un charme, une distraction si saine et si agréable!

— Tout de même tu es une fermière dans l'âme; c'est bien ta véritable vocation.

Ces paroles avaient été dites d'un ton de dédaigneuse pitié qui n'échappait point à Lucette.

— Oui dà! de tout mon cœur, je suis fermière, affirmait-elle. Une bonne fermière ne vaut-elle pas une inutile demoiselle? Ne peut-elle être aussi heureuse qu'elle?

— Cela, c'est une manière de voir. Je sais que c'est la tienne. Je te ferai observer qu'une demoiselle n'a pas besoin d'être utile, qu'il lui suffit d'être heureuse; et quand je dis *demoiselle* j'entends une personne qui possède ce qu'il faut pour être heureuse.

— La fortune, l'opulence, n'est-ce pas? Mais sans avoir cela je m'estime parfaitement heureuse, et je n'envie rien ni personne.

— Oui, parce que tu es ici parfaitement dans ton élément et que tu n'es pas née pour ce qu'on appelle *le monde*. Au fait, il est heureux que ton ambition

ne dépasse pas le bout de ton nez, et que tu te con-
tentes si facilement de ton sort.

— Alors, si je ne me trompe, tu es née demoiselle
comme je suis née fermière. C'est bien la distinction
que tu veux établir.

— En vérité, notre idéal n'est pas le même. Moi,
j'aimerais beaucoup mieux aspirer le parfum des fleurs
dans un salon, qu'au milieu de cette atmosphère à
laquelle se combine l'odeur du fumier; je les préfère
artistement arrangées en un beau vase très décoratif
plutôt que vues en plein air, livrées aux insectes mal-
propres. Enfin, sans parler de tous les charmes d'une
vie opulente, une société de gens distingués, élégants
me plairait infiniment mieux que celle des animaux de
toutes sortes, y compris les paysans.

— Clairette! tu es vraiment trop irrespectueuse, trop
méprisante pour ces paysans dont nous sommes tous,
ton père aussi. Et puis, que deviendraient les riches
sans les travailleurs de toutes sortes, sans les cultiva-
teurs surtout?

— Il faut des gens pour tout faire. Dans ce sens, le
monde est bien fait, puisqu'il y a des aptitudes diverses selon les emplois. Aussi est-il sage à chacun de
reconnaître et de prendre sa place. Quant à Père, il
n'a pas mis dans son marché de végéter toute sa vie
durant à la campagne, dans la terre; on a bien le temps
d'y être à la mort! Il ne veut pas me condamner moi-
même à cette existence, qui n'en est pas une, par cette
seule raison qu'elle a été celle de ses pères. Non! il
n'a pas à ce point le culte de la sainte routine, comme
il dit, ni cette résignation fataliste qui prêche que
quand on n'a pas ce qu'on aime il faut aimer ce que
l'on a. Il sait que la fortune est aux audacieux, aux
intelligents. Il ne s'est résigné que trop longtemps à
cette ombre d'existence, et il a bien fait d'en finir!...

Elle s'était laissée entraîner, révélant ainsi l'exécution des projets de son père, et, de plus, sa propre solidarité.

— D'en finir?... interrogeait Lucette anxieuse, devinant vaguement.

— Eh bien oui, d'en finir... Père est parti pour se fixer enfin à Paris, dans les grandes affaires, et nous le rejoindrons, maman et moi, dans quelques mois.

— Parti comme cela, aujourd'hui? A l'insu de ma tante, sans doute?

— Il n'est pas perdu d'abord. Et il a bien fait d'agir ainsi, pour éviter des raisons, des discussions. Ce sont ses affaires, il est bien le maître.

— Soit, s'il était juste et raisonnable d'agir en maître... Je n'entends rien aux affaires, je ne les discute pas; mais je ne comprends pas que mon oncle soit parti si impromptu, en laissant tout son train; parti comme qui dirait un criminel, en cachette de papa et de ma tante... pauvre tante! comme elle va se désoler! Et dire qu'il est passé devant notre porte, sans même me dire adieu! Qu'est-ce que je lui ai donc fait, moi?

Et sur les joues de la fillette de grosses larmes coulaient, qu'elle essuyait du coin de son tablier de cotonnade.

— Mais il était pressé, songe donc! Je t'ai dit qu'il s'était avisé d'aujourd'hui de partir, et qu'il craignait de manquer son train.

— Ah! il s'est avisé d'aujourd'hui!... — répétait Lucette, relevant la révélation irréfléchie de l'étourdie. — Clairette, tu es pour quelque chose dans cette subite résolution... Tu es bien coupable!

— Qu'est-ce qui te le prouve, que je sois pour quelque chose dans cette décision? Père ne sait-il pas bien ce qu'il a à faire! N'est-il pas libre? Et puis, cela voudrait-il dire que je sois coupable? N'est-ce pas vous qui êtes coupables, dans votre jalousie féroce? N'est-ce pas assez d'avoir tourné maman contre papa? Espérez-vous en faire autant de moi? Non! c'en est trop, et vous n'en viendrez pas à bout!

Surexcitée, mauvaise, avec des larmes de colère, elle s'acharnait à monter le diapason de son exaspération, à chercher les motifs les plus désagréables pour affliger la pauvre Lucette, qui, affaissée sur un banc, la tête entre ses mains, pleurait.

— Clairette! Clairette! — gémissait la fille de Nicolas. — Que tu est injuste contre moi, contre ma tante et contre papa!... et ingrate!... Nous t'aimons tant!... Ne l'oublie jamais, je t'en prie.

Et soudain, se dressant, elle répéta d'une voix vibrante:

— Ne l'oublie jamais!

Si je veux?... Oh! quel bonheur, s'écriait la future soubrette en joignant de nouveau les
mains (page 99)

CHAPITRE X

LES MIRAGES

LUCETTE! Tu es là?

C'était Lizon la couturière-lingère, en journée à la ferme; ayant vu les jeunes filles se diriger au jardin, elles les y avait rejointes.

— Oh! pardon, mesdemoiselles, Mˡˡᵉ Clairette, — fit-elle avec une révérence toujours admirative à l'endroit de la fille de Jacques, — je vous dérange peut-être; seulement c'était pour te dire, Lucette, que je n'ai plus rien à faire.

— C'est bien, Lizon, je vais amasser ce linge qui est épanché, et te donner de quoi t'occuper.

95

— Mais si çà te dérange, je peux prendre les rac-
commodages... Tu parais chagrine, Lucette ; sans être
trop curieuse, c'est pas qui soit rien arrivé d'*extra* à
vos gens?

— Non, ma bonne, il ne leur est rien arrivé, j'espère...

— C'est moi qui suis arrivée... c'est moi l'auteur de
tous les maux, ma pauvre Lizon, — jetait Clairette,
voyant que le regard de l'ouvrière se fixait surtout sur
elle, plus curieux et plus sympathique encore que pour
sa cousine, en dépit du contraste des physionomies.

— On peut bien te dire de quoi il retourne, conti-
nuait-elle, désireuse et sûre de rencontrer une approbation complaisante. Voici le fait en deux mots : Père
vient de partir pour Paris afin d'y chercher une fortune
certaine, qui lui tend les bras. Nous l'y rejoindrons
bientôt, ma mère et moi pour y vivre en grandes dames,
et voilà Lucette qui s'en désole comme d'un malheur ;
comprends-tu cela ?

— Ne sois pas injuste une fois de plus, Clairette,
— interrompait Lucette. — Tu sais bien que je ne sais
que me réjouir de tout ce qui peut t'arriver d'heureux.
Je souhaite que nous ne soyons divisées que par un
malentendu passager ; je souhaite que l'avenir me donne
complètement tort ; seulement, je ne puis accepter le
tort dont tu m'accuses... Oh ! c'est si faux, cette jalousie !

— Admettons que j'aie été trop vive. Quand on est
fâché, l'on ne dit pas ce qui fait plaisir. Je suis comme
cela quand on me contredit ; mais tu me connais bien ;
ne nous fâchons pas pour cela... Allons, j'avoue que
j'ai eu tort. Es-tu fâchée?

— Non, je ne suis pas fâchée, mais tu m'as fait bien
de la peine. Toi aussi tu me connais bien, et je ne comprends pas que tu aies eu l'idée de me dire cela...

— Allons, çà n'est rien, — intervenait Lizon, — vous
êtes censément comme qui dirait les deux sœurs ; on se

chicane tout en riant, par familiarité et l'on se remet
aussi vite. Faut pas garder de rancune l'une contre
l'autre.

— Alors, c'est vrai, M. Jacques est à Paris? et vous
aussi, c'est pour y aller demeurer? Il était bien question de quelque chose dans le pays; mais chacun disai
son mot, et personne ne savait rien au juste.

— Que vous êtes heureuse! ajoutait-elle en joignant
les mains comme devant une vision d'extase.

— Ah! tu comprends cela, au moins, toi!... Oui,
certainement, je serai heureuse va! nous serons riches.
Il n'y a que Paris où l'on puisse faire promptement
fortune et où l'on puisse en jouir.

Nous aurons un hôtel, de magnifiques appartements
où je serai comme une reine, servie par des domestiques empressés; il y en aura pour tout faire. Je pren-
drai des leçons, je jouerai du piano, j'aurai les plus
belles toilettes, et du plaisir à les porter!...

— Nous fréquenterons le monde, un tout autre
monde qu'ici, — soulignait-elle dédaigneusement, —
une société charmante et civilisée. Nous aurons des
bals, des soirées, le théâtre, les promenades en voiture,
à cheval même. Je tiendrai tête à ces demoiselles
Livarey... Papa me promet tout çà; il paraît que ce
Paris est une continuelle fête.

— Non, il n'y a que Paris, bien sûr, pour la richesse,
pour l'élégance, pour le chic et tout, — ponctuait
Lizon. — Voyez les plus gros lourdauds, des nicaises
qui s'en vont tout engoncés comme ce gros Antoine
Bochard, Tonichou, qu'on lui disait; vous avez vu
dernièrement quand il est venu, comme il s'est élagué,
déniaisé, affiné, que ce n'est plus du tout le même
Tonichou. Il paraît qu'il est cocher chez du monde
très bien, grassement payé, et nourri, et tout.

— Et rien que de se frotter un peu à ce beau monde

7

là, rien que de respirer l'air de Paris, le voilà tout *morphosé* (métamorphosé), comme si c'était un bourgeois, si bien que le plus cossu des paysans de Valmirey, sauf M. Jacques, un peu, ne serait pas à *comparaître* (comparer). Hein! vous voyez ce que c'est que d'être parisien! Encore ce pauvre Antoine n'est-il qu'un simple cocher. Une femme, c'est bien des fois mieux encore pour se *morphoser* dans l'élégance. Nous avons connu toutes les trois cette grosse Jeanneton qui était vachère chez Boichot. Vous l'avez vue revenir au bout de pas un an, toute virante, toute pimpante comme un petit-z-oiseau, avec une toilette qui lui allait comme à une petite princesse. Et puis, c'était un autre accent de parler, avec des termes, et en langue grasse. Ainsi, elle me disait bien cette mamzelle Jeanne :

« Y a que Parrris, ma chèrrre, pour y avoir du monde chic, et qu'a du goût, et qui sait porrrter la toilette. »

— Et pour en finir, je dis, Mlle Clairette, que vous êtes bien heureuse!

— Et toi, Lucette, tu n'es pas d'avis? tu ne dis rien?

— Non, moi je ne dis rien; il vaut mieux, puisque je ne sais ni dire ni penser comme vous. Chacun son goût, dit-on.

— Oui, chacun son goût, — appuyait ironiquement Clairette, — sauf ceux qui n'en ont pas, ajoutait-elle plus bas, de façon à ne pas être entendue de Lucette, qui avait pris les devants pour amasser le linge.

— Alors, si tu étais riche, tu aimerais Paris? — demandait la future parisienne à la jeune ouvrière.

— Oh oui, je vous promets que je l'aimerais! d'autant que sans être riche et sans le connaître, j'en raffole. Si ce n'était pas grand'mère, j'y serais déjà. Jeanne voulait s'occuper de moi pour une place! C'était si bien mon rêve! J'aimerais tant servir quelqu'un de *bien*, être un peu dans les *allures* du monde, vivre dans cet air et dans ce bruit de Paris.

— Ton rêve se réalisera, ma belle. Tu seras ma femme de chambre un peu plus tard, si tu veux, quand nous serons bien installés, bien lancés.

— Si je veux?... Oh! quel bonheur, s'écriait la future soubrette, en joignant de nouveau les mains comme pour saisir son rêve. Quel bonheur, Mlle Clairette, et que vous serez bonne de m'emmener! Seulement, il y a Grand'Mère...

— Bah! elle n'est pas éternelle ta Grand'Mère. A son âge il y en a beaucoup qui ne sont plus un embarras pour leur petite-fille, — osa dire durement Clairette.

— Oui, mais c'est elle qui m'a recueillie, qui m'a élevée... Et puis, c'est toujours Grand'Mère.

— C'est vrai, tu as raison; il y a le devoir, — reprenait Clairette pensive, saisie d'un remords subit en voyant tout à coup apparaître la voiture de l'oncle Nicolas, en songeant à la pénible surprise qui attendait sa mère.

La voiture se rapprochait rapidement, au galop de son coursier qui flairait l'écurie. Bientôt elle atteignait la haie d'aubépine et de troëne qui formait la limite du jardin, bientôt elle tournait en s'alentissant dans la cour.

— Hôo!... Hôo!... Hè!

Le cheval s'était arrêté à l'ordre du maître, et Charles empressé accourait à la bride, tandis que descendaient les voyageurs.

Clairette, le cœur serré, s'avançait avec hésitation, effrayée peut être, maintenant, de sa responsabilité, sûrement inquiète de la difficile tâche de parler du fait accompli.

— Bonjour Maman, bonjour mon Oncle, jetait-elle

d'un ton et d'un air mêlés d'embarras et de timidité
qui ne lui étaient point habituels.

— Bonjour ma fille, — répondait la mère avec un
affectueux baiser. — Tu es venue m'attendre auprès
de Lucette? Allons, c'est bien, tu es une bonne petite
fille, et je suis bien contente.

Cette attention supposée la rendait toute joyeuse,
faisant s'évanouir les inquiétudes de la journée ; mais
l'oncle Nicolas était loin de partager cet optimiste aveu-
glement de l'amour maternel ; l'étrange embarras de Clairette n'avait pas échappé à sa méfiance, toujours en éveil.

Sous les affectueuses paroles, sous le maternel baiser,
la jeune fille retrouvait, mieux que la veille, les élans de
sa tendresse filiale, excitée par la réaction du remords.

Non qu'elle regrettât en lui-même l'évènement accompli, mais elle se sentait coupable, confuse du rôle
qu'elle avait joué, indigne des tendres et maternelles
démonstrations.

D'irrésistibles larmes mouillèrent ses joues, accom-
pagnant son baiser.

— Larmes de crocodile ! Baiser de Judas ! songeait
Nicolas, dans sa perspicacité, tandis que, subitement
inquiète, Madeleine interrogeait, pressante :

— Pourquoi pleures-tu ?... Qu'est-il arrivé ?... Qu'est-
ce qu'il y a ?... Mais réponds-moi donc !

— Demandez à Lucette, articulait la coupable, en
voyant sa cousine qui ouvrait la porte de la maison,
pour accueillir les arrivants.

— Entrez ma tante... Entrez.

— Qu'est-ce qu'il y a Lucette ? Voyons...

— Asseyez-vous...

— Mais quoi donc ? Je t'en prie...

— Il n'y a rien, ma tante... Je ne sais pas grand-
chose... Clairette aurait pu vous dire cela... Tranquil-
lisez-vous...

— Mais parle donc, tu me mets à la torture.

— C'est mon oncle qui est toujours occupé à ses affaires, — risquait-elle, s'efforçant d'atténuer le contre-coup.

— Il est parti?... Dis-nous la vérité! s'exclamaient à la fois Nicolas et Madeleine.

Les jeunes filles confirmaient, l'une par son silence, l'autre par ses larmes de confusion, les appréhensions énoncées.

— Larmes de crocodile! Baiser de Judas! De prime abord, j'avais compris cela, — pestait l'oncle.

— Oui, c'est cela, nos projets livrés par cette petite folle ambitieuse; Jacques partant impromptu pour nous braver à sa façon. Ose-donc nous dire, bonne fille, que tu n'as pas trahi ta mère!

— Trahie par mon enfant, — gémissait celle-ci, — c'en est trop! C'est le coup de la mort qu'elle me donne là.

— Pardonne, Maman, — implorait Clairette, — pardonne! je te jure que je n'ai jamais eu l'intention de te faire de la peine... Mais aucun malheur ne nous atteint, ne nous menace même. Ne te fais pas de chagrin, attends l'avenir avec confiance.

— Oui, elle peut avoir confiance en l'avenir; comme en toi-même, n'est-ce pas? concluait l'oncle inflexible. Je souhaite pour toi que l'avenir ne te réserve pas des larmes plus sincères, plus douloureuses, plus amères que celles que tu verses en ce moment. Autrement, je ne te conseillerais pas de venir te plaindre à moi. . .

. . . .

Trois mois plus tard, Clairette radieuse, et la pauvre Madeleine, malade et désolée, s'installaient à Paris, auprès de Jacques, lancé et triomphant.

FIN DE LA PREMIÈRE PARTIE

Deuxième Partie

Paris — Terre-Promise

Deux ans après, un superbe landau cueillait à la gare, M. et Mme Jacques Aubert,
Mlle Clairette Aubert (page 105)

Deuxième Partie

PARIS — TERRE-PROMISE

CHAPITRE Ier

PROPOS VILLAGEOIS

EUX ans après, par une belle journée d'été, un superbe landau, retenu à la ville voisine par les soins de l'aimable Lorenchet, cueillait à la gare M. et Mme Jacques Aubert, Mlle Clairette Aubert; personne de la famille n'avait été prévenu : M. de Valmirey était seul à attendre les *Parisiens*.

105

Ils étaient transformés, même Madeleine : un luxe voulu, criard et fort cher, s'affichait sur eux et autour d'eux.

Sur le siège, à côté du cocher, grimpa une pimpante soubrette, en laquelle on pouvait reconnaître Lizon, devenue Mlle Elise, et ayant réalisé, comme ses maîtres, les rêves ambitieux de sa jeunesse.

Après avoir complimenté Lorenchet sur la bonne tenue de l'équipage et du domestique de louage, M. Jacques donna l'itinéraire :

— Faites le grand tour ; je veux traverser le village de Valmirey ; nous nous dirigerons ensuite vers la Basse-Ferme de l'Abbaye.

C'était par une après-midi de dimanche ; les paysans désœuvrés, endimanchés, se voyaient par groupes devant les portes, le long des rues et sur la place où se tenaient les jeux.

Raide et gourmé, la tête droite, sous le haut chapeau de soie, Jacques passait indifférent et sans voir, en grand seigneur, comme s'il eût traversé, en plein Paris, la foule impersonnelle et ignorée dans laquelle on peut confondre même les amis.

Madeleine, sentant qu'ils étaient le point de mire de tous les regards, avait tout d'abord risqué de timides saluts.

— Bon ! si vous vous amusez à saluer tous ces badauds-là, vous n'avez pas fini ! — murmurait Clairette. — Tout à l'heure il faudra se complimenter avec tous ; ils seront autour de nous comme devant une curiosité, un dentiste forain. Curiosité soit, si çà leur plaît de nous regarder ; mais tenons-les à distance, nous n'arriverions jamais à destination.

— C'est assez ennuyeux déjà de ne pouvoir faire trotter dans ces rues ! — appuyait l'ex-fermier.

Il pestait d'autant plus qu'il avait à passer devant

la demeure de Cavirot, assis sur son banc avec la
Nabote, et qu'il voyait ceux-ci l'observer de loin, le
guetter, puis tout à coup se lever et accourir les bras
levés à son passage.

— Hôo! hé!... clamait le vieux en se jetant à la
bride des chevaux.

— Eh bien quoi!... Te voilà?... C'est bien toi, Jacques? C'est vous, nos gens? On ne vous reconnaîtrait
Messieurs... Mais on ne passe pas comme çà à la porte,
sans entrer, bien sûr!

— Mais oui, c'est moi..... Bonjour!..... Bonjour!.....
Allons! laissez la voix libre, que diable..... Si l'on
vous fait une visite vous le verrez bien. Attendez
que l'on soit arrivé au moins!.....

Allez!..... Allez!..... fit-il au cocher qui se hâta
d'exciter les chevaux.

En voilà une attaque stupide!..... Il serait moins
vexatoire, certes d'être arrêté par des brigands bien
élevés! — conclut-il, pendant que vivement claquait
le fouet du domestique, ponctuant la mauvaise humeur
du maître, tout en accélérant l'allure des chevaux,
tandis que d'autre part le vieux les escortait le plus
loin qu'il le pouvait de sa clameur déconcertée.

— Dis donc! C'est-y ce Paris qui vous a donné la
berlue ou qui vous a fait perdre la connaissance à
toi et à ta fille? que vous ne reconnaissez seulement
plus vos parentés de famille?

Je ne parle pas pour Madeleine, — acheva-t-il, —
la pauvre femme, elle était toute causante des yeux,
et elle s'en allait toute *consterminée*, (consternée).
En voilà des gens qui ont de l'*inducation!* (éducation). Si c'est comme çà qu'on apprend de l'esprit
dans ce Paris, c'est pas la peine d'aller si loin!

Et avec une égale indignation, une égale prolixité
dans le geste et dans la voix, il se rapprochait, suivi

de sa petite fille, des groupes de joueurs que l'incident mettait en gaieté, chacun disant son mot.

— Eh bien, qu'est-ce que vous en dites de celle-là,
Tonton? Il abrège ses *orbanités*, (urbanités), M. Jacques! J'ai cru qu'il allait vous cingler, vous faire
donner l'accolade avec son fouet.

— C'est peut-être la manière de Paris.

— Moi j'ai bien vu qu'il ne fallait pas s'hasarder à
s'y frotter de but en blanc. Il passait sérieux comme
un pape, comme si c'était manquer à son rang que de
connaître le monde dans la rue, du contraire de nous
autres.

— C'est la manière de se tenir dans les équipages
qui veut çà; Cadet le cocher des Livarey est pareil
quand il conduit ses maîtres; il tient les guides comme
un Saint-Sacrement; il a beau passer sur nous, cela
ne lui donne pas de distractions; il ne nous voit seulement pas.

— Oui, quand il est avec ses maîtres; mais quand
il est seul, qu'il revient de les conduire en gare, par
exemple, il n'est pas grimacier en traversant le village;
il ne refuse pas la première chopine qu'on peut lui
offrir !

— Cela non! Il ne refuse même pas la deuxième,
ni la troisième si elles se trouvent.

— Oui, cela va sans dire, Cadet se tient raide
comme la justice devant ses maîtres, parce que c'est
la consigne, — faisait entendre Cavirot au milieu du
tumulte général, — c'est des manières de riches, qu'ils
appellent cela : l'épitaphe,

— Dites-donc l'étiquette!..... Mais çà serait-il que
M. Jacques serait avec son maître, en qualité de lar-
bin de M. le Crochous?

— Que nenni, puisqu'on dit même qu'il veut acheter
l'Abbaye, pour être un jour le matador du Valmirey.

— Cela n'empêche pas que d'une manière le Crochous est toujours son maître, que s'il y en a un de
roulé à la fin des comptes, cela ne sera pas lui; et
je crois toujours qu'il y en aura un de roulé.

— Cela n'empêche pas non plus que Jacques a été
assez malin pour faire fortune, et qu'il se moque pas
mal de votre qu'en dira-t-on, tant qu'il a l'air riche!
On dirait que vous causez tous comme des jaloux
que vous êtes; mais celui qui a de la richesse l'a tout
de même.

Celui qui venait de parler était un pitoyable vieillard
étique, à la face osseuse et tannée, et de grande taille,
s'il n'eût eu l'échine pliée en équerre.

— Parce que tu as du butin, toi, Martin, tu soutiens
la richesse, — répliquait Cavirot. — Mais c'est pas toi
qui la jetterais par les fenêtres avec des équipages et
des toilettes à tout casser.

— Cela non, bien sûr; le bien fait trop de mal à
gagner!

— Et c'est parce qu'il fait trop de mal à gagner
que tu te fais encore martyr de celui qui est gagné,
et que tu t'extermines toujours pour en amasser davantage. Et puis, pour qui? pour des neveux qui trouvent le temps long de te mener au champ des
taupes!...

— Ah! les gueux, je les connais bien!... Mais bonnes gens, s'il fallait toujours manger et ne plus travailler, on serait bientôt au bout de ses sciences!
Est-ce qu'on peut toujours prendre là où on ne met
rien. Vaudrait bien mieux s'y en aller tout de suite,
au champ des taupes. Vous n'avez que cela à dire tous.
que je suis riche... Mais qu'est-ce que j'ai?...

— Bien sûr, tu es bien assez riche pour ne pas
t'abîmer le corps à travailler comme cela sans te soigner. Moi j'ai toujours eu de l'intérêt et du travail, mais

est-ce que je me tue? C'est vrai que cela me fait pitié quand je te vois plié à l'ouvrage, tellement que tu en as pris le pli, tellement que tu ne prends pas le temps de relever le dos quand on te parle en passant à côté de toi, et que tu réponds *brèvement* (brièvement) aux gens, sans les reconnaître, sinon qu'à la voix ou au jugé. Tu me diras si tu veux que cela ne me regarde point, mais cela me fait mal quand je vois du bien qui ne peut plus s'appeler du bien, puisque tu en es martyr, que tu veux tout faire valoir par tes mains, sans prendre des journées, ni personne pour te faire tes repas, que tu t'en vas bécher tes vignes avec ton talon de pain sec.

— Avec du pain on ne meurt pas de faim, bien sûr!

— Mais comme tu le manges, est-ce que c'est vivre? Si encore tu grignotais ton pain en repos comme tout le monde. Mais faut convenir que c'est curieux et que c'est triste aussi quand on te voit attelé à bécher, que tu jettes ton croûton devant toi pour y mordre une bouchée à mesure que tu le rattrapes en montant la côte, et que tu le rejettes comme cela tant qu'il dure, comme si on te traquait pour te le faire gagner, ce pain, bouchée par bouchée, sans que tu gagnes le loisir de le manger.

— Ah! je vous entends bien vous autres! si on vous écoutait, si l'on voulait vous croire, faudrait tout le temps des gens de journées, des domestiques pour se servir les uns les autres. Mais vous ne savez donc pas ce que cela coûte et ce que cela mange. Cela ne serait pas la peine d'amasser quelque chose.

— Mais pourquoi faire amasser des champs et des vignes jusqu'au coup de la mort, si tu n'en profites que pour avoir du mal de plus. Puisque faudra mourir, vaudrait-il pas mieux te soulager un peu, économiser les jours de ta vie.

— C'est bien pour cela qu'on a beau économiser la vie, faut toujours mourir, tandis que le bien au soleil cela reste... Cela reste, mais moi je m'en vais... Faut que je mène la *Gris-vole* aux champs, conclut-il, parlant de sa vache.

Et il s'éloigna, tandis que Cavirot se retournait vers l'Instituteur, jusque-là spectateur muet.

— Comprenez vous cela, vous, M. Bernier, qu'on cherche *esqueprès* la fin de sa vie pour du bien dont qu'on ne prend pas seulement la jouissance sa vie durant. C'est-il quand on est sous la terre qu'on en jouit ?

— Vous parlez en vrai philosophe. M. Cavirot. On peut admettre et même admirer tous les sacrifices quand ils ont pour mobile un dévouement utile ou nécessaire, mais il ne parait pas être guidé par un fol amour pour ses neveux.

— Martin-l'Ours, Martin-le-Loup comme on l'appelle, il n'aime personne; il ne s'aime pas lui-même. Pour ce qui est de ses neveux, il ne peut ni les voir ni les sentir, parce qu'il sait qu'ils guettent sa succession comme un chat épie une rate.

— Alors, c'est l'avarice pure, l'avarice aveugle, une maladie morale, une passion vaine comme il y en a tant d'autres. La passion, l'ambition, la gloire humaines se fixent souvent à des objets plus vains, plus fugaces que la terre de Martin, à des fumées, à de pures illusions à des riens.

— Cela, je vous crois. Quand les hommes n'ont point de *turbulations* (tribulations), faut qu'ils s'en forgent. Mais moi, j'espère bien mourir vieux, surtout si je ne devais mourir que du mauvais sang que je me ferai. Ce n'est pas encore pour cette tournée ci, malgré que je me suis un peu monté contre M. Jacques tout à l'heure. Ah bien non ! je ne veux pas me faire malade pour lui, malgré qu'il a dit que j'attende voir s'il me ferait une visite... C'est-il qu'il se croit médecin, avec ses attrape-nigauds, parce qu'il vend notre ruisseau aux Parisiens, qu'il le met en bouteilles avec des épitaphes d'eau *fertigineuse* (ferrugineuse)?

— Il n'est pas nécessaire d'être malade, ni médecin, pour recevoir ou pour rendre une visite; c'est d'une visite d'amitié qu'il a voulu parler.

— Ah bien oui! une visite d'amitié; j'aime cela! Il peut venir sur ce congé-là! Ils nous en ont montré de la belle amitié! Je crois que la petite a été reçue approchant comme moi, tandis qu'elle essayait de causer à cette *Duchesse*. Viens un peu ici, petite!... Qu'est-ce qu'elle t'a dit tout à l'heure, Mlle Clairette.

— Ma foi, je lui disais : Bonjour Clairette, te voilà donc retrouvée par ici? Et elle m'a répondu séchement en s'éventant et en se cachant derrière son éventail :

— Bonjour ma bonne!

— Et elle disait cela d'un air, d'un air!... Oh! ce qu'elle a l'air orgueilleuse aujourd'hui. Dans le temps ce n'était déjà pas rien, quand elle ne voulait seulement pas jouer avec nous; mais aujourd'hui que la voilà grande demoiselle, en belle toilette, faut voir comme elle porte ça!..... qu'on dirait que c'est à elle tout Paris! Avez-vous remarqué, vous autres, ses ajustements? Elle a pris, plus que probable, tout ce qu'il y avait de plus beau dans Paris. Quel dommage que les demoiselles Livarey ne soient pas là. Ce qu'elles *bisqueraient* de jalousie.

Et elle se mit à décrire, pour quelques femmes arrivées trop tard, et pour les hommes, aveugles en ces détails, la robe de soie à fond vert d'eau, avec légères rayures pompadour, l'élégant corsage avec revers immenses et gilet en guipure blanche, les manches courtes, s'arrêtant au coude, les gants longs, en chevreau blanc, la ceinture de satin, le chapeau immense, vrai parterre de fleurs, séparées çà et là par des aigrettes vertes; et les bracelets, la mignonne montre sur la poitrine, comme une décoration, les perles aux oreilles.

La Nabote avait tout vu, si courte qu'eut été l'apparition; elle décrivait même la finesse et l'excellente coupe de la redingote de M. Jacques, et la simple robe de soie noire de Madeleine, sorte de deuil qu'égayait seul un modeste bouquet de violettes, sur le chapeau, tout noir aussi.

Bon Dieu! fut-il causé, ce soir-là, dans Valmirey!

Nous allons causer un peu, n'est-ce pas Nicolas? jetait Jacques d'un ton dégagé (page 118)

CHAPITRE II

LA CLEF DE LA FORTUNE

JE ne puis cependant pas brûler ce seuil, disait Jacques en arrivant devant la Basse-Ferme, s'adressant du regard à Lorenchet, cherchant un tacite assentiment.

Comme en même temps la voiture stoppait, Jacques descendit se dirigeant vers la porte qui déjà s'ouvrait; le fermier et ses deux enfants s'avançant, pleins d'accueillante affabilité.

— Bonjour! bonjour!... Quelle bonne surprise. Ça va bien, tous?

Et bientôt c'était auprès de la voiture que s'échangeaient les cordialités, empreintes d'une vague réserve toutefois.

Après avoir serré la main à Nicolas, Madeleine s'était penchée pour embrasser son neveu et sa nièce; mais Clairette, le buste rigide, dans une impassibilité voulue de déesse, se bornait à tendre la main aux jeunes gens déconcertés, coupant le premier flux de paroles affectueuses, par de sèches et expéditives formules d'aménité polie, comme en ont les grands personnages avec les importuns.

— Je regrette de ne pouvoir me déranger. Ce n'est absolument qu'un bonjour en passant; nous nous reverrons d'ailleurs.

— Comment? — reprenait Nicolas, s'adressant à son frère. — Ne prenez-vous pas ici votre pied à terre? Vous ne pouvez nous refuser cela ; vous ne pouvez guère descendre chez vous , c'est à dire chez votre fermier.

— En effet, je ne puis pas descendre chez mon fermier; mais je descends chez moi, c'est à dire au château de l'Abbaye, que j'ai acheté à M. de Valmirey. J'y ai fait aménager un appartement, en attendant que je puisse en prendre tout à fait jouissance et faire les améliorations nécessaires. D'ailleurs nous nous reverrons; nous causerons de cela et de tout le reste. A bientôt!

— A demain, alors? Nous vous attendrons pour déjeuner?

— Eh bien oui, à demain. Midi ; entendu.

Et ils se séparèrent, la voiture roula le long de l'avenue, tandis que Nicolas et les siens restaient rêveurs, éblouis par ce luxe que déjà ils connaissaient de réputation, mais dont l'évidence les avait troublés et presque intimidés, mettant entre eux comme une barrière de glace.

Après cet élan de joie franche qu'ils avaient apportée au premier accueil, ils rentraient, déçus de n'avoir pas rencontré ouvertement la simple intimité familiale d'autrefois.

Charles surtout se sentait morose et mécontent de lui-même, se reprochant sa gaucherie pour saluer sa cousine, sa langue paralysée devant cette hautaine élégance, devant cet accueil froidement poli.

— Comme c'est drôle! — exprima-t-il, — pour deux ans que l'on s'est quitté. On dirait que l'on n'est presque plus parents. Comme on change! Est-ce parce qu'ils sont riches?

— Ils sont riches, c'est vrai, répondait Lucette; mais il y a la surprise de se revoir comme cela en voiture; c'est trop bref; on n'a seulement pas le temps de se remettre. Demain on se reconnaîtra mieux. D'ailleurs, ma tante est bien toujours la même, bonne et souriante; c'est vrai qu'elle nous mettait mieux à l'aise que Clairette; seulement elle a l'air souffrant.

— Aucune fortune ne pouvait changer le caractère ni le cœur de votre tante, — intervenait le père, — mais quant à Clairette, d'après les dispositions que vous lui avez connues, il ne faut pas vous étonner de la voir aujourd'hui si triomphante dans son élément. Il faut l'accepter telle qu'elle est; et lors même qu'elle semblerait prendre plaisir à vous dominer de tout son luxe, à vous humilier de toute sa vanité, ne vous en laissez nullement affecter. Cela dénote plutôt en elle un simple travers qu'une méchanceté foncière et réfléchie.

— Non, certainement, Clairette n'est pas méchante; — concluait Lucette, — la vanité de son caractère gâte en elle les premiers bons mouvements, c'est vrai, mais le cœur se retrouve toujours. Demain nous serons encore les vieilles amies d'autrefois, tu verras, mon pauvre Charles.

— Je verrai, je verrai, — murmurait Charles navré, — je verrai que c'est une grande dame, et que, moi, je ne suis qu'un paysan. . . . .

. . . .

— Nous voilà, comme on dit, entre la poire et le fromage; nous allons causer un peu, n'est-ce pas Nicolas? — jetait Jacques, d'un ton dégagé, le lendemain, à table, tandis que de son côté la jeunesse commençait à deviser familièrement.

— Oui, causons; mais j'aurai surtout à t'écouter, — répondait le fermier, — tu dois avoir tant de choses à nous raconter!

— Sans doute, sans doute, je te parlerai en détail de la vie de Paris et des affaires, mais je veux d'abord résumer tes premières questions et mes premières réponses : Comment je suis en train de faire fortune, plus vite, plus grandement que mon associé? Pourquoi il vend l'Abbaye? Pourquoi je l'achète? Est-ce cela?

— Ma foi, je n'avais pas encore formulé ces questions, mais tu devines assez bien ma curiosité, c'est à dire mon intérêt.

— Tu n'y croyais guère tout de même à cette fortune, il y a deux ans, hein? Mais je ne reviens pas là-dessus, puisque tu dois être édifié. Nous n'avons plus à discuter; le succès justifie tout; j'entends, tout ce qui est honnête. Oui, je puis dire que je suis en train de faire fortune; ce serait même déjà fait, dans la vulgaire acception du mot, telle que l'on comprend la fortune ici; mais suivant le train que je mène, je puis dire plus modestement que je suis sur la voie, que j'ai la clef, et, que, tandis que la roue de la fortune tourne à mon profit, je vais en profiter, et réaliser une de ces fortunes colossales que célèbre la renommée. On ne peut pas s'arrêter en si bonne voie, au bout de deux ans, n'est-ce pas? C'est déjà quelque chose d'avoir accroché en si peu de temps un joli brin de fortune?

— Oui-dà! C'est cela qui est déjà un résultat étonnant! — approuvait Nicolas, très admiratif.

— Oh! ce n'est pas seulement avec l'embouteillage et la vente des Eaux! C'est une bonne affaire; mais pas plus merveilleuse que cela. Seulement cela m'a lancé, cela a été ma planche. Pour captiver la fortune, il faut de l'audace, mais il faut surtout Paris, ce grand théatre; or, ce théatre m'avait appelé et j'ai bien su y prendre rôle. Ma mission d'organiser la réclame et la vente m'avait mis un pied dans le journalisme et la finance, comme actionnaire d'un organe spécial : *L'Eau Minérale*. Je me liai promptement avec le rédacteur de la chronique financière dont j'avais bien vite apprécié la compétence et les *tuyaux* (les renseignements) sûrs. Grâce à ses renseignements, je tâtais de quelques petits jeux de bourse qui me réussissaient, et bientôt, encouragé, entraîné par le succès et par l'expérience acquise, je boursicotais, je boursicotais, je boursicotais, et toujours avec le même succès. D'autre part, M. de Valmirey qui ne voulait pas plus m'abuser qu'il ne s'abusait lui-même, me faisait part de ses idées. Selon lui, l'affaire des Eaux n'était pas appelée à un long avenir en France; il nous manquait le patronage officiel de la Faculté; contre toute espérance, nous n'avions pu récolter la moindre attestation du moindre docteur. Il fallait profiter du premier fruit de la réclame, mais ne pas viser, peut être, à en tirer plusieurs moutures. Il m'avait bien conseillé une brillante installation; mais en loyer seulement, évitant les frais onéreux d'une acquisition. J'avais eu justement la chance de trouver une installation aussi bien aménagée que possible, de sorte que nous n'avions pas à immobiliser des capitaux de ce côté. D'autre part, nos frais de première mise, d'installation et d'exploitation à la source étant des plus réduits, nous nous trouvions bientôt avoir des bénéfices disponibles. Le principe de mon associé était que l'affaire devait avoir plus de succès en Grande-Bretagne, étant donnés les ressources commerciales et les inépuisables débouchés de ce pays. Notre objectif devait être d'édifier à Londres, un magnifique *Hôtel-Magasin*, l'*hôtel des Vives-Eaux*, principe d'autant plus acceptable que ce même établissement devait servir à d'autres exploitations et garder toute sa valeur, quelle que soit la suite de l'affaire des Eaux. Non-seulement nous étions guidés dans nos projets par notre associé britannique, que je tiens pour un vrai génie commercial, mais nous nous en remettions absolument à lui du soin de son exécution, et pour le quart-d'heure nous avons l'un des plus magnifiques immeubles de Régent-Street.

— Alors, vous avez toute confiance en cet associé?

— Une confiance absolue, qu'il n'a plus à justifier, du reste, d'autant plus qu'il a bien voulu m'intéresser dans une autre affaire, qui déjà donne des bénéfices. Je lui confie tous mes fonds disponibles.

— Qu'est-ce donc que cette nouvelle affaire?

— Oh! une idée très originale et bien anglaise, on pourrait dire bien américaine, et qui prouve le génie de son auteur : c'est l'exploitation des brouillards et des fumées de Londres, au point de vue de l'extraction des produits chimiques.

— Pour l'extraction des produits chimiques?

— Mais oui, il paraît que l'air en est positivement saturé et que le rendement en est très riche. En tout cas l'affaire est excellente; elle m'a déjà donné des dividendes que je laisse capitaliser.

— Et tu as tout de même acheté l'Abbaye? c'est vrai?

— Certainement que c'est vrai! Cela prouve, par

exemple, que de Valmirey et moi, nous n'avons pas toujours forcément les mêmes idées, puisqu'il vend l'Abbaye et que moi je la lui achète. Voici sa combinaison, que je ne saurais désapprouver, pourtant :

Il rêve de partir pour Londres, où Atkinson, l'attire, pour le seconder plus activement dans l'affaire des brouillards, ainsi qu'en d'autres projets que forme ce génie effervescent. Un instant, j'ai même songé à suivre mes deux associés, tenté par l'attrait de la grande industrie et de l'invention ; mais je me suis dit que je ne pouvais pas quitter non plus le pactole qui coule entre mes mains.

— Oui, mais ne crains-tu pas qu'il ne coule entre tes mains en les mouillant seulement ? La Bourse est toujours un jeu hasardeux, voyons !... On y fait fortune, c'est vrai...

— Oui, les intelligents...

— Mais on s'y ruine aussi vite...

— Oui, les maladroits, les sots, les fous, qui jouent à tort et à travers, pour jouer quand même, par passion. Est-ce que tu coupes ton blé en herbe, toi ? Non, n'est-ce pas ? Tu attends patiemment la maturité, et tu avises les sillons que le soleil a le mieux roussis déjà pour y engager la faucheuse ; et tu opères ainsi en tout, en prenant les choses à leur point. La Bourse c'est aussi simple que cela, à la condition de s'y connaître sur la maturité des affaires.

— Ne te souviens-tu pas, — fit Nicolas, — qu'à la campagne nous disons que l'on ne tient pas l'épi qui est au soleil, mais celui qui est au grenier seulement. Un mauvais nuage, un coup d'orage, et voilà, souvent à la veille de la récolte, la moisson perdue..... Il me semble que c'est comme cela à la Bourse, si tu veux achever ta comparaison.

— Oui, c'est vrai... c'est bien un peu comme cela,

mais il y a des pronostics avant-coureurs, tout comme
vous en avez à la campagne. Dans la finance c'est encore là une petite étude à faire; c'est aussi une question
de flair et d'habileté, et ce sont toujours les sots et les
imprudents qui se laissent prendre. Il faut savoir tenir
ses épis jaunes, les sortir ou les rentrer à propos, suivant que l'horizon varie du beau fixe au nuageux.
Alors, c'est décidé, je reste à Paris; mais de Valmirey
partira pour Londres d'ici un an, à l'expiration, de notre
association de trois années. J'ai acheté l'Abbaye pour
en faire mon château, car je veux venir fréquemment
me reposer à la campagne. Je veux réédifier les ruines, restaurer le château suivant le même style et en
faire un logis princier et point banal. Je ne tarderai
pas, je l'espère, et je l'avoue ici, entre nous, à être le
grand seigneur de Valmirey, et en admettant que
j'hésite à prendre ce titre de Valmirey, ma fille, mon
gendre à venir le prendront certainement.

Et il posait, superbe et triomphateur, trônant d'avance,
le malheureux, sur sa noblesse d'emprunt et sa problématique fortune.

— Oui, demain ou après-demain si tu peux, je suis presque venu exprès pour cette affaire
(page 125)

CHAPITRE III

LA FERME ET LA CITÉ

MAIS, — exclama soudain Nicolas Aubert tout remué, sortant brusquement de la rêverie où l'avait plongé la conversation avec son frère, — tu as donc une fortune colossale, à ne savoir qu'en faire?

— Cette fortune colossale n'est pas réalisée en fait, mon cher; mais elle l'est en perspective; elle est certaine. C'est une partie que j'ai à jouer avec les meilleurs atouts. Non, pour le moment, je ne suis pas embarrassé d'argent, d'autant plus que je dois régler à de Valmirey le montant de mon acquisition. Cependant je ne voudrais rien retirer de mes spéculations.

— Comment! Lorenchet se fait régler par avance, alors que tu ne dois entrer en jouissance que dans un an?

— Du tout! je suis en jouissance dès à présent, puisque j'ai déjà fait faire des aménagements pour mon compte, et de Valmirey n'est plus que mon locataire jusqu'à la fin de notre association. Quant à sa demande de règlement comptant, elle est bien des plus naturelles et des plus légitimes, puisqu'il a le moyen de faire produire cent pour cent à ses capitaux. Mon intention, je dois l'avouer, est de vendre la Haute-Ferme, qui ne m'a fourni que trente mille francs de prêt hypothécaire alors qu'elle vaut de quatre-vingt à cent mille francs.

Pour qui la connaît, pour qui aurait la force de l'acquérir et de la faire valoir, cette ferme vaudrait cent mille francs comme un sou, prix d'amateur; mais contre deniers comptants, je lèverais la main... Sais-tu que cela te conviendrait à merveille pour faire la position de chacun de tes enfants? l'un ici, l'autre là-haut. Il ne faut pas laisser courir cela à d'autres; tu as le moyen de faire un bon marché; ici comme partout, c'est toujours l'argent qui gagne l'argent... Voyons, qu'en dis-tu?

— Je dis, je dis, que j'ai déjà pas mal de terres sur les bras, pas mal de besogne à diriger, et que je ne tirais pas des plans pour doubler l'un et l'autre tout d'un coup. Je ne peux dire ni oui ni non, pour l'instant; il faut que j'y réfléchisse, que j'en cause avec les enfants que cela regarde un peu aussi.

— Oh! mon Oncle! ils ne demanderont pas mieux, — intervenait Clairette, — du moins ils auraient ainsi chacun semblable lot, comme vous l'avez eu avec père, et la Haute-Ferme resterait dans la famille..... Bien sûr qu'ils le veulent bien, j'en réponds pour eux, puisqu'ils se taisent; ils aiment bien trop la terre; c'est leur véritable élément, leur seule ambition.

Elle disait cela avec son habituelle pitié dédaigneuse d'un ton et d'un air qui semblaient ajouter :

— A quoi pourraient-ils bien viser plus haut?

— Notre ambition est bornée en effet à notre bonheur, — répondait la sage Lucette. — Si nous regardons autour de nous, ce n'est pas pour jalouser quiconque est au-dessus de nous; mais bien pour envisager tant d'autres situations inférieures. Nous sommes au-dessus de la moyenne, nous ne travaillons pas par nécessité, nous avons la santé et nous nous aimons. Que pourrions-nous désirer?

— Toujours les mêmes goûts, les mêmes mœurs de primitifs, ma chère, reprenait la coquette, je ne serais pas étonnée de t'entendre maudire la civilisation et ta propre aisance, pour réclamer la vie errante et pastorale avec une houlette et un troupeau de brebis. Toi et Charles, vous êtes vraiment rustiques dans l'âme; (ce qui ne vous empêche de l'être physiquement) vous êtes à mettre en vers idylliques.

— Tu réfléchiras, — reprenait Jacques, — mais, encore une fois, l'occasion fait le larron; le prix pourrait te décider tout à fait.

— Quel serait donc ton prix?

— Avec toi je ne ferais pas le maquignon. Mon premier et mon dernier prix, au comptant, serait de soixante mille francs. Tu ne ferais pas le Juif non plus; tu ne marchanderais pas sur ce prix-là.

— Entre nous le prix serait assez raisonnable. Il ne s'agit pas de nous exploiter ni l'un ni l'autre. Je ne voudrais pas payer trop cher ni trop bon marché. Je te rendrai réponse au plus tôt.

— Oui, demain ou après-demain si tu peux; je suis venu presque exprès pour cette affaire et je voudrais la

traiter. Maintenant, autre affaire, un simple conseil :
Je suppose qu'en faisant cette acquisition, il te restera
bien encore de vingt à vingt-cinq mille francs de fonds
placés; pourquoi ne les réaliserais-tu pas pour opérer
comme moi, avec moi, pour ton compte, dans certaines spéculations favorables? Pourquoi fermerais-tu ta
porte à la fortune quand elle peut venir à toi? Je te le
répète : c'est aussi simple que de récolter ton champ
quand il est mûr.

— Ces opérations-là ce n'est pas du tout ma manière,
je n'y entends rien; mais je te remercie de l'offre; on
verra pour tout cela.

— Je suis tout à ton service, et j'espère bien te
réconcilier tout à fait avec les grandes affaires parisien-
nes. Eh! qui sait si vous ne deviendrez pas tous,
comme nous, de vrais parisiens?

— Oh non! par exemple, je ne vois pas mon oncle natu-
ralisé parisien, — s'écriait Clairette follement rieuse. —
Et Lucette et Charles pas davantage. C'est une image
que mon imagination ne parvient pas à créer.

— Mais si nous sortions un peu, — ajouta-t-elle, —
tandis que s'agitent de graves questions dans lesquelles
nous n'avons pas voix délibérative.

— Oui sortons... Vous permettez? — demandait Lucette avec déférence à ceux qui restaient.

— Eh bien! où allons-nous? Au jardin, ou du côté
de l'avenue?

— Faut-il emporter ma flûte? demandait Charles,
toujours intimidé et gauche à l'endroit de sa cousine.

— Oh! à quoi bon? Franchement, je ne m'intéresse
plus qu'à la vraie musique.

— Mais j'ose te dire que Charles s'est encore bien
perfectionné, — intervenait Lucette, très sensible, elle
aussi, à cette humiliation infligée à son frère. — Il est
même devenu très fort, tu peux t'en rendre compte.

— Eh bien, qu'est-ce que vous en dites de celle-là Tonton? (page 108)

— D'une force relative, sans doute, bien suffisante d'ailleurs pour les *dilettantes* de Valmirey. Mais lorsqu'on a pris les leçons de Lucchesini et de Mme Bertoll, lorsque l'on est un auditeur familier des Concerts Colonne et d'Harcourt, de l'Opéra, vous comprendrez que l'on soit un peu blasé sur la musique d'amateurs campagnards.

— Je préfèrerais de beaucoup une promenade du côté du village ; c'est peut être la seule distraction ici dont je ne me lasse point, — ajouta-t-elle, méchamment gaie, se moquant d'avance de ceux qu'elle allait voir et éblouir.

— Alors je vais prévenir nos parents. Tu viens avec nous, Charles ? — interrogeait Lucette, en voyant celui-ci un peu à l'écart très embarrassé de sa personne.

— Mais, je ne sais pas... — balbutiait-il, très rouge et intimidé. — Si cela ne déplait pas à ma cousine.

— Mais au contraire, nous avons besoin de toi ; je te requiers pour conduire, fit Clairette.

C'est donc une promenade en voiture ? — demandaient à la fois le frère et la sœur.

— Alors, je vais faire atteler, reprenait Charles.

— Pourriez-vous croire que je ferais ma distraction favorite d'une course à pied ? Mais je ne vais plus jamais à pied ! Est-ce que je sais marcher ? j'en ai tout à fait perdu l'habitude.

— Et tu tiens à aller au village ?

— Mais certainement ! Quel autre but de promenade as-tu à me proposer, Lucette ? On dirait que vous n'osez pas vous montrer avec moi.

— Oh ! tu sais bien que ce n'est pas cela, au contraire ; mais nous sommes un peu honteux de paraître dans une aussi belle voiture ; nous n'y sommes pas habitués ; et puis, les curieux diront que nous allons pour nous faire voir.

9

— En voilà des préoccupations futiles ! Est-ce ma
toilette qui te porte ombrage ? Tu peux mettre tes plus
beaux atours, alors.

— Ah ! si tu savais comme je me soucie peu de cela
pour mon compte ! Non, je pars telle que je suis, si
toutefois ma mise simple ne te désoblige pas.

— Peu m'importe à moi ; mais tu as l'air de mettre
de l'amour-propre jusque dans ta modestie. Chacun
son genre ; moi, je t'avouerai franchement que je suis
heureuse de me montrer un peu à ces curieux, à ces
badauds qui causent à tort et à travers, pour les braver et les faire causer encore plus. Heureuse surtout
de me montrer, si possible, à ces demoiselles de Livarey, histoire de les faire enrager et de leur prouver
qu'il n'y a pas qu'elles seules au monde.

Froissée, affligée en tous ses sentiments ; mais faisant
bonne contenance, Lucette alla prévenir son père et sa
tante. Celle-ci, toujours lasse et souffrante, annonça
qu'elle se reposerait jusqu'au soir à la ferme ; son mari
et son beau-frère iraient un peu plus tard rejoindre les
enfants.

C'est-il en vendant de l'eau, qu'on peut gagner un argent pareil? A quoi c'est-il propre de l'eau (page 132)

CHAPITRE IV

RURAUX ET PARISIENS

UNE heure après, les deux frères parcouraient à leur tour le village, rendant çà et là quelques visites, arrêtés partout sur leur passage par des accueils aimablement démonstratifs.

Il n'était pas jusqu'au père Martin, si avare qu'il fut, qui ne leur fit force instances :

— Cela me fait plaisir de te voir comme cela Jacques ; il n'y a pas besoin de te demander si l'état de ta santé est bon, et les affaires aussi, cela se voit bien que tu es en prospérité. Avec une prestance comme cela et cette figure *merveille* (vermeille), on voit bien que ce n'est pas de lécher les murailles. Allons! vous allez entrer tous les deux me faire payer à boire un coup.

— Non, merci mon vieux Martin; nous n'en avons nul besoin; on trinque et l'on boit plus que l'on ne voudrait de droite et de gauche, non merci se défendaient-ils de leur mieux.

— Voyons, c'est-il parce qu'ils m'appellent Martin-le-Loup que vous croiriez que j'ai peur d'un verre? ou bien c'est-il que vous me refusez par dédain, ou quoi? Nous n'avons jamais eu de raisons ensemble, c'est-il vrai? Vous ne me ferez pas cet affront-là... Voyons, Nicolas, aide-moi; entre le premier, Jacques te suivra. Voyons entrez donc, la maison ne veut pas vous tomber sur le dos.

Et il entraînait Jacques par le bras, le forçant à entrer, en dépit de sa hautaine résistance.

Partout, sur leur passage, c'étaient des scènes analogues, attestant le prestige de la richesse; et tandis que les uns se montraient flattés, favorisés de leur visite, les promeneurs ne pouvaient éviter de créer çà et là des jalousies, de laisser derrière eux une grosse rumeur de commentaires contradictoires.

Comme la veille, des groupes se formaient devant les portes, chacun émettant son opinion, plutôt encore pour avoir celle du voisin.

— Fait-il le gros tout de même ce beau Jacques-là!.. Voyons, t'a beau dire et plus que dire, Fanfinet, ce n'est pas en deux ans qu'on ramasse des fortunes si colossales que cela!

— Non, on a beau être à Paris, l'argent n'y traîne pas par terre en guise de cailloux et puis, il n'y aurait pas rien que lui pour le ramasser.

— C'est-il en vendant de l'eau qu'on peut gagner un argent pareil? A quoi c'est-il propre de l'eau? C'est pas une source d'argent. Si au moins il vendait du bon vin

Qui est-ce qui veut acheter de l'eau? Veux-tu en acheter toi, Fanfinet?

— Vous causez comme vous vous y entendez, vous autres. Mais il vend peut être son eau plus cher que du bon vin. Bien sûr que ce n'est pas ici qu'il peut la vendre, parce que ce n'est jamais les saints du pays qui guérissent, surtout s'il faut payer. Mais les parisiens gobent tout; on leur vend n'importe quoi. Jacques ne fait-il pas bien de leur vendre cela assez cher, si plus il le leur vend cher plus ils se figurent que cela leur fait du bien?

— On n'écoute pourtant plus guère les charlatans, Messieurs, le dernier qui est venu sur la place n'a récolté avec tout son vacarme qu'une pièce de trois francs, pour trois fioles de son baume qu'il *donnait*, qu'il disait, pour vingt soùs.

— A Paris, les charlatans ne se mettent plus en carnaval pour débiter leur boniment sur les places; mais c'est dans les *journals* qu'ils s'annoncent.

— Vous direz ce que vous voudrez, continuait un autre, — l'argent ne vient pas si vite, tout seul, le dicton est vrai: *Les pierres sont dures partout.* Combien ne faudrait-il pas retourner de sillons et donner de coups de faux pour arriver à pouvoir mener un train comme cela?

Et ainsi de suite:

— Dans tout ce qui est légal on ne peut pas s'enrichir si vite que cela, sinon il n'y aurait bientôt plus personne pour travailler. Mais on ne peut pas changer la mode ni ce dicton-là non plus: *Rien sans travail!*

— Dame! Si il avait trouvé une bourse, il n'aurait pas eu besoin de tant travailler!

— Les bourses de ce calibre-là ne traînent pas dans les ornières. Pareillement elles sont rares à trouver.. C'est bien plus facile d'en trouver qui ne sont pas perdues.

— Alors, tu voudrais dire que Jacques Aubert serait capable?... Pourtant il est de trop bonne famille de père en fils. Quand on dit : *Honnête còmme un Aubert*, c'est comme qui dirait : *Blanc comme neige*.

— Moi, non ! je ne dis rien de rien, mais je n'ai pas grande confiance en toutes ces machineries-là. Je n'y comprends rien, mais tout ce que je peux dire c'est que j'ai toujours vu que les grandes crues du ruisseau ne duraient qu'un moment, et qu'il avait beau s'enfler il fallait toujours qu'il redevienne le petit *rû* comme auparavant, et puis c'est toujours aussi ceux qui veulent courir le plus vite qui se cassent le cou.

— Voilà bien les paysans remarquait Jacques, qui, au détour d'une rue venait de surprendre les derniers lambeaux de la conversation. Ils vous font force compliments en face, et quand vous avez le dos tourné ils vous déchirent. Je suis certain qu'ils en étaient sur mon compte ; mais ce que cela m'est égal !

— Moi j'estime que les hommes sont au fond à la campagne ce qu'ils sont à la ville, — répondait Nicolas, — ce n'est qu'une question de forme et de vernis à la surface.

Est-ce que dans la belle société on ne formule que des compliments absolument sincères ? Est-ce que l'on n'a jamais cassé de sucre sur le dos des absents ?

N'est-ce pas plutôt chez nous que l'on rencontre le mieux cette brusque franchise qui est en somme la vraie franchise. Cavirot vient de t'en donner un exemple ; il n'a pas pris de gants pour te dire en face ce qu'il regrettait de n'avoir pu te dire hier ; il t'a dit cela nettement ; mais sans rancune, et tu as été obligé de reconnaître qu'il n'avait pas tort.

— Suivant la bonne éducation il aurait tort, parce qu'il ne comprend pas certaines choses, et qu'il parle un peu à tort et à travers ; mais je reconnais en lui cela de bon qu'il n'a ni dissimulation ni arrière pensée.

Il avait beau dire : Jacques en voulait à tous ces hommes de le juger, tout haut ou tout bas, et il n'arrivait pas, malgré tous ses efforts, à les mépriser assez pour que leurs jugements lui fussent indifférents; il sentait qu'il les avait éblouis un instant, mais que leur bon sens natif surnageait, lui prédisant honte ou ruine... les deux, peut être; il se jura de ne plus reparaître au village, et de les éblouir à distance, opulent châtelain de l'Abbaye.

Voyons, que dis-tu de cela Lucette? Tu ne dis pas le mot (page 139)

CHAPITRE V

LA FIÈVRE DE L'OR

Au retour, Jacques, de nouveau parlait finances, insistant, expliquant à son frère et surtout à Charles et à Lucette, qui en connaissaient à peine le premier mot, le mécanisme des opérations de Bourse.

Il disait l'animation vertigineuse de cet immense marché d'argent et de marchandises fluides et impalpables : Titres de rentes, grandes entreprises, marchandises en entrepôt, etc., etc.

Il disait les coups de fortune réalisés dans ce tourbillon d'affaires si énorme et si rapide, figuré par la roue de la fortune, qu'il sortait de l'abstraction pour la présenter dans l'intensité de vie ardente et fiévreuse d'une fourmilière humaine à l'assaut.

Et dans son discours animé jusqu'à l'enthousiasme, tout en citant des exemples saisissants, il donnait à cette réalité les couleurs d'une légende dorée, d'une légende féerique et merveilleuse des mille et une nuits.

Il ne terminait que devant la Basse-Ferme, arrêtant un instant sa voiture, pour reprendre par l'avenue la direction de l'Abbaye, tandis que les fermiers rentraient chez eux, tout troublés, échangeant entre eux leurs impressions de la journée.

— Eh bien, les enfants, qu'est-ce que vous dites de tout cela? demandait le père.

— Moi je dis qu'à entendre mon oncle, — répondait Charles, — c'est comme un rêve. On dirait qu'on est dans un autre monde. C'est comme lorsqu'on lit un livre de féeries qui vous transporte dans des pays merveilleux; et c'est maintenant comme lorsqu'on referme le livre; on a une impression de rentrer dans le néant. Seulement, on se demande de quel côté est le néant.

— Vraiment, ces choses-là nous font un peu tourner la tête. On s'en défend bien; mais elles vous attirent quand même par une sorte de fascination — reprenait Nicolas pensif.

— Eh bien, avec cela, que dites-vous des propositions de votre oncle? C'est vous qu'elles intéressent principalement. Moi je n'ai plus d'autre avenir que le vôtre.

— Notre sentiment n'en a pas moins besoin de se guider sur le vôtre, ou tout au moins de s'en inspirer. Vous devez avoir déjà réfléchi à cela, vous être fait une opinion?

— Jusqu'à présent, non, mon esprit est encore dans toute la phase d'indécision. D'autant plus que les deux

propositions de votre oncle me semblent assez contradictoires. Il nous propose sa ferme; c'est une affaire
traitable, si nous le voulons; mais, d'autre part, il
veut nous faire essayer de cette spéculation qui lui
réussit si bien Alors, il me semble que cela est incom-
patible, que cela doit être tout un ou tout autre, que
si nous tâtons de la finance, il faut nous abstenir
d'acheter la ferme, cela pour la même raison qui fait
que votre oncle veut la vendre. Suivant ce principe, il
faudrait plutôt prévoir le jour où vous quitteriez la
culture, et où la Basse-Ferme pourrait être à louer,
car j'espère que vous ne la vendriez pas.

— Voyons, que dis-tu de cela Lucette? Tu ne dis
pas le mot, allant et venant comme une fourmi
affairée.

— Mais je vous écoute Père. Seulement, comme
j'avais tout quitté tantôt, vous laissant encore à table,
je voulais voir si Mannette avait bien remis tout en
ordre... D'ailleurs, je ne sais trop que vous dire.

— Tu as tout de même bien ton idée à toi, j'en
suis sûr, — insistait le père, qui, en toute circonstance, appréciait la finesse d'observation et l'intuition
toute féminine de sa fille, qualités doublées d'une
sagesse et d'une prudence au-dessus de son âge.

— Mon idée peut n'être qu'un sentiment, qu'un
goût trop personnel, peut être une anomalie, je le
crains, quand je vous vois, vous-même, céder un peu
à l'engouement provoqué par mon oncle, quand je
vois que vous envisagez, au moins comme une éventualité, d'abandonner la Basse-Ferme pour la grande
vie parisienne. Mon sentiment, puisque vous me le
demandez, le voici, tel qu'il ne doit pas trop vous surprendre : Je quitterais avec regret ce séjour où je me
plais si bien, pour tout autre que ce soit; mais je le
quitterais avec beaucoup plus de regret encore s'il

s'agissait d'aller vivre en une grande ville, de la vie mondaine, dont j'ai une sorte de terreur instinctive et que je sens insurmontable. Ce sentiment inné, qui tient à ma nature intime, je le sens plus vivace, plus tenace encore que je ne le croyais, aujourd'hui que j'ai coudoyé le luxe de ma cousine, que je lui ai entendu narrer l'emploi de son temps, ses occupations et ses préoccupations absorbées par des vanités, les détails de son existence faite maintenant de servitudes mondaines, souci de paraître, rivalités d'élégance, etc. Non, je ne voudrais pas d'une fortune sous la condition de subir toutes les lois qu'elle impose, le luxe, l'étiquette et tout ce qui s'ensuit. J'ai peut-être tort, mais je suis ainsi.

— Non, tu n'as pas tort, tu sais bien que je partage cette manière de voir, de sentir, répondait Charles.

— Et ce n'est pas moi qui peux y contredire, — confirmait Nicolas, — puisque j'ai pris soin de vous élever dans ces principes qui vous font aimer votre condition de préférence à toute autre, plus brillante, plus tentante au gré de tant d'autres. Je vous ai élevés ainsi, mais aujourd'hui que vous pouvez discerner et délibérer librement sur votre avenir, mon devoir est plutôt de ne pas appuyer sur un point de vue un peu exclusif, et de provoquer la discussion sur ces questions. Alors, tu serais sans doute pour l'acquisition de la ferme, toi, Lucette?

— Oui Père, s'il faut admettre que la Haute-Ferme soit vendue, mieux vaut qu'elle reste dans la famille. Pour nous, au point de vue pratique, cela me paraît le meilleur et le plus sûr placement à faire.

— Alors les opérations conseillées par ton oncle ne te disent rien?

— Absolument rien de bon. En outre des raisons personnelles que je vous ai données, j'en vois d'autres plus générales; je ne crois pas à la parfaite sécurité de ces opérations, ni à la stabilité d'une telle existence.

Je ne suis qu'une enfant, je ne sais rien de toutes ces choses, mais certaines remarques, certains faits ne confirment que trop mon instinct de prudence.

Mon oncle nous a présenté la Bourse en apothéose; il nous l'a montrée en fanatique, sous sa face la plus éblouissante; mais il s'est gardé de nous en montrer le revers sinistre et non moins réel, le côté des drames et des désastres, des kracks et des désespoirs... Et pourtant, tout cela existe, cela est d'une notoriété banale, tombant dans la vulgarité du fait divers quotidien, à tel point que par les journaux cela est à la connaissance d'une petite fermière comme moi.

Il ne nous a cité que des exemples favorables; mais, mieux que personne, il connaît les cas malheureux qu'il feint d'ignorer. *Ce sont les sots, les fous*, nous dit-il, et il se targue d'une prétendue infaillibilité; mais il ne nous dit pas les fluctuations, les hauts et les bas de sa fortune. Il a des séries de veine et des séries de déveine, et il traverserait en ce moment même une mauvaise série, paraît-il.

Tout cela résulte de certains propos de Clairette elle-même, qui me parle de toutes ces choses très négligeamment, comme si tous ces coups de fortune faite et défaite n'étaient que jeux d'enfants, comme si la déesse devait toujours revenir à eux ainsi qu'une esclave soumise

Et c'est cette indifférence, cette confiance tranquille, ce luxe irréductible, cet état d'esprit qu'elle partage avec son père, qui me frappent, qui font que je les trouve étranges, comme des maniaques atteints de la folie des grandeurs.

Il est certain qu'ils n'ont pas assez attendu que leur

fortune soit fixée, qu'ils mènent prématurément une
existence de grands seigneurs, existence trop au-dessus
de leur condition actuelle, et qu'ils ne sauraient plus
restreindre en cas de revers, puisqu'aujourd'hui même
ils ne font que combiner des dépenses excessives, alors
qu'on peut dire qu'ils ont aussi bien un pied dans la
ruine que dans la fortune.

Elle se tenait debout, tout à la fois fière et modeste,
devant la crédence, animée, éloquente, avec dans la
voix, dans le geste et dans le regard, une foi convaincue
et quasi-inspirée.

Et les deux hommes l'écoutaient, subjugués, l'admirant dans son attitude non étudiée d'héroïne, nimbée
d'une sorte d'auréole, faite d'un filet de lumière fil-
trant par la fenêtre, dernier rayon du soleil couchant.

— De tout cela, on dirait que tu parles d'expérience,
mon enfant, — reprenait le père, — et c'est peut être
toi la plus sage de nous trois; en tout cas, tu parais
être la mieux renseignée ; mais peut-être, en cette
question, es-tu un peu portée au pessimisme. Tu vois
et raisonnes très juste, sauf que tu oublies que ton
oncle ne livre pas tout son avoir aux aléas de la bourse
et qu'il a des placements sérieux.

— Ses *placements sérieux*?... Vous dites cela vous
même d'un ton hésitant et peu convaincu... Ce n'est
pas l'affaire des Eaux, qui, de son propre aveu cloche déjà dans le manche. Est-ce sa participation avec
cet associé anglais? Il me paraît avoir sur ce terrain une
confiance trop absolue, trop aveugle, telle qu'elle semble
avoir été habilement captée, comme une étoffe à duperie.

— Il y a toujours chez mon oncle, vous le savez,
un fonds d'emballement qui n'est point partagé par
ma tante. Je n'ai pu parler à celle-ci qu'un instant
en particulier ; mais c'est assez pour savoir qu'elle regrette
de plus en plus la simple existence d'autrefois, et qu'elle

craint toujours des aléas auxquels leur train d'existence peut donner les proportions d'une catastrophe ; ces soucis la rongent, je m'imagine...

C'est cette crainte qui me ferait regretter, comme à elle la vente de la Haute-Ferme, car elle peut être dévorée en peu de temps. Et pourtant, si mon oncle y persiste, mieux vaut que cette propriété reste entre nos mains, qui sait?...

Vous feriez bien tout de même de causer un peu avec ma tante.

— Oui, j'y tiens, et je tâcherai de le faire ; seulement il m'est assez difficile de m'isoler de votre oncle qui m'accapare tout comme s'il était encore en défiance, ainsi qu'autrefois.

Toute la soirée, Nicolas Aubert resta préoccupé, mangeant à peine, ne parlant presque pas ; Charles était tout songeur aussi ; un peu inquiète, la jeune fille les observait à la dérobée.

Le repas du soir terminé, le père sortit, laissant Lucette aux soins du ménage ; peu après son fils vint le rejoindre.

— Notre petite Lucette est sage et prudente, — commença Nicolas avec effort. — Elle nous a dit des choses très sensées. Mais, après tout, ce n'est qu'une enfant : elle peut se tromper dans le bien comme d'autres se trompent dans le mal, qu'en dis-tu, mon garçon? Si pourtant c'était ton oncle qui eut raison, comme les faits semblent le prouver jusqu'ici? Si nous passions à côté de la fortune sans oser la prendre, par sotte frayeur et préjugés de campagnards?...

Et dans l'œil de l'homme sage, aux goûts simples de travailleur, brillait une lueur de convoitise.

— Je dis, mon Père, — fit le jeune homme hésitant, — je dis que, peut-être, en effet, mon oncle pourrait ne pas se tromper. Bien d'autres ont réussi...

— Alors, tu es d'avis?... Tu m'autorises à essayer un peu?... Oh! rien qu'un peu... Seulement on n'en dira rien à Lucette : ce sera une belle surprise si on réussit...

Le pauvre garçon acquiesça : ce n'était pas qu'il tint follement à l'argent, lui; mais il pensait que la fortune le mettrait presqu'au niveau de l'orgueilleuse Clairette.

Et Jacques partit triomphant, emportant non seulement les soixante mille francs du prix de la Haute-Ferme vendue ; mais encore, tout l'argent péniblement amassé par son frère, une trentaine de mille francs.

Elle est contagieuse, hélas, la fièvre de l'or.

FIN DE LA DEUXIÈME PARTIE

Troisième Partie

La Fin d'un Rêve

Ces repas de boudin, c'est comme qui dirait le barème de l'amitié et de la bonne
harmonie (page 148)

Troisième Partie

LA FIN D'UN RÊVE

CHAPITRE Iᵉʳ

LA SOIRÉE DES ROIS

A LA Basse-Ferme, par un soir de janvier,
le dimanche des Rois, l'on festoyait
joyeusement, avec la cordialité la plus
franche et la plus animée.

En outre de ses enfants et de son personnel au complet, Nicolas Aubert réu-
nissait ce soir-là, à sa table, un certain
nombre de parents et d'amis, conviés
au traditionnel *repas de boudin*.

— Malgré que c'est la fête des Rois, cela s'appelle un repas de boudin, — expliquait tout d'abord Cavirot à M. Bernier, l'instituteur ; l'un et l'autre se trouvant au nombre des invités.

Dans nos pays, c'est l'habitude, vous le savez, bien sûr depuis que vous y êtes. Quand un paysan tue son porc, sauf votre respect M. le Maître, il invite ses meilleurs parents et amis. C'est une fois par an, et c'est à charge de revanche.

— Oui, je sais, cet usage existe généralement en Lorraine, en Champagne et maint autre pays ; généralement aussi on a l'amabilité, comme à Valmirey, d'inviter l'Instituteur, du moins dans les maisons où il a des élèves ; ce qui n'est point le cas de M. Aubert, lequel me témoigne une amitié dépouillée de toute obligation et dont je suis très honoré et très touché.

— C'est comme je vous le disais : ces repas de boudin, c'est comme qui dirait le Barême de l'amitié et de la bonne harmonie. Quand on dit : ces gens-là se donnent le *repas de boudin*, c'est tout dire... J'ai toujours *boudiné* ici, chez Nicolas Aubert, *dès dans le temps* de son père.

Donc, ce soir des Rois était une double fête à la Basse-Ferme.

La grande table, traversant la salle était littéralement garnie, pourvue de toutes ses rallonges ; et tous, à qui mieux mieux, d'un franc appétit de paysans, faisaient honneur aux plats plantureux qui leur étaient servis.

Tour à tour apparaissaient les boudins d'un noir brillant et ruisselant, les grillades saignantes de graisse et de sang cuits, les rôtis dorés et roux, tout une avalanche de viandes chaudes, saturant l'atmosphère d'un fumet lourd, violent et quasi-substantiel ; viandes

et fumet délicieux à ces goûts, à ces estomacs rustiques, robustes et non blasés.

De l'immense cheminée gothique dardait une flamme
de bûcher, entraînée et soutenue par le brasier qui
tout à l'heure avait servi à préparer les *grillées*.

Et toute cette ardeur jetait dans la pièce un vrai
rayonnement de bien être, tandis que dans les courts
silences, s'entendait du dehors l'âpre gémissement de
la bise soufflant en rafales.

Et à mesure que s'avançait le repas, que se vidaient
les verres, aussitôt remplis, d'ailleurs, la satisfaction
et la cordialité brillaient sur les visages, éclataient
dans la conversation, clameur animée et joyeuse, d'où
partait toutefois, de temps à autre une réflexion grave,
une sorte de réplique aux redoublements de violence
du vent déchaîné, les uns pestant contre *ce temps
enragé*, d'autres se félicitant avec égoïsme d'être si bien
au chaud et à si bonne table ; d'autres enfin, et particulièrement Lucette, plaignant les voyageurs qui, à
cette heure, se trouvaient sur les routes, les malheureux sans gîte, dénués de tout.

— Il faudra pourtant bien prendre la route, tout à
l'heure ! — disaient ceux du village. — Brrr !...

— On est ici à l'abri, le mieux est d'y rester aussi
longtemps que vous vous y trouverez bien, — concluait
l'hôte avec une cordiale bonhomie. — D'ailleurs, nous
avons lieu d'attendre que le temps s'apaise. Nous avons
à constituer nos royautés démocratiques ; doublement
démocratiques, puisque nous aurons deux rois et qu'ils
seront élus par le sort.

En raison de la nombreuse assemblée, deux gâteaux,
au lieu d'un, avaient été effectivement préparés, or-
nant la table ; Lucette se mit à les découper, faisant
strictement une part pour chacun.

Et tandis que de chaque côté de la table les plateaux

circulaient simultanément ; tous devisaient en riant sur les chances de l'éphémère royauté.

Puis, les regards s'interrogeaient mutuellement, chacun attendant la dénonciation des qualités, lorsque l'Instituteur se mit à sourire, s'interrompant de découper son gâteau.

— A qui la fève ? — demandait en même temps Cavirot impatient, et pour lequel la moindre trouée de silence était un vide à remplir. — A qui la fève ? répétait-il.

— A moi ! — annonçait l'Instituteur avec une gaieté timide et réservée.

— Le Roi ! vive le Roi ! — prononçait le maître de la maison en plaçant sur le front de l'Instituteur une couronne, que sur un signe, sa fille lui avait présentée, après quoi il remplit les verres.

D'un ample et gracieux geste de salut, le monarque improvisé élevait son verre et le portait à ses lèvres.

— Le Roi boit ! crièrent les convives.

— Choisissez votre reine, — conseillait le fermier, avec un bon sourire amical.

A cette bienveillante mise en demeure, qui ne faisait qu'accentuer son embarras et sa timidité, M. Bernier sentit une vive rougeur lui monter au visage.

La question qui depuis un instant se posait à son esprit réclamait une décision, ou du moins une exécution immédiate.

— Oui, M. Aubert... Mais, je ne sais, vraiment...

Le choix s'imposait naturellement par les convenances ; mais il était surtout, tout désigné par les sentiments du jeune homme, trop vivement désigné même pour qu'il sut l'exprimer d'une façon simple et dégagée.

Le fermier devinait que cette hésitation provenait bien moins de l'indécision que d'un trouble intime.

Un instant, il s'égaya de cette timidité et de cette émotion visibles; puis résolument il le tirait d'embarras :

— Permettez-moi de vous dire en ami l'usage d'ici. La politesse veut généralement que l'on offre la royauté à la *demoiselle* de la maison... Cela ne vous contrarie pas, au moins, que je vous dise l'usage du pays?

— Oh! M. Aubert, je ne puis que vous remercier bien sincèrement... d'autant plus que j'osais à peine... avouait-il.

En même temps, Lucette, qui se trouvait en face de lui, rougissait subitement, elle aussi, sous le coup d'une émotion non moins visible.

Aux applaudissements de tous, le jeune homme lui offrait gracieusement la couronne de reine, et bientôt, le long de la table, les verres se choquaient dans un concert de tintements et de rires, puis, tous buvaient gaiement, en portant la santé du roi et de la reine.

Dans la courte trêve de silence, produite par le geste de la coupe aux lèvres, se glissait bientôt le verbe incontinent de Cavirot :

— A qui l'autre fève?...

— Tiens! tu n'as seulement pas entamé ton gâteau, toi, Charles... C'est-il que tu aurais peur qu'il y ait du poison?... Ou bien, c'est-il que la reine que tu voudrais ne serait pas ici présente, dans la société? Tu as l'air comme tout rêveur, mais pas moins, je parierais gros que ce n'est pas d'autre que toi qui as le haricot.

— Il a toujours été sérieux notre Charles, reprenait le père Aubert, tandis que son fils balbutiait quelques protestations; mais depuis qu'il est à la Haute-Ferme, c'est encore pis, tant il prend le travail à cœur... Mais nous sommes en fête, mon garçon, il faut oublier le travail un moment.

— C'est la pauvre *turlutaine*, (la flûte) qui a l'air bien oubliée, messieurs... L'as-tu apportée au moins ce soir, pour nous jouer un petit air réjouissant, et faire danser un tour à la jeunesse?

Ainsi qu'il a été dit, — lors du voyage de Jacques, — Nicolas s'était laissé entraîner à donner suite aux diverses propositions de son frère. Il avait acquis la Haute-Ferme et y avait installé Charles, dans l'espoir de lui voir bientôt contracter un mariage bien assorti et digne de lui.

Mais le jeune homme, qui, grâce à sa situation de fortune et à ses mérites personnels, eût pu prétendre aux meilleurs partis de la contrée, restait indifférent sur la question du mariage, s'absorbant en un travail acharné, ne montrant d'autre préoccupation que la prospérité de la ferme, qu'il avait prise en désuétude.

La conversation ayant repris toutefois une allure générale, il s'était mis à grignoter distraitement quelques miettes de son gâteau, comme une friandise pour laquelle on a moins que de l'indifférence; et sans en rien laisser paraître il y découvrait la fève que d'ailleurs il avait déjà devinée.

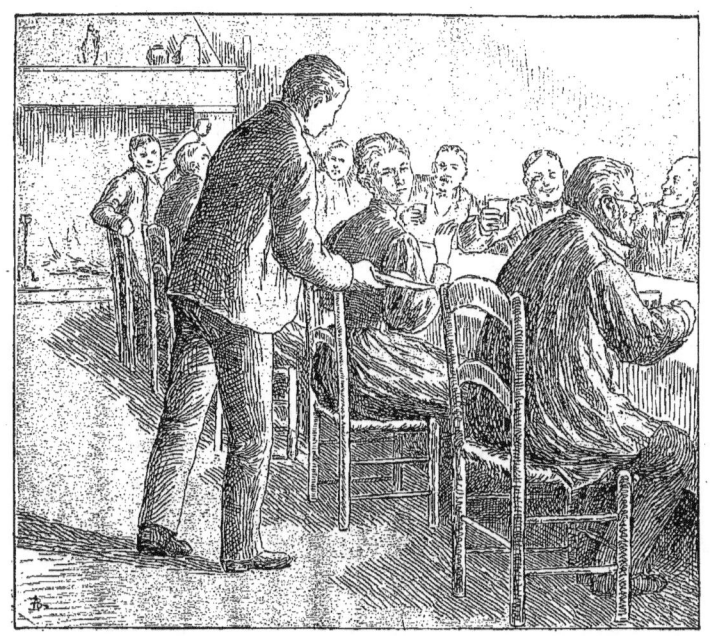

Mais lui se levait quittant sa place, sous prétexte de prendre du vin (page 157)

CHAPITRE II

TRISTE RETOUR

TOUT A COUP, au milieu du tumulte général, il sembla à Charles que derrière lui, tout au fond de la salle, on avait frappé à la porte d'entrée.

— Qui pourrait bien frapper à cette heure?— se dit à part lui le jeune homme. — Les mendiants attendus sont tous venus chercher la *part de Dieu* qui leur est dévolue. Les voilà bien tous qui festoient, là aussi, au bout de la table.. Par ce froid, par cette tempête de neige, des survenants? Non, c'est impossible! Je me suis trompé.

Mais, comme un immédiat démenti, de nouveaux coups étaient frappés, plus forts et plus distincts, traversant les bruits de gaieté croissante. Levant aussitôt les yeux, son regard se rencontrait avec d'autres en un échange d'interrogation muette.

Il ne se trompait donc pas, puisque d'autres aussi avaient entendu ?

— On a frappé, n'est-ce pas? — exprimait-il en se levant, tandis qu'un silence suggestif s'emparait de la salle.

Sous la main de Charles, bientôt la porte s'ouvrait en une trouée glaciale, livrant tout d'abord passage à une brusque irruption de tempête dont les bougies, sur la table, s'affolèrent, aussitôt protégées par les mains des convives, tandis que des flocons neigeux volaient en tournoyant, pareils à des mouches blanches, jusqu'au milieu de la pièce.

Devant le jeune homme tout interloqué par l'inconnu, deux femmes, très entourées de manteaux et de fichus, se tenaient, sur le palier, hésitantes, dans une opaque ombre grise où convergeaient en vain les regards tendus, l'attention curieuse et impatiente de toute la salle.

L'une des visiteuses avait bien murmuré quelques mots; mais si bas, que Charles lui-même ne les avait pas distinctement perçus, et qu'il crut devoir répondre comme à une banale demande de charité.

— Entrez, pauvres femmes, — fit-il avec compassion.— Vous serez accueillies chez Nicolas Aubert comme le sont tous les malheureux. Entrez ! — insistait-il, en soutenant contre l'assaut du vent la porte entrouverte, qu'il avait hâte de refermer. — Entrez, vous aurez comme les autres votre part de la fête.

Ce disant, les femmes ayant franchi la baie, la porte refermée avec soin, il les précédait du côté de la lumière.

Puis, dans le premier moment, au milieu de l'attention générale surexcitée, ce fut au sein de cette fête comme un subit coup de théâtre, un coup de féerie, une sorte de phénomène surnaturel, rappelant par l'imprévu la fameuse légende de Balthazar ou la fantastique chanson du *Mendiant* de Nadaud.

Sous la progressive lumière, les deux femmes avaient ainsi produit l'effet d'une double apparition, jetant parmi l'assistance une brusque sensation de stupéfaction muette et incrédule.

Elles n'avaient ni le costume sordide, ni l'attitude brisée, ni cet air général de chien battu et soumis que prennent les mendiants. Elles apparaissaient droites et sveltes dans un costume sombre ; mais élégant; et bientôt la pleine lumière révélait leurs traits jeunes et gracieux, leur identité...

— Toi, Clairette?... — s'exclamait Nicolas, dans un murmure général d'étonnement. — C'est toi?.... pas possible!

— Mais oui, mon Oncle, — répondait humble et calme la fille de Jacques, — je viens accompagnée d'Elise, fêter les Rois avec vous. Vous le voulez bien?

— Si je le veux?... Ai-je besoin de te dire, mon enfant, combien nous sommes tous enchantés?... Seulement tu voudras bien comprendre et excuser notre surprise.

— Oui, je comprends... et c'est bien à moi de me faire excuser. Un train manqué explique l'heure tardive.... A loisir nous causerons.

Elle parlait avec une grande douceur, inusitée chez elle, absolument dépouillée de sa morgue habituelle, tandis que tous, l'écoutant, bouche bée, la dévisageaient avec des yeux allongés, sentant une transformation, toute une atmosphère d'évènements mystérieux, où s'aiguisait jusqu'à l'inquiétude de leur sentiment de curiosité.

D'ailleurs, tous s'étaient levés avec déférence, tandis qu'Aubert et ses deux enfants s'étaient précipités pour accueillir la jeune fille, d'abord par une affectueuse accolade et par les ordinaires paroles de bienvenue.

Mais, bien qu'ils ne fussent pas des moins intrigués sur l'imprévu d'une telle visite, cet imprévu même leur imposait l'abstention de toute question indiscrète ou intempestive, en ce moment du moins; et ils ne s'appliquaient qu'à traduire leur sollicitude empressée.

— Allons, venez vous débarrasser, Mesdemoiselles, — pressait Lucette en ouvrant la porte de la pièce à la suite de la salle. — Je vous donnerai des pantoufles, ce qui vous sera nécessaire. En attendant, Charles, prépare donc deux fauteuils auprès du feu, afin que ces demoiselles puissent bien se réchauffer et se remettre avant de passer à table...

Comme vous devez être glacées et fatiguées!

— Mais non, pas trop, je t'assure. Le temps n'est pas aussi impraticable qu'il vous paraît d'ici, — protestait la voyageuse, s'efforçant d'atténuer ce que son entrée avait de sensationnel. — On quitterait certainement à regret maintenant cette pièce où il fait si chaud, pour le dehors; mais il fait bon à marcher, et nous n'avons ni froid ni fatigue.

— Il n'y a pas trop de neige?

— Non, très peu sur la route, le vent la balaie à mesure.

Avec son intuition et sa finesse d'observation féminines, Lucette devinait une fatigue extrême et un désespoir dissimulés; elle insistait:

— Vraiment, si tu voulais te retirer, les chambres sont prêtes; il n'y aurait qu'à y allumer du feu. Je vous ferais vite chauffer un bouillon, je vous apporterais là le nécessaire.

Mais Clairette se raidissait contre le mal physique et moral deviné; énergique, l'âme fière, elle protestait de plus en plus, s'efforçant de prendre un ton et un air enjoués pour rentrer dans la grande salle :

— Non, merci; non, ma chère, tu t'exagères les choses, vraiment. Nous sommes bien maintenant, débarrassées de nos manteaux ; nous n'avons plus qu'à passer à table. Inutile de nous faire placer auprès du feu, au contraire. Cette pièce est suffisamment chaude.

— Alors, vous voulez bien me faire place auprès de vous, mon Oncle? — ajoutait-elle, répondant à une invitation du fermier qui se dérangeait, — vous êtes bien bon; merci! Là! je serai très bien, — concluait-elle en s'installant, tandis que d'autre part on se dérangeait pour sa compagne.

Peu à peu, la conversation reprenait son allure générale, tandis que les jeunes filles restauraient leur appétit d'oiseau; incessamment observées, toutefois, chacun croyant remarquer en Clairette une nouvelle attitude, un air d'amabilité et de douceur qu'on ne lui connaissait point, la transparence d'une résignation cachée à une épreuve mystérieuse et récente.

Il ne restait plus sur les plateaux la moindre trace des gâteaux qui les avaient occupés; toutes les parts bien comptées ayant été distribuées avant son arrivée; mais Charles, qui avait gardé la sienne à peu près intacte, attendant le moment favorable, lui offrait de la partager.

— Non, merci, — répondait-elle indifférente, ne paraissant pas comprendre le fonds de l'intention et des sentiments de son cousin. — Merci, je n'y tiens pas.

Mais lui se levait, quittant sa place sous prétexte de prendre du vin, et revenant lui en offrir, profitant d'une bruyante causerie de ses voisins, il lui murmurait à l'oreille tristement :

— Je regrette ton refus, Clairette, d'autant plus que je t'avais gardé ce gâteau. Nous eussions été roi et reine. J'ai une fève; mais je ne le dirai pas. Je n'ai pas voulu choisir une autre reine.

Moins fière et moins discrète, l'ex-couturière acceptait tout ce qui lui était offert, retrouvait son babil et son rire alertes avec les domestiques, gens de Valmirey, toujours les mêmes, qu'elle avait connus dès l'enfance.

Avec eux, elle parlait du temps passé, du temps récent encore, et maintenant, à l'étonnement de tous, elle vantait les joies et les charmes du village, déclarant qu'elle ne le quitterait plus jamais, que l'on avait vraiment trop d'ennuis à Paris.

— Eh bien quoi? les gens de Valmirey, nous ne sommes pas d'ici, — déclarait tout à coup Cavirot. — Voilà qu'il se fait dix heures, sans que cela paraisse Est-ce que nous nous en allons, pendant que le temps n'est point en bisbille?

Depuis un moment, en effet, le vent s'était progressivement calmé; la campagne était rentrée dans un grand silence de colère apaisée.

— Voyons voir si nous sommes débloqués, — dit l'un de ceux du village, en ouvrant la porte tapissée au-dehors d'un gros bourrelet de neige. — Oh ! mais, il fait une nuit superbe! Le temps est clair comme une cloche d'argent.

— Et puis, il n'y a pas trop de neige, — disait un autre, — il va faire bon s'en aller.

— C'est égal, voilà un petit air pointu qui ne sent pas le moisi, — constatait Nicolas, saisi par le froid vif qui pénétrait comme un dard dans la lourde tiédeur de la pièce.

— Voyons, encore une petite goutte d'adieu, une petite répétition, cela vous tiendra chaud pour partir.

Les uns refusaient, alléguant qu'ils avaient déjà suffisamment *répétitionné*, qu'il fallait savoir se maintenir, tandis que d'autres acceptaient encore *une larme tout debout,* — disaient-ils, — histoire de trinquer un dernier coup. *Mieux valait se quitter la larme à la bouche que la larme à l'œil.*

Vainement avait-on offert un lit à Cavirot, il avait refusé protestant fièrement :

— Merci bravement nos gens, vous êtes bien honnêtes ; mais je ne suis pas en pain d'épices, vous savez. Malgré que le plus âgé de tous, je suis encore le plus solide.

— Allons, en vous souhaitant bien le bonsoir à tout un chacun. Et puis merci Nicolas ; cela sera mon tour une autre fois !

Bonsoir, repose bien et fais la grasse matinée demain et tous les jours (page 168)

CHAPITRE III

LES DÉSASTRES

E H BIEN Clairette? — demandait l'oncle anxieux en revenant s'asseoir, aussitôt qu'il eut refermé la porte derrière les partants, — que se passe-t-il donc?

— Mais, mon Oncle, pas grand'chose... que voulez-vous?... je ne sais pas trop...

— Tu sais mieux que moi, voyons! Explique-moi par quel évènement, ou si tu veux, par quel hasard tu viens seule avec Lizon, si tard, en plein hiver, par ce temps affreux, et sans nous prévenir.

Tu comprends que si devant tous, je ne t'ai même pas demandé de nouvelles de tes parents, si j'étais

censé en avoir, bien que j'en sois privé depuis trop
longtemps, c'est que je devinais quelque chose d'anor-
mal, et que je croyais rester dans tes vues en dissimulant autant que possible ma surprise de te voir
arriver seule.

Voyons, raconte nous cette escapade; nous tâcherons
de réparer cette petite folie, dans l'incognito, puisqu'en
somme tu es chez ton oncle.

— Une folie!... une escapade!... que c'est cruel!...
Il fallait bien que je vienne seule..... Rester plus
longtemps!...

Les mots s'étranglaient dans sa gorge, hachés, inar-
ticulés, incohérents pour le fermier, qui tout à coup
épouvanté pressentait les plus grands malheurs.

— Voyons, Clairette, nous t'aimons bien tous, tu
le sais... Parle; parle moi comme à ton père. Veux-tu
me parler à moi seul ou à Lucette?

— Non..... il n'y a..... personne..... de trop..... ici...
Mais..... que Lizon..... parle.....

Elle était à bout d'énergie, les nerfs brisés, anéantis
par l'effort de la contention et de la dissimulation durant
la soirée.

Sa gorge était nouée de sanglots contenus, qui tout
à coup éclataient irrésistibles, irréfrénables, comme le
mascaret d'une digue surchargée, rompue enfin.

— Ne te désole pas ainsi, ma chérie, je ne veux
pas! — intervenait aussitôt Lucette, pleine de caresses,
tandis que les hommes, gauches et consternés, souffraient comme d'un malaise de leur inaptitude à apaiser
cette explosion de douleur. — Je sais bien que cela
soulage de pleurer; mais je pleure aussi avec toi et
c'est bon d'être deux. Nous sommes tous tout à toi.

— Oui, certainement, nous voulons faire pour toi tout
ce qui dépendra de nous, — confirmait Charles. — Du courage, petite Clairette! quand nous saurons, nous aviserons.

— Oui, nous aviserons, — répétait le père. — Il n'y a d'irréparable que..... la mort, — achevait-il d'une voix indécise, comprenant surtout aux sanglots redoublés de Clairette, qu'il avait imprudemment heurté du doigt une plaie vive.

— Voyons Lizon, explique nous cela nettement.

— Voici l'affaire, comme je la sais :

Depuis un temps, M. Aubert aurait été dans une mauvaise veine; il aurait eu des malheurs d'affaires; je ne saurais vous dire quoi ni comment; dans ces affaires-là, on a beau être de la maison, on n'y voit que du bleu.

Un jour, il y a un mois, je l'avais vu rentrer très sombre et préoccupé, comme tout cassé et vieilli; il n'a pas dîné; mais il s'est retiré pour causer avec Madame, un bon moment.

Puis, il y a eu un vrai remue-ménage de tiroirs, dans la chambre et dans le cabinet de Monsieur. Puis, Monsieur est parti dans la même nuit, sans avoir embrassé Mademoiselle, sans dire à personne où il allait; et depuis, on est sans nouvelles de lui.

— Pas possible!... Miséricorde!... Lui, disparu!... Un Aubert! — gémissait Nicolas.

— Malheureusement, ce n'est pas tout, — continuait la soubrette, presque heureuse en ce moment de son rôle d'informatrice d'évènements graves. — Madame, qui était déjà malade, minée, comme si elle avait eu le mal du pays, car elle ne s'est jamais bien accomodée de Paris.

Madame, ce soir-là était restée après l'entrevue, pâle comme une morte, bien plus malade qu'avant. J'ai dû la coucher, et le lendemain il a fallu appeler le médecin, et elle ne s'est plus relevée.

Au bout de huit jours la pauvre Dame n'était plus du monde.

— Madeleine est morte!...

— Notre pauvre tante!...

Ainsi s'exclamaient à la fois le père et ses enfants, tandis que Clairette éclatait en une nouvelle crise de sanglots et de larmes.

— Madeleine morte, et nous n'en avons pas été prévenus! — grondait le fermier, ne pouvant maîtriser un sentiment de révolte mêlé à sa compassion.

— Monsieur avait défendu que l'on vous appelât quoi qu'il arrive. Il ne voulait pas que vous fussiez informé de la situation. Il traversait une crise, disait-il; mais il voulait en sortir de lui-même, jurant qu'il reviendrait remettre ordre à tout.

Mais nous avons traversé les jours les plus atroces que l'on puisse imaginer :

Dès le départ de Monsieur, des échéances, des protêts, puis des poursuites, et enfin la vente de tout.

Au moment même où Madame se mourait, les huissiers arrivaient, d'autant plus menaçants et acharnés, engeance féroce et abominable, à qui je voudrais voir tirer la langue, jusqu'au dernier, bien qu'ils ne m'aient rien fait à moi, personnellement.

On a eu grand peine à faire attendre à ces tigres-là que la pauvre Dame fut enterrée; mais alors cela à marché vite, d'autant plus que Monsieur n'était plus à la tête de sa maison, que l'on trouvait je ne sais quelles irrégularités dans ses affaires et que l'on s'autorisait de tout cela pour l'exécuter tout de suite.

Ces jours-là ont été épouvantables, je vous assure Tous les domestiques partis, les amis ne venant plus, sauf un vieux brave homme, un employé du journal financier auquel Monsieur était intéressé; Monsieur avait toujours été généreux avec lui, il s'en souvenait; puis il avait bon cœur et était touché de notre détresse.

— Voilà bien les paysans, reprenait Jacques, qui venait de surprendre des
lambeaux de conversations (page 134)

Il nous a aidées de son mieux ; mais il était pauvre, et ne pouvait rien pécuniairement.

Enfin les huissiers sont revenus pour tout vendre. Sans le vieux Monsieur, nous n'aurions pas eu l'argent du voyage.

Je laissais la moitié de mes gages à Monsieur, qui les faisait fructifier dans ses affaires de spéculations ; le reste à Grand'Mère. Nous n'avons même pas pu faire la dépense d'une toilette de deuil.

— Et dire que vous ne m'avez pas appelé ! quand vous aviez si grand besoin de moi, quand je me fusse empressé d'accourir !... tu le sais bien, Clairette !

— Pardonnez-moi, mon Oncle, — répondait la fille de Jacques. — Pardonnez-moi, puisque me voici implorant votre pitié. Mais mon père l'avait défendu, et je ne voulais pas lui désobéir, espérant, comme je l'espère encore, qu'il reviendrait, qu'il ne pouvait nous abandonner tout à fait. Il avait défendu cela parce qu'il disait que vous aviez lutté pour le retenir ici, et puis que vous alliez lui en vouloir beaucoup..... que vous ne pourriez lui pardonner..... je ne sais si c'est, *pour cela seulement*, qu'il a voulu dire..... Mais moi je sais bien que vous êtes tous bons, et j'ai pensé que malgré tout vous auriez pitié de moi. Les malheurs se sont accumulés si vite, avec tant d'imprévu : La mort de Maman après le départ de Père, notre expulsion ; admettez avec cela un moment d'hésitation, l'attente de Papa..... Mais me voici, je suis venue à vous comme à un second père.....

— Et tu as bien fait, mon enfant, — s'exclama-t-il en l'embrassant, — j'aurai deux filles à présent..... Et puis, nous chercherons ton père ; nous l'aiderons, coûte que coûte, à sortir d'embarras.

— Tu seras notre sœur, — confirmait Lucette, appuyée de l'approbation de Charles. — Tu seras ici chez toi...

Mais tu dois être tuée de fatigue et de chagrin, viens te reposer, je t'en prie.

Clairette ayant souhaité le bonsoir aux deux hommes, sa cousine l'emmenait dans la chambre d'honneur, l'installant au mieux, veillant à mille détails :

— Bonsoir, ma pauvre éprouvée. Bon courage, va ! tu n'es pas seule au monde. Est-ce que cette pensée ne te soulage pas un peu de tes chagrins ?

— Oh que si ! Cela est bon, et tu es un ange, ma chère Lucette ! Tu mérites d'être heureuse, toi. Moi je ne le méritais pas. Dieu ait pitié de moi ! Bonsoir, chérie.

— Bonsoir ; repose bien et fais la grasse matinée, demain et tous les jours. Je veillerai à ce que l'on ne fasse pas grand bruit le matin. Bonsoir ma Belle.

Chacun s'étant retiré en hâte, Charles de son côté regagnant la Haute-Ferme, un quart-d'heure après, chez Nicolas Aubert, l'absolu silence régnait.

Mais ce silence de minuit, ce grand silence de néant n'était pas de la part de tous l'expression même du sommeil.

Par une apparente ironie de la nature, les deux voyageuses, chacune de leur côté, dormaient d'un sommeil profond de bienheureux, tandis que, d'autre part, Aubert, ainsi que sa fille, n'avaient sur leurs couches pas plus de repos qu'ils n'en eussent eu sur un gril ardent.

Tandis que Clairette, tout à la fois excédée de tourments et les nerfs soulagés par les larmes versées ainsi que par l'accueil reçu, cédait à la fatigue physique et morale, telle qu'un soldat rentrant dans un confortable cantonnement après des jours de batailles et des nuits de bivouac ; tandis qu'en elle la nature réparatrice reprenait ses droits, Aubert et sa fille, sous l'aiguillon de l'impression première, dans une brûlante insomnie, épuisaient leur imagination en réflexions sur le connu, en conjectures sur l'inconnu, en projets de recherches et de réparation.

Nicolas était inquiet, tout à la fois sur le sort de son frère, sur l'honneur du nom, et sur son propre intérêt.

A l'insu de ses enfants, il avait pris tout récemment des actions dans la fameuse affaire *des brouillards de Londres*, affaire dont le titre seul était pour lui maintenant une amère et dérisoire duperie.

Tous ses fonds et d'autres y avaient passé. Serait-ce autant de perdu.

Son frère était radicalement ruiné, sans nul doute. Non, il n'avait pas fui en vue de jouir impunément d'une fortune dérobée; de cela il était incapable.

Mais, pour qu'il eut abandonné sa femme et sa fille, il fallait qu'il fut talonné par la ruine complète, et peut être pis encore...

Pourquoi ne donnait-il aucun signe de vie? Peut être s'était-il tué dans le premier moment de désespoir... Pourvu qu'il ne se fut pas cru poussé à cette extrémité par les conséquences d'actes indélicats qu'il aurait eu la faiblesse de commettre?

Et dans une atroce torture morale, il supputait malgré lui les probabilités de cette effrayante hypothèse si cruellement contradictoire avec la traditionnelle honorabilité des Aubert.

Et bien que son sentiment se refusât à cette idée de malversation ou d'indélicatesse quelconque, il en retrouvait toujours la fatale indication dans ce luxe inouï, dans cette témérité folle, dans cet emballement aveugle auxquels Jacques s'était trop facilement livré. Il la retrouvait, cette indication, plus concluante, plus précise encore, dans ce fait de la disparition, dans le décès de Madeleine tuée de chagrin, dans la férocité

des poursuites, et jusque dans certaines paroles vagues
des jeunes filles, ignorantes comme lui des causes de
ce départ.

Et cette pensée atroce le poignait, lui trouait le cœur
comme un fer rouge ·

Etait-ce pour en arriver à un tel résultat que les
Aubert avaient toujours si scrupuleusement vécu dans
les traditions d'honneur dont ils étaient si fiers ? Eux
dont la droiture et la loyauté étaient devenues prover-
biales dans la contrée, qualités si notoires qu'elles
avaient mérité à Nicolas comme à son père le surnom
si honorable de *Bon Conseiller*.

Le passé, le présent et l'avenir de la famille étaient-
ils irrémédiablement souillés, moralement perdus par
de funestes entraînements, pour un acte coupable et
malhonnête ? L'ombre des ancêtres, la génération présente
et celle à venir allaient-elles donc avoir à courber la
tête ?..... En était-ce fini à tout jamais de l'*Honneur
des Aubert* ?

Le lendemain même, son premier soin était d'écrire
à un correspondant parisien qui avait toute sa confiance, le priant de s'informer discrètement, et de lui
faire savoir aussi exactement que possible ce qui était
advenu.

Deux ou trois jours après lui parvenait la réponse ;
des nouvelles désolantes confirmant non seulement les
faits narrés par les jeunes filles, mais, hélas! les appréhensions les plus graves. Jacques était littéralement
ruiné, à ce point que la vente laissait encore un déficit
non couvert envers des tiers.

Mais le plus lourd et le plus grave déficit était,
paraît-il, dans sa situation vis-à-vis de ses co-associés.
Situation très irrégulière exprimait vaguement, disait-
on, M. de Valmirey, qui depuis quelque temps se
trouvait à Paris à la tête de la maison d'affaires.

Celui-ci donnait assez clairement à entendre que la société aurait été victime de malversations, faux en écritures ou autres abus de confiance. L'espèce du délit et les détails n'étaient pas autrement précisés, mais se posant en homme débonnaire, Lorenchet déclarait que l'*affaire* ne concernant que lui et son associé d'Angleterre, il n'y serait probablement pas donné de suite. Par égard pour une honorable famille du pays, il s'efforçait d'obtenir de M. Atkinson qu'il se désintéressât de toutes poursuites. Enfin il ne parlait de toutes ces choses qu'en confidence, et en recommandant le secret le plus absolu.

De Jacques, nulle nouvelle. Dans le monde des affaires et dans la société qu'il fréquentait, les bruits les plus contradictoires circulaient, certains prétendant qu'il avait dû passer à l'étranger avec un fort magot, d'autres concluant à la ruine et au suicide.

En quelques jours, grâce à ces malheurs, Nicolas Aubert avait vieilli de dix ans (page 175)

CHAPITRE IV

LES PRINCIPES DE LUCETTE

AUCUN mot ne pourrait rendre le désespoir profond et concentré qui peu à peu s'empara du malheureux Nicolas Aubert; dans les jours qui suivirent l'arrivée de sa nièce, désespoir qui ne pouvait que croître, avec le temps et les creusantes réflexions, et qui fut enfin complet quand lui parvinrent les nouvelles de Paris.

Son honneur, ce vieil honneur de paysan sans tache, légué par toute une génération d'honnêtes travailleurs, cet honneur dont il était aussi soucieux et aussi fier que le plus fier gentilhomme, était compromis, effleuré, souillé et perdu, peut être.

Perdu par Jacques, l'imprudent et l'insensé, l'assoiffé d'or et de jouissances, l'orgueilleux voulant tout
dominer....

Perdu par lui aussi, Nicolas Aubert, le prudent
et le sage, le père de famille modèle, l'homme sans
besoins et sans vanité!

Il s'était laissé entraîner, comme un enfant sans
expérience; et maintenant, le fruit de ses économies
était à la mer, et sa nouvelle ferme hypothéquée;
que survinssent deux ou trois mauvaises années, c'était
la ruine...

La ruine pour son Charles, ce brave et vaillant
garçon, la ruine pour sa petite Lucette, la joie et
la sagesse de la famille, qui vainement l'avait sup-
plié, pressentant la débâcle, de ne pas sacrifier au
Veau d'or...

A son insu, il avait agi : comment lui avouer, à
présent?

Et enfin, souci plus angoissant encore que tous
les autres, car cet homme avait du cœur, chérissait
son frère.

Y avait-il à craindre un malheur plus grand que
le déshonneur et la ruine?

Ce pauvre Jacques se serait-il tué, comme on le
croyait, là-bas, à Paris?

Cela, pourtant, Nicolas le redoutait sans l'admettre,
et se répétait sans cesse, pour se tranquilliser, les
raisons militant contre le suicide de Jacques.

— Il aimait la vie, il aimait sa fille, il croyait en
Dieu; il avait de la volonté, cette volonté qui tire
d'un précipice, et il le savait, et il comptait sur elle.
D'ailleurs, se tuer sans être venu m'embrasser, me demander pardon, me recommander sa fille, c'est impossible;
Jacques n'est pas un homme à se tuer lâchement, jeune
encore et pouvant travailler, Jacques ne s'est pas tué.

— Quant à s'être enfui à l'étranger avec de l'argent volé, — concluait-il dans un accès de noble fierté, — c'est impossible. Je le connais trop bien... Vaniteux, jouisseur, ambitieux, facile à duper, mais honnête! honnête! honnête!

Le fils de mon père, un voleur, s'enfuyant à l'étranger avec l'argent des autres!

Allons donc! je réponds de lui comme de moi!

Mais alors, où était-il?

Pourquoi avait-il ainsi disparu?

Quel asile le dérobait?

Dans quelle épouvantable misère, dans quel atroce désespoir était-il plongé?

En quelques jours, grâce à ces alternatives, à ces malheurs certains et pressentis, Nicolas Aubert avait vieilli de dix ans; ses rares mèches grises s'étaient multipliées visiblement; un pli se creusait sur son front; il marchait comme un homme souffrant et lassé.

Au bout de quelques jours, n'en pouvant plus, il se résolut à parler à ses enfants; il étouffait, absolument; un mélange de douleur, de crainte et de colère, l'agitait jusqu'au fond des entrailles; il fallait parler, se confier, crier sa peine, donner à d'autres une part du fardeau.

Anxieux, devinant que tout le chagrin ne se bornait pas à ce qu'avait raconté Clairette, à la ruine même de l'infortuné Jacques, Lucette et Charles attendaient, n'osant interroger leur père, discrétion ou crainte instinctive de savoir.

Le premier mot leur fut révélé au milieu d'un terrible accès d'indignation : une lettre reçue le matin, d'un ami dévoué et *flaireur*, ne laissait au pauvre homme nul espoir au sujet de son argent; tout devait être englouti.

Et il le regrettait si profondément son argent, ce

fruit de tant de sueurs et de privations, si difficile
à gagner, follement jeté aux habiles, aux faiseurs, se
moquant ensuite des niais et des dupes.

— Venez çà, — dit-il, attirant d'un geste impérieux
ses enfants dans la petite pièce où il faisait ses comptes et rangeait ses titres de propriété. — Venez, il
faut que je vous dise... J'en aurais une attaque si je
me taisais plus longtemps.

Si vous croyez que le malheur ne consiste que dans
la ruine de Jacques, vous vous trompez.

J'y suis pour mon compte, moi!

Tu comprends déjà, toi, Charles?

Tu as dû y songer bien des fois sans oser me le dire;
et encore, il y a plus de mal que tu ne le crois, va!

Mais toi, ma pauvre Lucette, toi qui ne voulais
pas et dont je me suis caché vilainement, tu ne peux
pas comprendre...

Il s'arrêta, éperdu de honte devant l'enfant sérieuse
et prévoyante, qui, seule de la famille, avait refusé
de sacrifier au sinistre Veau d'or.

Mais elle pressentit vite et l'argent imprudemment
exposé et la honte....

Alors, filialement compatissante, elle dit en souriant :

— Je crois comprendre, Père; vous ne pouviez
pas résister à mon Oncle, vous promettant d'augmenter votre fortune : c'était pour nous, pour nous faire
plus riches. Ne vous désolez pas si cet argent est
perdu. Si vous êtes bien portant et résigné, nous
serons assez heureux, même en travaillant davantage,
s'il le faut.

Elle sut si bien lui varier ce thème de façons dif-
férentes, parlant d'un air indifférent de ruine et de
travail, entremêlant ses paroles de gentilles caresses
et de bons sourires, que le pauvre Nicolas sentit renaître
en lui un peu d'apaisement.

Puisqu'il était loin d'avoir tout perdu, et que ses chers enfants lui pardonnaient, il n'était pas encore trop à plaindre ; s'il n'avait pas eu le souci de Jacques désespéré et disparu !...

Mais deux jours plus tard, ce fut une bien autre scène, plus grave et le laissant plus désolé que jamais.

De nouveaux renseignements, obtenus du syndic de la faillite, montraient le gouffre beaucoup plus profond qu'on ne l'avait cru tout d'abord.

Non seulement Jacques était ruiné, non seulement les spéculations entreprises par son frère étaient à vau-l'eau, mais encore il restait un passif, peut être formidable ; en dehors de ses associés, des créanciers irrités demandaient leur dû... l'exigeaient... menaçaient...

Le premier mouvement de M. Aubert fut de maudire la folie de son frère, de l'accabler, presque au-delà de ses fautes, tant il était désespéré et furieux ; Charles faisait chorus ; bravement, Lucette tenta de les calmer, de défendre un peu l'infortuné absent.

— Il n'est coupable que de s'être laissé entraîner ; il ne savait pas. Le seul criminel en tout ceci, c'est Lorenchet, vous le sentez bien... Mon pauvre Oncle ignorait tout de ces choses : il a cru en la parole d'un malhonnête homme d'autant plus facilement qu'il était lui-même honnête et loyal. Son grand tort c'est de ne pas vous avoir écouté ; il faut lui pardonner cela ; il croyait bien faire...

— Tu en parles à ton aise ! — cria le père, la figure empourprée, tous les membres frémissant comme en un accès de fièvre. — Et que m'importe qu'il ait été un imbécile, une dupe ou un misérable, sacrifiant son honneur et sa famille à son infernal besoin de s'enrichir ? La seule chose à considérer pour l'instant, ce sont les résultats désastreux. Il porte mon nom ; s'il est condamné comme failli frauduleux, il n'y aura

12

pas que lui, que sa fille, qui soient atteints. Mon nom, mon nom d'honnête homme, le vôtre, sera éclaboussé aussi!

— Père, — exclama le jeune homme terrifié, presque affolé devant le gouffre soudain entrevu, — vous n'êtes pas responsable, n'est-ce pas?... Les créanciers ne peuvent rien vous demander?

— Non, — balbutia le malheureux homme, devenant pâle comme un suaire, de pourpre qu'il était la minute d'avant. — Non, je ne suis pas responsable... je n'ai rien signé. . personne ne peut rien me demander...

— Seulement, — prononça Lucette d'une voix très nette, — quand on a assez pour empêcher son frère d'être déshonoré, on s'entend avec les créanciers, on donne tout ce que l'on a, et le nom reste intact. N'est-ce pas, mon Père, que les braves gens font ainsi? ..

— Tais-toi! tais-toi! — gronda Charles, furieux et épouvanté. — Ne parle pas ainsi... Ne t'avise pas de mettre de semblables idées dans la tête de notre pauvre père... Es-tu donc folle?... Veux-tu donc que nous allions mendier notre pain sur la grand'route?

Lucette ne tenta pas de discuter, mais dit, très simplement :

— Et Clairette, dont tu connais la fierté! L'oublies-tu? Elle peut mourir de honte.

— Clairette! — répéta Charles, soudain ému. — Mais non, je ne l'oublie pas. Je suis prêt à tout faire pour elle. Tiens, si mon père le permet, je suis disposé à en faire ma femme, même si mon Oncle est ruiné, même s'il est condamné...

— J'aimerais mieux la préserver du déshonneur et la laisser libre, — riposta la généreuse fillette.

— Assez, ne parlez pas à tort et à travers, — ordonna le père. — J'ai comme un couteau dans le cœur; vous êtes des enfants, vous avez des idées de pitié, chacun à votre manière; mais ce n'est point comme cela que les choses s'arrangent dans la vie; j'aimerais mieux nous voir tous trois morts que dans la misère; et il te vaudrait mieux, mon pauvre garçon, te casser une jambe que d'épouser ta cousine; c'est fini, elle a goûté de la vie de là-bas, elle n'est plus bonne pour le village; retiens bien ce que je te dis là.

Le pauvre Charles regarda du côté de sa sœur; elle qui savait si bien plaider toutes causes difficiles, blanchir et innocenter tous coupables, elle allait sûrement prendre vivement la parole, défendre Clairette.

A son grand étonnement, Lucette ne dit rien.

Ce n'était pas qu'elle fut à bout de courage et de générosité, pourtant, car, la minute d'après, elle recommença sa filiale défense de l'oncle imprudent et peu coupable. Donc, Lucette partageait en un point l'opinion de son père, et craignait aussi, dans son intuition de fille sérieuse et réfléchie, que Clairette ne sut plus se résigner à la vie campagnarde, aux vulgaires occupations de la fermière.

En se rendant compte de la tristesse qui l'envahissait, le pauvre Charles dut se rendre compte aussi qu'il avait espéré non seulement ramener au bercail la petite brebis égarée, mais encore l'y voir heureuse et reconnaissante, de cette façon se simplifiait le problème : toute dette d'affection, de solidarité familiale serait payée sans bourse délier; tout au plus resterait-il à offrir un asile à l'oncle sur ses vieux jours, quand il serait las de poursuivre la fortune à travers le monde.

Mais si rien ne pouvait se faire ainsi, où allait-on aboutir? Etait-ce le dévouement sans limite, la ruine pour l'honneur du nom?...

Le frère était bien loin de la généreuse abnégation de sa jeune sœur.

— Ma fine, vous le savez bien, qu'on dit que Jacques a fait un trou dans la lune (page 183)

CHAPITRE V

LA LÉGENDE D'UN DISPARU

Vous n'ête s pas tout plein de monde à l'*écraingue*, ce soir, — disait le père Cavirot en entrant chez la Grande Babillaude, une brune sèche, à l'air revêche, chez qui se tenait la *veillée*.

— Hum, voilà !... toujours à peu près les mêmes que d'habitude ; vous savez bien que cela se perd, qu'au jour d'aujourd'hui le train du monde c'est : chacun chez lui.

— Oui, tout de même, il ne fait plus bon vivre, et ce n'est pas grand dommage de vieillir. De mon temps, les *écraingues* c'étaient de vraies réunions de gaieté, on riait, on chantait, on racontait des histoires de toutes les couleurs; on se divertissait honnêtement, pire que les bourgeois qui vont en soirée ou au cercle. Les vieux, les jeunes, tout s'en mêlait. Mais le bon vieux temps est passé. Pas vrai, Martin?

— Tout est changé, mon pauvre Tonton! — répondait Martin-le-Loup, qui se trouvait-là. — Il n'y a plus d'économie; chacun use son huile chez lui à ne rien faire. Les femmes disent que l'on a *éventé* (inventé) des mécaniques pour tout faire et qu'elles n'ont plus besoin de tricoter, ni de filer, que l'on a du linge et des chaussettes pour rien; mais qu'est-ce que cela dure? Et quand il faut acheter il faut toujours trouver l'argent!

— Oui, voilà comme cela est, — confirmait Pierre le mari de la Grande Babillaude. — Mais il ne faut pas que cela vous empêche de venir, les hommes; on cause un moment, on fume une pipe et l'on va se coucher quand on veut.

Ainsi tout d'abord la conversation roulait sur des généralités; les femmes travaillant en cercle autour de la lampe, habiles des doigts et de la langue, tandis que les hommes se tenaient en arrière, dans l'ombre.

— Eh bien! père Tonton, — interrogeait tout à coup la Babillaude. — Qu'est-ce qu'il y a de nouveau? Est-il retrouvé, à la force?

— Qui cela?... Jacques?... Est-il retrouvé?... C'est comme si je le demandais à toi, la Grande.

— Non, ce n'est pas tout pareil; parce que vous êtes souvent avec Nicolas Aubert, parents, amis et tout, puisque vous vous invitez au boudin, et qu'il doit vous confier ses affaires, tandis qu'avec moi, il ne daigne pas tenir grande conversation.

— Bien sûr qu'il ne tient pas grand discours là-dessus, et qu'il ne dit pas le fin fond de sa pensée à tout un chacun, même à personne. Et s'il me le confiait à moi, en confidence, cela ne serait pas pour le répéter chez toi, en pleine *écraingue*. J'aime bien faire un brin de causette; mais je sais encore quand il faut brider ma langue.

— Je ne vous demande pas de secrets, de ce qui ne me regarde point; mais à part cela, cela serait-il vrai toutes ces affaires-là qu'on dit?

— *Ces affaires-là qu'on dit;* mais, qu'est-ce que c'est, à la fin?

— Ma fine, vous le savez bien, qu'on dit que Jacques a fait un trou dans la lune, des tas de *maniganceries* pas propres, des espèces de filouteries en gros que je ne peux pas vous expliquer, et qu'il est passé à l'Étranger pour ne pas être pincé, et qu'il a fait mourir sa pauvre femme, cette bonne Madeleine, et qu'il a laissé sa fille en *planton*, à la garde de Dieu, et...

— Et... et... et... si Jacques revenait tout à coup, et qu'il te fasse prouver tous ces *inventionneries-là?*

— Qui? moi?... Mais je n'invente rien du tout; c'est le monde qui cause comme cela, de toutes les manières. On en dit bien d'autres, ma foi! Il ne faut pas que cela vous défrise, M. Tonton!

— Le monde a bon dos, et toi la Babillaude, tu as une bonne langue de pie!

— Le monde d'aujourd'hui ne parle que par jalousie, confirmait Martin.

— Tu as raison, Martin; tiens, moi j'aime mieux aller dormir. T'en viens-tu?

— Bonsoir la compagnie, tous, tous, — dirent les deux hommes en se retirant.

— Bonsoir Tonton, bonsoir Martin! Vous êtes comme les enfants qui sont grognons quand ils ont sommeil. Demain vous serez sur meilleur quart. Bonne nuit!

Comme cela le chatouille tout de même, ces his-
toires-là ! — ajoutait la Babillaude, quand Cavirot fut
parti. — Il n'est pas toujours si maussade que cela !
C'est comme si c'était nous qui en sommes cause ;
c'est-il vrai, mère Catherinette ?

— Il ne faut pas s'étonner de cela, — répondait
une petite vieille, sans détourner les yeux de sa que-
nouille qu'elle étirait placidement. — Chacun défend
les siens. C'est toujours disgracieux pour la famille
tout entière quand il y en a un qui ne tourne pas
bien.

— C'est pour cela que l'on ne peut rien savoir ni
des Aubert, ni de Tonton ; mais rien qu'à voir comme
ils sont ennuyés, cela parle tout seul.

Et chacun, avec le zèle visible d'apporter sa lumière
au faisceau, formulait son renseignement, ses conjectures, son opinion, avec une certaine circonspection
toutefois, mitigeant ses paroles, se gardant de conclure
nettement.

Zèle et réserve motivés, l'un par les récentes mena-
ces de Cavirot, l'autre par l'entraînement et la solidarité
de tous.

— Cavirot a beau dire. Il y a des choses qui ne
sont pas des *on-dit*. D'abord, cette brave Madeleine
est bien morte.

— Bien oui, puisque l'on vient de lui dire un service à la paroisse.

— Clairette est bel et bien rentrée de Paris.

— Avec Lizon aussi qui est rentrée chez elle, et
qui voudrait bien s'en aller en journée comme auparavant.

— Clairette ne se fait plus servir en grande demoiselle ;
malgré qu'elle reste toujours assez fière avec le monde,
elle en a rabaissé ; elle ne se montre guère, et plus avec
ses falbalas, ses toilettes éclatantes, à la mode des grands.

— La voilà qui reste à la Basse-Ferme à cette heure, qu'elle se fait nourrir par charité chez son oncle; après qu'elle a trouvé que c'était trop paysan d'avoir une belle ferme à elle, qui ne devait rien à personne.

— Chacun est fouetté de la verge dont il veut fouetter les autres. Elle était trop fière; il n'y a pas à dire!

— Elle n'a qu'à y rentrer dans sa ferme, attendu que Charles avait soi-disant des intentions pour elle.

— Bernique!... Va-t-en voir s'ils viennent! Les intentions cela dépend des occasions. Est-ce que Mlle Clairette faisait seulement attention à ses intentions, il y a un an? Il a une belle revanche, lui; il serait bien bête de la manquer.

— On ne peut pas savoir... Des fois la fortune n'est pour rien dans les mariages.

— Pour en revenir, on n'est pas des *inventionneurs* parce que l'on parle de tout ce que l'on voit de ses yeux. Et on peut bien dire que Jacques est perdu, puisqu'on ne le voit plus ici.

— On peut même bien dire qu'il se cache, puisque ses parents et même sa propre fille ne savent pas là *ousqu'il s'est gîtré*.

— Ou bien s'ils le savent, ils ne le disent pas; c'est toujours des cachettes.

— Tout comme quand on a fait des mauvais coups...

— Qu'est-ce que dit donc Lizon?

— Elle dit que le Maître est parti en voyage, qu'elle espère bien qu'il reviendra, à moins qu'on ne l'ait *afforfanté* (assassiné) en route. Mais elle a l'air toute rêveuse. Bien sûr qu'elle avait un magot là-dedans et qu'elle n'ose encore pas dire tout ce qu'elle en pense. Mais un beau jour elle lâchera ses chiens; vous verrez cela.

— Moi, faut que je vous dise : J'ai reçu des nou-

velles par *Tonichou*, — glissait mystérieusement Catherinette qui était la mère du cocher.

Il a été voir exprès, à la maison pour savoir de
quoi il retournait. Il a demandé à la concierge
après M. Aubert, il a dit qu'il voulait lui parler,
comme étant son pays. Alors, la concierge lui a répondu
qu'il n'y avait plus d'Aubert, qu'il était filé, qu'on
avait vendu tout son mobilier et qu'il laissait des
gros trous de dettes, et qu'il y avait du louche et de
l'embrouillamini dans tout cela.

— A la bonne heure! Cela prouve tout! clamèrent
plusieurs voix satisfaites. On a tout vendu! Il est filé
avec le magot! Voilà bien l'affaire!

— Mais puisqu'il a laissé vendre ses meubles, c'est
qu'il n'avait plus le sou?

— Qu'est-ce que cela prouve? Quand on file avec
un magot, on se dépêche, et on ne s'embarrasse pas
plus d'un mobilier que des dettes; on laisse là tout
ce qui embarrasse.

— Moi je crois bien qu'il est ruiné; s'il avait de
l'argent, il ne laisserait pas là sa fille.

— Cela ne prouve rien; sa fille c'était peut être
comme son mobilier, cela l'aurait embarrassé dans le
moment. Une fois bien à l'abri, il peut la faire venir
auprès de lui.

— Il peut bien être ruiné aussi. Du train qu'il y
allait, est-ce que cela pouvait durer? Quand le ruisseau aurait coulé de l'or aussi gros qu'il coulait de
l'eau, il l'aurait bien fait *tairir* (tarir).

— Moi je crois tout de même qu'il était au bout
de ses sciences et qu'il se sera fait sauter la cervelle.

— Ou bien qu'il se sera noyé dans la Seine.

— Moi je ne crois pas qu'il soit mort; cela n'a pas
l'air de déranger beaucoup Le Crochous.

— Et puis, vous savez bien qu'on disait toujours

qu'ils devaient être dans les *flanc-maçons* (francs-maçons), tous les deux, que ces gens-là ont toujours de l'argent.

— Oui puisqu'on dit qu'ils se relèvent l'un et l'autre, comme les Juifs.

— Oui, c'est le diable qui les relève, parce qu'ils lui vendent leur âme; on le sait bien.

— Pour le Crochous, il en est, c'est sûr, mais Jacques...

— Jacques... il ne vaut pas mieux que l'autre puisqu'il s'est mis de complicité avec lui dans ses affaires. *Qui se ressemble se rassemble.*

— Il a eu trop de confiance au Crochous; lui et sa fille, ils faisaient trop de manières de grands seigneurs; ils en menaient trop large, comme des extravagués.

— Oh! si tellement que le Président de la République n'aurait pas été leur parent! On ne peut pas les plaindre; ils ont ce qu'ils ont cherché avec leurs folies.

— Mais ce que je trouve de baroque dans tout cela, c'est que chacun n'en a pas selon son mérite, et que le Crochous a l'air de vivre toujours bien tranquille.

— Cela reste à savoir... Il faut se méfier de tout ce que l'on ne voit pas. Cela ne peut pas bien finir pour lui non plus. Et puis, est-ce qu'il ne paye pas déjà pour ses méfaits et pour tous ceux des autres Crochous? Est-ce que le Moine ne vient pas toujours l'*houspiller* de temps en temps? Vous ne savez donc pas?

— Le Moine?... Est-ce que l'on en reparle encore?

— Ah! si l'on en reparle encore! Mais il revient de plus belle que jamais. On peut le voir rôder tous les soirs autour de l'Abbaye, et des fois jusque par l'avenue.

— Le Moine! oui, moi j'ai entendu dire qu'on l'avait vu.

— Vous devez bien savoir tous que le berger Pirou raconte qu'il l'a vu plusieurs fois à la brune, quand il rentrait tard. Mais je vous dirai mieux que cela, que moi je l'ai vu l'autre soir en passant par là. Je m'en revenais tranquille comme Baptiste en pensant à un tas de choses grises comme le temps et comme les ruines qui étaient devant moi ; même que j'ai pris par le sentier qui coupe au court au bout des arcades ; et malgré que je cherchais à penser à autre chose, mon esprit ne faisait que ruminer la ballade, que c'était plus fort que moi.

J'en étais à :

> Souventes fois, il revient d'aventure,
> Nombre l'ont vu, géant rasant le sol
> Sombre vengeur de toute forfaiture,
> De tout méfait, de rapine et de vol.

> Le violent, l'égoïste et le traître,
> L'avare même, et celui qui mécroit
> Combien l'ont vu, le verront apparaître !
> Mais au passage, il bénit l'homme droit.

Quand tout d'un coup j'ai vu le Moine débusquer de la broussaille des vieilles arcades.

— Vrai ? vous l'avez vu ?

— Si je l'ai vu ? Mais comme je vous vois, tous, de mes yeux. Je l'ai si tellement vu que je peux vous dire à peu près comme il est, vu qu'il n'était pas à plus de vingt-cinq pas de moi. C'est un beau grand barbu, un peu voûté ; il avait un grand manteau gris, avec un capuchon, comme on voit les moines.

— Et il ne vous a rien dit ?...

— Rien du tout,.. Ni moi non plus... Tout de suite,

cela m'a un peu saisi. Et lui, il se faufilait par le bosquet le long du château.

— Bien sûr qu'il doit aller secouer le Crochous le long de la nuit.

— Je ne voudrais pas être dans sa peau...

— Les vieilles arcades; c'est toujours par là que l'on a vu de la lumière des fois, et qu'il paraît que l'on y voit clair maintenant tous les soirs.

— Paraît que c'est réel tout de même.

— Enfin, on ne peut pas encore dire au juste de quoi il retourne, dans toutes ces affaires-là; mais je parierais gros que ce n'est pas du bon pour le Crochous, ni pour Jacques. Quand la poire est mûre il faut qu'elle tombe et cela ne pouvait pas bien finir. La ballade le dit bien :

> En attendant l'éternelle vengeance,
> L'ire du ciel n'en éclate pas moins :
> Tant que vivra la misérable engeance,
> Ces lieux hantés en seront les témoins...

. . . .

Et quelqu'un conclut philosophiquement :

— Un peu de patience : et l'on saura bientôt la fin de tout cela!

Lucette allant jeter une bonne parole à sa paresseuse cousine, la trouva toute en larmes
(page 194)

CHAPITRE VI

ANGOISSES

PENDANT que les villageois parlaient, à tort et à travers, de ce qu'ils ignoraient et auraient tant voulu savoir, pendant que souffraient, à cause d'elle, ses hôtes généreux et désolés, l'épargnant, Clairette se laissait vivre, un peu étourdie par la soudaineté des catastrophes, brisée et anéantie comme celui qui a reçu un choc violent sur le crâne.

Peu à peu, sortant de la torpeur bienfaisante qui avait succédé à la force factice, à l'entrain fiévreux des premiers moments, Clairette en arriva à réfléchir, à revoir nettement le passé, à interroger l'avenir.

Rendons justice à son cœur : A présent que sa mère, cette sainte et trop faible créature, qu'ils avaient torturée, son père et elle, l'arrachant au paisible village, à la sécurité, pour la jeter à une existence maudite dont la fin désastreuse lui apparaissait distincte, à présent que sa mère était morte, sincèrement elle la pleurait, se reprochant même de l'avoir fait souffrir, d'avoir contribué peut-être à sa mort...

Mais il faut bien avouer, hélas! qu'elle pleurait aussi, et combien amèrement, sur la ruine atroce, le plus affreux des malheurs pour elle.

Toute jouissance luxueuse interdite, plus de toilettes, de meubles confortables, d'élégants équipages, de serviteurs empressés et stylés, de table bien servie!

Et l'humiliation devant tous, *ce qui était le pire, peut-être*? d'avoir possédé toutes ces choses, et de les avoir perdues!

La honte d'être ruinée dominait à tel point, tout d'abord, la honte d'avoir causé d'autres ruines qu'elle n'y songeait point à ces autres ruines, ne se demandant même pas si son oncle n'était pas atteint, n'était pas solidaire, ne croyant avoir à lui être reconnaissante que du gîte accordé, et songeant vaguement à limiter cette mesquine dette de reconnaissance, à l'éteindre, même.

— Je suis instruite, — se répétait-elle dans ses moments de grand courage, — Dieu merci, ce Paris qu'ils maudissent ne produit pas que la ruine..... il donne aussi l'instruction. J'ai mon brevet, je puis chercher une place dans une opulente famille, retrouver l'existence qui fut la mienne, dont je ne puis me passer. J'aurai de beaux appointements, je dédommagerai largement mon oncle et Lucette de leur hospitalité.

La chère petite Lucette l'écoutait, l'approuvait en principe, quand elle émettait, devant elle, moins bru-

talement que dans les réflexions solitaires, ses projets
de travail; pour la vaillante fille de Nicolas, tout
travail est bon, consolant, sain. Seulement, elle eut
préféré que sa cousine souhaitât plus humble travail, dans plus humble demeure, et surtout, elle eut
voulu qu'elle s'inquiétât de son père, de sa situation
présente et à venir, des malheurs connexes à son
malheur.

Elle n'avait garde pourtant, et en cela son père
et son frère étaient absolument d'accord avec elle,
de tourmenter davantage ce pauvre être brisé, en lui
révélant tout ce qu'ils souffraient à cause d'elle, en
lui faisant entrevoir la honte menaçante. Les confé-
rences entre le père et les enfants, devenues presque
journalières, avaient lieu le matin, à l'heure où Clairette dormait encore, ou bien le soir, après le repas,
lorsque l'orgueilleuse, écœurée de cet intérieur de
ferme, trop rustique, trop en contact avec les domestiques vulgaires et les grossiers travaux, s'était retirée
dans sa chambre.

Malgré le soin touchant de ne jamais prononcer
devant elle un mot révélateur, ou même contenant
une simple allusion aux évènements, malgré l'insouciance affectée, Clairette, très perspicace quand son
égoïsme ne l'aveuglait pas, avait senti la gêne, la
dissimulation, avait deviné la tristesse profonde; le
rapide changement de son oncle, du reste, était un
indice probant, qu'un aveugle seul eut pu mécon-
naître.

Alors, elle s'éveilla de sa torpeur, et de même que
les regrets pour sa pauvre mère la poignirent avant
ceux de la fortune perdue; de même, l'inquiétude
au sujet de son père surgit avant toute autre nouvelle
inquiétude.

Il faut avouer que Lucette eut sa part dans ce réveil,

dans ce filial tourment; l'indifférence de sa cousine la navrait; plusieurs fois elle osa parler, devant elle, du pauvre absent.

— Mon Oncle, renseignez-moi, — dit enfin Clairette, un soir, suivant M. Aubert dans le petit bureau. — Je l'avoue... j'en veux à mon père, si crédule, trop sûr de lui, maladroit et naïf... Je ne vous parlai pas de lui... C'est comme si je l'avais boudé... J'avais tort, je le reconnais... Voilà que j'ai peur pour lui, maintenant... Vous ne me parlez pas de lui... et vous avez l'air si triste !... Où est-il?... Que fait-il?

— Je n'en sais rien, ma pauvre petite, absolument rien.

Elle crut qu'il lui dissimulait quelque sinistre réalité.

— Il n'est pas mort, au moins?... Si cela était, vous seriez bien forcé de me le dire... Malade, peut-être?... très malade?... Bien loin d'ici?... Mais vous me diriez d'aller le soigner, alors... Dites-moi la vérité, de grâce !

— La vérité, c'est que je ne sais rien, je te le jure.

— Vous ne savez rien !... Mais on peut tout supposer, tout admettre... Mon Oncle, qu'est-ce que vous pensez? Vous avez peur, n'est-ce pas?

Elle le tourmenta si bien qu'il finit par avouer qu'il avait un peu peur, parfois...

Heureusement pour lui, quelqu'un vint le chercher en hâte; un accident, à un jeune cheval ! Il y courut, presque content du prétexte pour disparaître,

Une heure plus tard, Lucette, toujours vigilante, sans cesse allant jeter, au milieu de ses occupations, une bonne parole, un sourire à sa paresseuse cousine, la trouva toute en larmes ; elle venait enfin de concevoir l'idée que son père avait pu se tuer.

— Non ! Non ! lui affirma Lucette avec une foi qui réconforta la pauvre enfant. — Non, il ne s'est pas tué, je le sens, je te le jure. Il t'aime trop, il est trop fier, trop soucieux de son honneur; ni mon père, ni moi ne le croyons. C'est lâche de se tuer, laissant une orpheline et des créanciers. Mon Oncle n'est pas un lâche ! Il vivra pour tout réparer, pour sauver notre honneur à tous, sois en sûre.

Tout à coup elle s'aperçut que dans son grand élan, ne songeant qu'à écarter la pensée sinistre, elle avait prononcé des mots imprudents...

Clairette ne sembla pas y avoir pris garde, la remercia chaleureusement, lui affirma qu'elle croyait et espérait comme elle, ne fit nulle allusion.

Seulement, ce jour-là, le lendemain, les jours qui suivirent, et les nuits aussi, en de pénibles insomnies, la jeune fille creusa ces mots, leur cherchant un sens, entrevoyant la vérité.

Elle finit par tout écouter, presque guetteuse, interprêtant un mouvement de physionomie, un geste, causant davantage avec Charles, moins sur ses gardes que Lucette et son père.

Et puis elle cherchait à se rappeler, soit ce que lui avait dit le vieil ami Parisien, soit des faits analogues, des catastrophes semblables, jadis contées devant elle avec tous détails.

Tout cela ne suffisant pas à l'éclairer, elle consentit à rester dans la salle lorsque quelqu'un venait, elle accepta de descendre au village, d'entrer chez tels ou tels, de leur parler amicalement.

Le procédé était bon : tous n'eurent pas, il s'en fallut la générosité de se taire absolument devant elle; certains lui racontèrent même, sans nommer personne, de monstrueuses histoires où figuraient des Parisiens capables de tous les crimes, et pour qui le vol n'était

qu'une insignifiante peccadille. D'autres se permirent
des allusions plus ou moins déguisées; d'autres encore
ne parlèrent que par leur compassion, qui paraissait
peut être plus insupportable que tout le reste à l'orgueilleuse fille.

Après ces séances, hasards ou préméditation, Clairette rentrait, sombre et taciturne, parlait de migraine,
s'enfermait dans sa chambre et sanglotait désespé-
rément.

Et pourtant elle ne savait rien encore !

Progressivement, Clairette découvrait en elle une vaillance inconnue, et devenait
capable de vouloir et d'agir (page 197)

CHAPITRE VII

LES RÊVES DE CHARLES

PROGRESSIVEMENT, en dépit de son chagrin croissant
et de ses vagues et rongeantes craintes, à cause
d'eux, peut-être, car l'épreuve est parfois une
source de force, Clairette découvrait en elle une
vaillance inconnue, et devenait capable de vouloir et
d'agir.

Tout d'abord, elle en arriva à la volonté absolue
de savoir la vérité complète, quoiqu'elle dut en souffrir, et pour cela, elle se résolut à interroger en face,
comprenant enfin que les propos dénaturés des jaloux
et les compatissantes atténuations des bons cœurs ne
lui livreraient jamais la pure vérité.

Elle aurait pu, certainement, interroger son Oncle ; mais elle devinait son parti pris de l'épargner ; mieux valait ne lui parler que bien renseignée, pour rectifier ou compléter.

La Nabote, digne petite-fille de Cavirot, ne demandant qu'à se renseigner et à renseigner les autres, lui parut être le premier échelon tout indiqué de cette échelle de douleurs qu'elle voulait escalader.

Fière d'être interrogée, d'être familièrement traitée par cette hautaine personne, gardant malgré sa ruine un certain prestige, *la Nabote* accepta les promenades ensemble, quand le temps devenait clément, les séances dans la chambre de Clairette, lorsqu'il faisait mauvais au-dehors, résista un peu, pour la forme, puis finit par livrer, lambeau par lambeau, tout ce qu'elle avait ouï dire.

Ce n'était bien que l'écho des propos du village, tellement monstrueux et invraisemblables que l'orgueil même pouvait se redresser ; il faut être quelqu'un, un homme bien considéré et bien jalousé, pour qu'on forge sur vous de telles légendes, bien plus du domaine de l'impossible que de celui du réel.

Un seul point parut sérieux à Clairette, et lui fit entrevoir la culpabilité du malheureux Jacques, le louche de ses opérations de tous genres :

Son ancienne femme de chambre, Lizon, la gentille ouvrière un moment séduite par Paris, elle aussi, était mise à l'index par les gens du village ; Clairette avait bien remarqué, en effet, qu'on ne la voyait plus apparaître, et savait vaguement qu'elle gagnait sa vie en travaillant pour une lingère de la ville.

Son crime, aux yeux de tous ces gens qui gagnent lentement et péniblement un peu d'argent, était d'avoir envoyé à sa grand'mère de trop fortes sommes, dont celle-ci s'était servie, avec ostentation, achetant un jardin, dès longtemps convoité, de bons meubles, du linge, et s'en vantant, et montrant tout cela.

Tant que ses maîtres furent en pleine prospérité, on n'avait pas dit grand chose; puisque le Pactole passait dans la maison, il n'y avait pas grand mal à y puiser, pas vrai ?

Mais à présent qu'il paraissait prouvé que ce Pactole était le bien des autres, on répétait que l'argent de Lizon était de l'argent mal acquis, probablement volé, qui ne pouvait porter bonheur ni aux maîtres, ni aux serviteurs, et la pauvre fille, désolée d'entendre mal parler des Aubert qu'elle aimait, confuse sous les mots cruels qui la frappaient, demeurait à l'écart.

— S'ils traitent ainsi une pauvre enfant qui s'est bornée à gagner ses gages, y ajoutant peut être les quelques petits profits accoutumés, — pensa Clairette, très logique, — que serait-ce donc pour nous, qui avons rapidement fait une fortune et l'avons étalée à leurs yeux, si l'honorabilité de ma famille, de mon oncle ne nous couvrait en partie ?...

Et encore, nous couvre-t-elle bien, cette vieille honorabilité lentement créée par plusieurs générations ?

Dans ce fouillis d'absurdités, il y a du mépris...

Et si ce mépris était mérité ! — conclut-elle soudain, toute frémissante.

Si mon père s'était trompé ou avait été trompé !...

S'il se dérobait parce que la justice a des comptes à lui demander !

Son angoisse devint telle qu'elle finit par se résoudre à poser la question à son oncle, sans plus attendre. Mais M. Aubert ayant dû s'absenter, le matin même où après une nuit de larmes elle prit cette détermination, elle se rabattit sur Charles, dont elle avait déjà constaté, d'ailleurs, le manque de défense vis-à-vis d'elle.

— Je t'en conjure, parle, — supplia-t-elle en pleurant. — Le doute, l'obscurité sont choses bien plus
affreuses que la vérité, quelle qu'elle soit; parle-moi
en toute franchise, comme tu parlerais à ta sœur;
ton père, en me recevant, a dit qu'il aurait deux filles;
traite-moi donc en sœur; si tu as quelque amitié pour
moi. Je veux savoir, je veux agir, si je le puis.
Voyons, n'hésite plus. Tout ce que tu pourras me
dire sera au-dessous de ce qui m'a été rapporté des
racontars du village, tu le sens bien. Ils disent des
choses affreuses, là-bas; la vérité est moins sinistre;
elle me calmera, me consolera...

Pauvre Charles, l'épreuve était dure!

Il n'était pas, nous l'avons dit, de force à lutter
contre cette Clairette, tenace, séduisante, impérieuse,
et pour laquelle il avait une réelle affection.

A bout d'échappatoires et de paroles vagues, il tenta
de tout arranger, comme il avait déjà tenté de tout
arranger, l'autre jour, devant son père, par un généreux projet d'alliance avec la cousine pauvre.

— Eh bien oui, — avoua-t-il, — je vais te dire toute
la vérité, ma pauvre Clairette. Autant que tu la saches,
après tout. Ce n'est pas ta faute, et tu n'as pas à rou-
gir d'ailleurs de ton père, qui, bien sûr, n'a pas eu
l'idée qu'il allait faire perdre; il paraît que d'autres
que lui perdront dans cette affaire...

— Ton père surtout, n'est-ce pas? — interrompit-
elle fiévreusement. — Oh! ne cherche pas à nier!
crois-tu que je ne le devine pas? Je savais qu'il avait
confié tout son argent liquide à mon père...

— Si ce n'était que cela! — laissa échapper le pauvre garçon, très remué par l'évident chagrin de sa
cousine, et en même temps, toujours torturé, plus que
jamais, à la pensée des sacrifices possibles, d'une ruine
complète, de l'honneur du nom compromis.

— Entrez, pauvres femmes, fit-il avec compassion, vous serez accueillies chez Nicolas
Aubert, comme le sont tous les malheureux (page 154)

Cet aveu fait, tous les autres aveux devaient inévitablement suivre...

— Mais ne t'effraie pas trop, pourtant, mà bonne Clairette, — continua-t-il, la consolant comme il eut voulu être consolé lui-même. — J'espère encore que tout cela est de l'exagération ; l'argent perdu est bien perdu, cela, c'est certain ; mais je ne crois pas possible que mon père, qui est un homme d'âge et d'expérience, et qui a du regret de s'être emballé une fois, s'avise de quelque folie. Il n'a rien promis..... il ne doit rien à personne. Peut-être sera-t-il obligé de vendre la ferme qu'il a acquise de l'oncle, et qu'il me destinait. C'est un gros malheur ; mais nous aurons encore bien de quoi vivre, et même,... et même...

A ce point de son discours, il s'embrouilla redevenu gauche et embarrassé, comme jadis, devant l'élégante Parisienne qui lui en imposait.

Clairette, atterrée, ne prit pas garde aux phrases embrouillées et interrompues, et ne comprit pas, quand il conclut, voilant sa pensée à force de timidité :

— Nous t'aimons tous beaucoup, ma bonne Clairette, et toutes ces vilaines choses n'y feront rien. Nous t'aimerons quand même, toujours. Et il ne faut pas du tout t'inquiéter de ton avenir ; tu resteras chez nous comme si tu étais la vraie sœur de Lucette, tu auras ta part en tout, tu ne nous quitteras jamais, si tu le veux bien...

— L'aumône ! le pain de la charité ! — s'écria l'orgueilleuse créature, ne saisissant pas le projet généreux et tendre de son cousin, souffrant trop d'ailleurs, pour résister au besoin de crier sa peine, fut-ce en affirmant l'ingratitude. — Mais je n'en veux pas, de pain ! Pour rien au monde je ne resterai à votre charge, à présent surtout que je sais de quels malheurs mon père est cause. Eh quoi ! il vous ruine, et vous me nourrissez ! Mais, j'en mourrai de honte ! Je ne veux pas... je partirai, je saurai gagner ma vie ; j'y ai déjà songé, crois-le bien.

— Clairette, — murmura le brave garçon prêt à pleurer, — c'était de bien bon cœur.

— Je n'en doute point, mais c'est de la pitié, de la charité, et je n'en veux pas... Puisque je te dis que je peux gagner ma vie ? Tu le sais bien ; j'ai mon brevet, je sais un peu l'Anglais. Je trouverai une place... peut-être à l'étranger. Ne t'inquiète pas de moi.

— Je te remercie quand même, — conclut-elle, plus douce. — Je vous sais gré à tous. Seulement, j'agirais à ma tête et comme je dois, voilà tout.

Quelqu'un interrompit leur causerie ; fut-ce un bien, fut-ce un mal ?... Charles aurait-il eu le courage de s'expliquer mieux ?... Clairette aurait-elle été touchée dès lors de son affection désintéressée ? On ne sait.

La personne qui arrivait, demandant à voir la jeune Parisienne exilée, était cette amie de sa mère, Mlle Reinette, avec qui la pauvre Madeleine causait en cette joyeuse journée du Lundi de Pâques, pendant laquelle avait été prise la fatale résolution de départ.

Malade depuis le retour de Clairette, elle n'avait pu venir lui demander les tristes détails sur la mort de Madeleine.

La jeune fille les lui donna en sanglotant, le cœur envahi par un de ces flots de douleurs qui touchent au désespoir. Pleurait-elle sa mère, sa fortune, son père disparu, l'honneur compromis, était-ce son orgueil ou son cœur qui saignait ?...

De tout elle souffrait, sans doute, ignorant quelle plaie était la plus vive.

Mlle Reinette, bonne fille méthodique et pratique, voyait surtout, le deuil de la mère mis en première ligne, l'avenir compromis de cette enfant.

— C'est un bonheur que ta pauvre maman soit morte, vois-tu, ma fille, — disait-elle en longues phrases sentencieuses, lentement énoncées. — Un bonheur pour elle, s'entend. Elle aurait trop souffert, la chère âme; pour toi surtout, qu'elle voulait faire si heureuse ! Tu as dû comprendre (les fillettes comprennent toujours ces choses-là) que ta mère avait fait pour toi un projet, un bien joli projet. C'était facile alors, tu étais la seule héritière des plus beaux biens du pays... tu étais plus riche que ton cousin, puisque chez lui ils sont deux.

Pense à ce qu'elle souffrirait, la pauvre Madeleine, de voir que cela est devenu impossible !

Et à ce propos, permets-moi de t'engager, ma bonne fille, à ne pas te faire d'illusions à ce sujet.

Bien sûr qu'il avait de l'amitié pour toi, et qu'il aurait été trop content...

Mais à présent que tu n'as plus tes jolis lopins de terre au soleil, il n'y a plus moyen.

Son père ne voudrait pas... surtout qu'on dit tant de choses sur ton malheureux père !

Ce brave Nicolas tient à l'argent comme de juste ; mais il tient encore plus à l'honneur.

Si je te dis tout cela, ma bonne petite, c'est pour t'éviter une grosse déception.

J'en ai eu une comme celle-là, à vingt ans, et c'est dur.

Aussi je te parle comme te parlerait ta propre mère, si elle était là.

Imagine-toi que je me trouvais, un peu avant mes vingt ans....

Et la vieille fille entama la longue et diffuse histoire, pour elle toujours palpitante, de ses malheurs printaniers : Clairette, ayant fini par comprendre, ne l'écoutait plus, plongée dans ses pensées, un vague regret la mordant au cœur.

Peut-être sa mère avait-elle raison, peut-être, si on l'eut laissée agir, aurait-elle édifié à sa fille chérie une existence douce et heureuse. Peut-être furent-ils coupables, son père et elle...

Et si c'était elle la plus coupable? Si elle avait sa part immense dans les malheurs survenus, n'était-ce pas elle qui avait achevé de décider son trop faible père? Si elle s'était unie à sa mère pour vaillamment combattre l'influence néfaste de Lorenchet, peut-être Jacques ne serait-il jamais parti !

Eh bien, puisqu'elle était coupable, elle expierait rigoureusement sa faute : L'exil, le travail, l'humble condition... à tout elle se résignait.

Moi, émettait Cavirot, je ne suis pas savant dans les livres ni dans des tas d'affaires
comme toi (page 209)

CHAPITRE VIII

CAVIROT SUR LA PISTE

LE premier soin de Clairette, quand elle se sentit
un peu calmée, son esprit redevenu lucide, fut
d'écrire deux lettres :

L'une, au vieil employé qui se montra si
secourable pour elle à l'heure de la grande détresse,
l'aidant à quitter Paris. Elle le suppliait de lui retrouver les traces de son père, de lui dire ce qu'on sup-
posait, tout au moins, au sujet des malheurs financiers;
était-ce la ruine simple?

L'autre lettre était adressée à une sous-maîtresse,
pauvre fille rencontrée au cours, où elle accompagnait

de riches élèves, et qui lui avait conté sa triste vie,
insistant sur le tort impardonnable qu'elle eut d'abandonner l'aiguille qui la faisait vivre dans une petite
ville de province, qui avait donné l'aisance à ses
sœurs, pour venir étudier à Paris, et finalement y
connaître la misère; comme elle venait d'entrer dans
un pensionnat, où elle servait, entr'autres fonctions,
de secrétaire à la Directrice, Clairette espérait qu'on
lui adresserait des demandes, pour avoir des institu-
trices, et qu'elle en détournerait une à son profit.

Ne voulant pas que les réponses à ces lettres fussent
remarquées, provoquant des suppositions dans la
famille, l'affligeant peut-être, Clairette, qui décidément
savait réfléchir et vouloir, pria Mlle Reinette de les
recevoir à sa place et de les lui transmettre, lui confiant
de quoi il s'agissait.

Il fut convenu, en outre, pour éviter de trop fréquentes visites de la vieille fille à la ferme, visites
pouvant étonner, que toutes deux se rencontreraient,
à jour fixe, près de l'Abbaye, sous le prétexte d'une
promenade ensemble.

Au premier rendez-vous, Mlle Reinette, n'avait rien
reçu encore.

Au second, elle apportait une réponse du vieil ami,
un peu vague, promettant de plus amples éclaircisse-
ments, affirmant que nul ne savait où ne voulait dire
où était Jacques Aubert, et émettant sa conviction
d'homme qui a vu et réfléchi, que s'il paraissait tout
deviendrait plus facile; son incompréhensible absence
seule pouvait le faire accuser; il promettait de réécrire
aussitôt qu'il aurait du nouveau.

Dévorée d'inquiétude la jeune fille partit trop tôt
pour le troisième rendez-vous, et manqua Mlle Reinette,
lente de son naturel et marchant difficilement.

D'autre part, *la Nabote* étant venue dans la journée,

avait annoncé la visite de son grand-père pour le
soir, à la ferme, où elle-même l'attendait, tandis qu'au
contraire, cette nouvelle avait encore hâté le départ
de Clairette, qui redoutait toujours le libre parler si
prolixe du vieux paysan.

Bientôt celui-ci arrivait effectivement, et sans préam-
bule s'enquérait auprès de Nicolas Aubert des nouvelles sur le *Disparu,* thème habituel de leurs conversations, et sujet ordinaire de leurs rencontres désormais.

Devant la gravité des faits, le fermier s'était peu
à peu départi de sa première réserve à l'endroit du
vieillard, sûr de rencontrer en lui la discrétion nécessaire, et de plus une solidarité dévouée, des conseils
utiles peut-être, inspirés par l'esprit de famille, et
par un certain bon sens pratique, qui est souvent la
science et l'esprit du paysan.

Ensemble, les deux hommes s'épuisaient en conjectures, émettant pour la centième fois les mêmes
réflexions, battant le briquet des idées pour en faire
jaillir l'étincelle espérée.

— Moi je ne suis qu'une vieille bête si l'on veut,
— émettait Cavirot, — je ne suis pas savant dans les
livres, ni dans des tas d'affaires comme toi, Nicolas,
il s'en faut bien ! Mais il y a quelque chose qui
m'obstine et que je ne peux pas comprendre dans cela :
C'est que cela serait maintenant un Crochous qui
serait honnête, et un Aubert qui serait malhonnête,
Cela serait celui-ci qui aurait rasé l'autre, l'agneau
qui aurait dévoré le loup ? Crois-tu cela ? Moi pas...
Et puis le loup est toujours là. Si Lorenchet était le
volé, est-ce qu'il pourrait encore tourner dans son
commerce, lui qui était déjà ruiné ? Si il tenait une
revanche, l'honneur des Aubert à sa guise, est-ce que
cela serait pour le protéger ? Allons donc ! Non, tout
cela ne rime pas, vois-tu !

14

— En effet, j'ai déjà réfléchi à tout cela, et j'y suis perdu, répliquait Nicolas songeur.

— Je comprends une chose moi; c'est que l'on ne peut qu'être sali par la boue, que le Crochous serait bien aise de salir une famille qui n'a que lui pour ennemi, et qu'il t'en veux toujours pour cela que tu t'es toujours montré contre lui. Eh bien, moi je crois qu'il en retourne autrement, que le Crochous cache son jeu et que c'est lui que l'on devrait coffrer...

— Peut-être bien que vous avez raison, père Cavirot.

— Et que c'est à lui que l'on devrait demander ce qu'est devenu Jacques... Pourvu qu'il ne l'ait pas amené dans l'Abbaye pour l'*aforfantir* (l'assassiner) comme son aïeul a fait du Moine...

— Oh! pourvu que non! gémit Nicolas.

— Peut-être que non... Je ne dis pas cela pour te tourmenter... Je n'en sais pas plus que toi. Mais voyons, si le Crochous avait des pertes avec Jacques, est-ce qu'il ne viendrait pas te mettre le marché en mains de racheter l'honneur des Aubert?

— Oui, c'est ce que l'on appelle le chantage; il le ferait.

— Ou bien s'il était aussi généreux qu'il veut bien le faire croire, est-ce qu'il ne te ferait pas savoir amicalement ce qu'il en est de tout cela? Mais il ne veut pas le faire!

— Vos idées sont très justes, Tonton, je crois que nous nous mettrons sur la piste.

Nous savons ce qu'est Lorenchet. Qui nous dit que son associé de Londres n'est pas un compère de sa trempe? Qu'ils ne sont pas entendus comme larrons en foire pour duper et compromettre Jacques?

Le Crochous devait avoir ses raisons pour préparer sa retraite à Londres, et pour se faire payer à l'avance le prix de l'Abbaye vendue à Jacques.

Est-ce que ce n'est pas une preuve, cela?

Je suis étonné de n'y avoir pas songé plus tôt.

Je vais m'occuper de suite d'obtenir des renseignements sur cet Atkinson, et s'il le faut j'irai le trouver chez lui à Londres, ainsi que Lorenchet à Paris.

— Bien sûr tu peux faire des démarches si tu as la curiosité de connaître ton *Aquinzetonne*, comme tu connais ton Crochous. Tu connais celui-ci, et tu ne le tiens pas pour cela. Quand tu seras sûr que les deux garnements font la paire, ils ne te rendront ni Jacques ni ton argent.

— C'est vrai... On ne saura peut-être jamais ce que ces coquins là ont put machiner, car ils ont dû prendre dès longtemps leurs précautions et se mettre à l'abri. C'est que Lorenchet est tranquille du moment qu'il ne s'est pas dérobé.

— Seulement tout se reconnait tôt ou tard. Il y a toujours une heure de justice, comme dit la ballade, et moi je crois tout de même que cette heure-là n'est pas loin. Le Crochous n'est pas si tranquille que l'on croit. Si il brave les vivants, il ne fait pas le faraud avec les morts, bien sûr.

— Que voulez-vous dire Tonton?

— Je veux dire ce que je t'ai déjà dit, Nicolas, que le Moine revient et qu'il doit secouer le Crochous, et lui faire payer tous ses méfaits. Bien sûr qu'il doit le traquer à Paris aussi bien qu'il se montre ici.

— Vous y croyez donc toujours au revenant?

— Mais il faut bien y croire! jamais on n'en a tant parlé; jamais on ne l'a tant vu.

— Je sais que l'on en parle, mais vous ne l'avez pas vu ni moi non plus, et tous ceux qui en parlent ne l'ont pas vu davantage.

— Mais si fait! Il y en a des tas qui l'ont vu!...

Et il citait des noms, entrait dans des détails circonstanciés.

— Ceux qui racontent cela sont des peureux qui ont cru voir... Ou ils ont pu voir quelque rôdeur ayant pris son asile parmi les ruines ; la peur, l'imagination en ont fait un revenant.

— Chacun son opinion. Moi je ne suis pourtant pas un capon, tu sais bien que je suis un Aubert par ma mère. J'ai combattu en Afrique contre *Abel Cadet*, (Abdel-Kader) qui était un rude guerrier, j'étais à la prise de la *Calebasse* (Kasbah) et je te garantis que cela chauffait dur !... Dans la guerre de 1870, quand les *hurlants* (uhlans) arrivaient au galop sur la place de Valmirey, et qu'ils voulaient me faire causer, tu sais bien que je leur ai fièrement répondu, même qu'ils m'avaient pris pour me fusiller.

Eh bien, malgré que je sois brave et honnête, et que le Moine bénisse au contraire les bonnes gens, je ne voudrais pas aller autour de l'Abbaye à cette heure-ci.

Sur ces mots Cavirot se levait pour aller appeler sa *fillette*, s'apprêtant à prendre congé.

Mais tout à coup, comme il ouvrait la porte, il eut une exclamation de surprise, presque de terreur.

A cette exclamation, Lucette, qui rangeait du linge dans une armoire, et son père, qui tournait le dos, se retournèrent brusquement, et s'exclamèrent aussi, comme épouvantés.

Elle entendit ; mais dans sa terreur ne reconnut pas cette voix étranglée par l'émotion
(page 217)

CHAPITRE IX

L'APPARITION DES RUINES

CLAIRETTE était sur le seuil, pâle comme une morte, les yeux hagards, s'accrochant au chambranle pour ne pas tomber ; ses vêtements étaient en désordre, déchirés et salis.

Son oncle et sa cousine s'élancèrent vers elle, la firent asseoir, l'obligèrent à prendre une goutte de liqueur.

— Qu'as-tu ? — répétait l'oncle perdant presque la tête, pendant que Lucette, tremblante ; mais pensant à tout, soignait intelligemment l'étrange malade. — Qu'as-tu, ma fille ?..... Un mal subit ?..... Quelqu'un t'aurait-il mal parlé?... Serais-tu tombée?. Es-tu blessée?

Un peu remise, Clairette finit par répondre :

— Là-haut, dans les ruines... j'ai vu... j'ai vu le fantôme...

Ses dents claquaient, tout son corps tremblait ; elle ne mentait pas... elle avait vu...

— Eh bien, quand je vous disais! — s'exclama Cavirot triomphant. — Vous ne vouliez pas me croire, Lucette... Oh ! vous ne disiez rien de rien ; mais c'était tout comme... Si vous croyez que je ne dévisageais pas vos petites mines qui avaient l'air de rire à mon sujet. Le voilà, le fantôme!... Clairette l'a vu, même qu'elle en est toute émotionnée. Et en plein jour, encore, ce qui n'était guère dans ses habitudes d'autrefois... Voyons, dites, dites vite ; comment est-il fait?

Tout naturellement, le récit de Clairette fut un peu vague, négligeant certains détails oubliés ou inconnus d'elle.

N'ayant pas trouvé Mlle Reinette à l'endroit fixé, elle en avait conclu qu'il n'y avait rien pour ce jour-là, ou bien que la vieille fille était malade ou négligente. Très énervée déjà, sentant à chaque instant son frêle courage, basé sur l'orgueil plus que sur la raison, prêt à s'effondrer, elle se résolut à monter jusqu'aux ruines ; là, elle se blottirait dans quelque recoin bien isolé pour sangloter et se désespérer à l'aise.

Il se formait en elle, toujours grandissante, une colère injuste contre la destinée ; oubliant qu'elle s'était reconnue coupable, elle enviait celles qui avaient gardé sécurité et opulence, sans rien faire pour les mériter, et s'insurgeait contre la Providence, aveuglément, comme un pauvre oiseau captif se frappant, sans savoir, la tête aux barreaux de la cage.

Sa colère, sa jalousie, ses regrets, lui donnaient la fièvre, occupaient exclusivement son esprit, l'empêchant d'avoir peur en pénétrant dans les ruines. Jadis, pourtant, elle avait eu sa part des superstitions et terreurs locales ; mais à Paris, instruite, elle faisait orgueilleusement la brave, disant très haut qu'il n'y a pas de revenants, qu'elle n'y avait jamais cru.

Peut-être aussi, dans l'état douloureux où elle se trouvait, y avait-il en elle un secret attrait, en sa rage concentrée d'abandonnée, à braver un danger ; que lui importait, à cette heure, de devenir folle ou de mourir?

Elle passa donc sans crainte sous le grand portail, et s'engagea sans hésiter dans une vaste cour transformée en forêt vierge ; de là, elle gagna un cloître aux colonnades solides encore, qu'elle suivit pendant plusieurs minutes.

Soudain elle se rappela ce Lundi de Pâques, souvenir déjà plusieurs fois évoqué, jour de joie pure pour les autres, d'amertume pour elle ; jour néfaste où elle consomma le malheur de ses parents et le sien ! Ce jour-là aussi, elle avait pleuré... presque sans cause... son amour-propre d'enfant légèrement froissé : boudeuse, irritée, elle se croyait à plaindre, alors !...

Et elle revoyait la joyeuse ronde déroulant ses vivants anneaux dans le Val, et jusqu'à l'intérieur du vieux cloître lugubre et hanté ; le gai refrain chantait à son oreille...

Oh ! si c'était à recommencer, si elle pouvait redevenir la petite fille heureuse et riche d'alors, si elle pouvait retrouver sa mère, la voir sourire, écouter ses avis et les suivre, comme elle prendrait part, insoucieusement et gaiement, lui semblait-il, à la légère farandole, sans penser à jouer à la grande demoiselle, élégante et dédaigneuse.

Ainsi qu'une obsession, l'air et les paroles lui revenaient, dans son fiévreux énervement ; elle eut juré les entendre, au loin vibrants, apportés par la brise jusqu'en ce grand silence des ruines.

Dans un besoin enfantin et maladif, de braver à la fois le malheur et la superstition, dans l'orgueilleux désir de se démontrer à elle-même qu'elle avait le courage de chanter quand l'âpre envie de pleurer la tenait à la gorge, elle répéta, tout bas d'abord, de plus en plus fort ensuite, l'air sautillant et gai qui chantait en sa tête :

> Accourez, fillettes,
> Vers le val accourons,
> Cueillir pâquerettes,
> Et danser en rond.

Puis elle entonna le premier couplet, donnant carrière à sa voix forte et pure de *Contralto*.

> Notre maisonnette
> Est sous les liserons;
> Dans un bonheur honnête,
> Nous y demeurons,
> Dans notre maisonnette,
> Sous les liserons!

. . . .

Mais sa force était à bout; les sanglots partirent, presque convulsifs.

— Plus de maison! plus de bonheur! plus rien! —gémissait-elle, son front brûlant appuyé sur la pierre froide et lisse d'une colonne que ses bras entouraient nerveusement.

Soudain, elle eut la sensation d'une grande ombre surgissant au fond du cloître et venant vers elle! l'effroi la poignit au cœur; un coup d'œil effaré, d'un regard déjà voilé de terreur, lui apprit qu'elle ne se trompait pas, que quelqu'un était là.

Avec l'énervement, malade et brisée, le cerveau enfiévré, il était assez naturel qu'elle glissât d'un coup jusqu'aux superstitions d'enfance, toute prête à voir un fantôme dans cet être vivant.

Il faut ajouter que la demi-obscurité régnant sous les arceaux du cloître l'empêchait de distinguer les traits du prétendu spectre.

Elle ne songea qu'à s'enfuir, effrayée jusqu'à la déraison, courut comme une folle sous les voûtes, franchit d'un saut les décombres, se heurta rudement à une sculpture surplombant une porte basse, et finalement se retrouva dans la grande cour herbeuse, en plein jour; là, un peu rassurée par la grande clarté, mais à bout de forces, elle se laissa tomber à genoux, priant Dieu sans trop savoir ce qu'elle disait.

L'inconnu, étonné tout d'abord de la terreur qu'il causait, puis devinant bien vite qu'on le prenait pour une apparition, hésitait à suivre la jeune fille; il s'y décida enfin; mais en marchant lentement, et tout en regardant à droite et à gauche s'il n'apercevait nul visage étranger; on eut dit que ce bizarre personnage était un conspirateur redoutant d'être découvert.

Parvenu à la cour, encombrée d'arbustes et de hautes herbes, n'apercevant plus la pauvre enfant affaissée sur le sol, cachée par la végétation luxuriante, il osa l'appeler à mi-voix :

— Clairette! ma petite Clairette!

Elle entendit; mais dans sa terreur ne reconnut pas cette voix, étranglée par l'émotion.

Jetant un cri, la peureuse, complètement affolée, perdit connaissance.

Quand elle commença à revenir à elle, il lui parut que quelqu'un soutenait sa tête, qu'elle était commodément allongée sur une épaisse couche d'herbes, qu'on lui parlait, doucement et tendrement, la nommant Clairette, ce gentil nom enfantin et villageois dont ses parents s'étaient déshabitués à Paris, qu'on lui disait de ne pas perdre courage, de ne pas accuser et maudire son malheureux père, si à plaindre ; mais non coupable de crimes.

Elle entendait tout cela comme on entend en un rêve, n'osant ni bouger ni ouvrir les yeux de peur de rouler dans un abîme, d'entrevoir de sinistres figures ; du reste, elle n'aurait pas eu la force de se remuer.

Peut-être l'inconnu eut-il parlé longtemps encore, provoquant l'absolu réveil, la réelle connaissance ; mais un chant s'éleva tout proche, annonçant le passage ou l'arrivée de quelque intrus, et le mystérieux hôte des ruines ne songea plus qu'à fuir.

Clairette sentit un baiser sur sa joue ; une goutte d'eau, qui pouvait être une larme, mouilla son front ; un bruit d'arbustes brisés, des pas hâtifs se firent entendre ; puis plus rien, sauf, à une courte distance, la voix avinée de quelque rustre, chantant, pour se donner du cœur, en passant près de l'endroit maudit, le refrain réconfortant de la sinistre ballade :

> L'heure de justice
> Guette les méchants ;
> Tremblez, gens de vice,
> Paix aux bonnes gens.

Plus morte que vive, se traînant sur la route, l'esprit troublé au point de ne pouvoir penser, Clairette revint vers la ferme, effrayante à l'égal d'une apparition, convaincue qu'elle avait réellement vu le légendaire fantôme.

Mais sa cousine, étrangère aux puériles superstitions, pressentit le vrai dans son récit confus, palpitant de terreur, rempli d'obscurités, et, toujours brave et dévouée, prit une étrange résolution.

— J'irai un jour, moi, dans les ruines, — se promit-elle. — Cette apparition ne peut être du domaine du surnaturel; il y a là un mystère qu'il faut approfondir. J'irai.. la Providence me secondera.

Grand merci, je sais mon chemin ; très reconnaissante quand même. Merci M. le Maître
(page 224)

CHAPITRE X

LUCETTE DANS LES RUÎNES

VAILLAMMENT, écartant de toute la force de sa
volonté les terreurs, puériles ou autres, pour
n'envisager que ce qui lui semblait être le
devoir, Lucette Aubert s'échappa en effet un
soir, pour se rendre à l'Abbaye; elle s'était prescrit,
afin d'éviter tout curieux importun, d'attendre un
jour de pluie; au premier jour de pluie elle se dit :
c'est aujourd'hui !...

Prétextant la nécessité de porter, ce jour-là même,
une aumône à une vieille mendiante habitant une
masure isolée, non loin de l'Abbaye, (et, en effet,

elle débuta par cette bonne œuvre, ne voulant pas mentir, et espérant que la prière de la miséreuse lui porterait bonheur), elle put s'éloigner sans redouter l'inquisition des siens; Charles lui offrit bien de l'accompagner; mais elle lui rappela que la vieille maniaque, jadis battue par son homme, avait en horreur le sexe fort. Quant à la pluie, qui tourmentait un peu son père, elle la braverait, avec ses bons sabots, et sa longue cape à capuchon, comme elle le lui expliqua en riant.

Elle partit donc, la vaillante, son cœur battant bien fort, mais résolue et se sentant comme divinement inspirée.

Jusqu'au taudis de la mendiante, elle ne rencontra personne; le temps était affreux, le ciel noir se fondant en eau sans laisser prévoir l'éclaircie; les chemins changés en ruisseaux; sûrement, tous étaient blottis dans leur logis, confortable ou misérable, il n'importait, et nul ne songeait à braver la nuit et l'humidité.

Lucette repartait donc, toute joyeuse, après avoir remis à la vieille une gamelle de soupe chaude encore, du pain et du lard, une bouteille de vin, et s'engageait allègrement dans un raide sentier serpentant vers l'Abbaye; quand, soudain, un pas se fit entendre; quelqu'un venait à sa rencontre.

Que faire? retourner sur ses pas, prendre un autre chemin?

Non, elle pouvait être vue, paraître fuir, se cacher. Mieux valait bravement aller au-devant de l'importun, lui bien montrer qu'elle ne se dérobait pas.

Une sensation d'allègement l'envahit soudain en reconnaissant M. Bernier, l'instituteur.

Ah! celui-là ne la trahirait pas, elle en était bien sûre!

Elle avait raison; il ne pouvait pas plus la trahir que la soupçonner de quelque louche démarche; étant lui-même en course charitable, tout naturellement il lui attribuait un but analogue; faisant profiter de ses quelques connaissances médicales, tous ceux, pauvres ou riches, qu'épouvante la coûteuse venue du médecin, il sortait ainsi presque tous les soirs.

Un peu étonné, néanmoins, secrètement désireux d'offrir ses services, il s'arrêta, surmontant sa réserve habituelle; de son côté, la jeune fille avait ralenti le pas, ayant spontanément trouvé quelque chose à dire.

— Bonsoir, Mlle Aubert, — fit l'Instituteur d'un air aussi naturel que si l'on se fut rencontré dans les rues du village, en plein jour. — Le mauvais temps ne vous fait pas peur?

— Ni à vous non plus, Monsieur, je le vois, — riposta-t-elle gaiement, — Sûrement, vous bravez tout pour aller visiter quelque pauvre malade?

— Et vous, vous bravez tout aussi, pour porter consolation et aumône; oh! on connaît vos bienfaits, petite sœur de charité!

Rassurée par cette délicate explication offerte, de sa course nocturne, elle dit rapidement sans affirmer et sans nier.

— En fait de malade, vous seriez bien bon de passer chez la vieille mère Toine, ici près; j'en viens, et son rhume persistant m'inquiète. Peut-être vous écouterait-elle, s'astreignant à quelques précautions; dites-lui de suite que vous êtes médecin, pour l'amadouer.

— Je vous remercie du renseignement, Mademoiselle, et je vais en profiter sur l'heure. Soyez convaincue que la mère Toine, recommandée par vous, sera sermonnée et soignée au mieux...

Il s'interrompit, hésita une seconde, puis reprit vivement :

— Ne puis-je vous rendre aucun autre service, plus personnel? je connais bien le pays, maintenant; si vous redoutiez de vous égarer?...

— Grand merci, je sais mon chemin; très reconnaissante quand même. Bonsoir, M. le Maître.

Elle repartit, de son pas agile, et lui, comprenant que ce qu'elle allait faire était chose mystérieuse, s'éloigna promptement sans retourner la tête.

Ah! certes non, il ne l'accusait pas, comme beaucoup eussent pu se le permettre d'une démarche inconséquente ou simplement étourdie ; il sentait, dans une conviction indéracinable, que la chère enfant allait vers le bien, vers quelque devoir sacré, difficile et périlleux, peut-être.

Son seul souci était de la voir s'engager seule, à cette heure, en des endroits peu fréquentés, mal hantés, peut-être.

Sa saine raison d'homme instruit faisait justice des préjugés populaires, des racontars fantastiques concernant l'Abbaye ; mais qui pouvait affirmer que tout cela n'eut pas, comme il advient souvent, un fonds vrai?...

Quelque malfaiteur ne se cachait-il point là-haut, faisant des ruines son repaire, ayant découvert d'ignorés recoins, des souterrains depuis longtemps sans issue connue?

Si elle courait quelque danger, la chère et ignorante enfant !

Il n'avait pas le droit de la suivre, de la protéger, mais il se demandait s'il ne devait pas le prendre, au risque de passer pour importun, de violer un secret.

Peu à peu, il se calma, songeant que Dieu veille,

et laissa dériver ses pensées, sans les écarter de Lucette, pourtant; bien au contraire.

Il se dit que cette enfant-là était le cœur, le dévouement, l'abnégation personnifiés; et avec cela sérieuse et gaie, intelligente et travailleuse; combien devait être heureux le père d'une telle fille!

— Elle ressemble à Nane, ma petite sœur, morte à douze ans, — murmurait-il, arpentant le chemin inondé, oubliant la mendiante, ne sentant pas la pluie. — Oui, elle lui ressemble! Sûrement la chère mignonne eut été bonne et dévouée aussi : déjà si douce et si affectueuse! Oh! elle n'eut pas égalé Lucette, c'est impossible; Lucette est la perfection; mais quelle douceur d'existence, pour moi, si cette aimante créature eut vécu, fut venue égayer mon triste logis désert!

Et vaguement, sans se l'avouer, il pensait qu'il serait privilégié entre tous, celui à qui Nicolas Aubert confierait sa douce Lucette, celui qui l'emmènerait, triomphant, en sa maison.

Pendant qu'il monologuait et rêvait ainsi, Lucette marchait, intrépide, bravement, vers son but, quoique pénétrée par l'humidité, et toute frissonnante de froid et d'indistincte terreur.

Enfin, c'est l'Abbaye; combien elles étaient tristes, ces ruines, dépouillées sous cette pluie clapotante de tout le gai prestige que leur prête le soleil.

Voici un passage, puis le cloître, où l'on est relativement à l'abri; Lucette en profite pour allumer une lanterne, dont, précautionneusement, elle s'est munie.

Retrouvera-t-elle la niche où en jouant elle s'est blottie?

Elle hésite, elle cherche; deux fois elle passe devant sans la reconnaître; tous ces fouillis de folles végé-

15

tations sont les mêmes, sa mémoire la sert mal;
d'ailleurs, voir en plein jour, quand pénètrent des
rayons de soleil, ou la nuit, avec une tremblotante
chandelle, est fort différent.

Elle y est enfin! Oui, c'est cela... derrière le rideau
de feuillage écarté fébrilement, elle entrevoit l'ébou-
lement, les pierres et les plâtras amoncelés.

Amoncelés!... Non! se tromperait-elle encore? Ils
sont rejetés à droite et à gauche, laissant un étroit
passage.

Lucette a compris bien vite que ce fait est un
indice certain; ce passage a été fait par quelqu'un
voulant gagner la voûte, pénétrer dans les catacombes.

Quelqu'un est là... quelqu'un qui se cache et n'a
certes pas de mauvaises intentions, puisqu'il s'est
borné à serrer Clairette dans ses bras, à lui donner
un paternel baiser.

Elle est convaincue, nul doute ne l'assiège, nulle
crainte ne l'oppresse.

Elle va dans cette obscurité, dans ces profondeurs
inconnues, pouvant recéler des malfaiteurs ou des
oubliettes, comme la sœur de charité va au feu,
sans penser à rien, sauf aux douleurs à consoler, aux
blessures à panser.

L'Instituteur l'a bien nommée : Une vraie petite
sœur de charité!

Presque en rampant, elle franchit l'étroit tunnel;
peu à peu, la déclivité du terrain lui permit de se
redresser; la voûte s'élargit, le sol s'abaisse rapidement; ce n'est plus un couloir, c'est une large avenue, aux murs brillants et humides; nul piège autour
d'elle; Lucette s'arrête, toute essouflée, fort émue
quoique sans frayeur.

Un peu reposée, elle avance de nouveau. Elle est

maintenant dans une vaste salle, meublée d'étranges divans en pierre sculptée.

Ce sont des tombeaux. Sur quelques-uns des moines en granit ou en marbre sont couchés, les mains jointes.

Cette salle paraît se prolonger à l'infini ; il semble à Lucette, en la lueur si pâle de sa lanterne que des perspectives d'ombre sans limite se déroulent.

Inutile peut être d'aller plus loin ; il l'entendra sans doute d'ici, celui qu'elle vient chercher, celui qu'affolle la honte redoutée au point de le céler à tous les dévouements, à toutes les tendresses, au point de le livrer pieds et poings liés à son mauvais génie.

Dans cette enceinte sépulcrale, Lucette, frémissante et glacée, va avoir le courage de faire vibrer un chant joyeux, l'entraînante ronde des jours de fête.

Un point du récit de la superstitieuse Clairette l'a frappée : c'est pendant qu'elle chantait que le fantôme, ou du moins celui en qui elle a cru voir un fantôme, lui est apparu.

C'était donc sa voix, reconnue, sans aucun doute, qui avait attiré le mystérieux habitant des catacombes ?

Or, les deux cousines, si dissemblables en tous points, avaient presque le même timbre de voix ; à distance, on prenait l'un pour l'autre ces oiseaux gazouillants.

En conséquence, l'invincible écouteur pouvait se tromper en entendant la ronde, chantée par Lucette, et venir, irrésistiblement entraîné, croyant trouver Clairette.

Sous les vieilles voûtes vibra soudain le léger refrain, si gai au grand soleil, dans la fraîche verdure, lugubre en cet endroit :

> Accourez fillettes,
> Vers le val, accourons,
> Cueillir pâquerettes
> Et danser en rond.

. . . .

Elle s'arrêta, épuisée, comme après un violent effort, écoutant, croyant voir venir sur-le-champ vers elle celui qu'elle appelait, contente d'elle-même, et pourtant épeurée.

Rien ne bougea, personne n'apparut.

S'était-elle trompée dans ses déductions, grandement trompée? Clairette aurait-elle simplement éprouvé une hallucination, croyant voir et entendre ce qui n'était que l'écho et le fantôme d'un cauchemar?

Ou bien avait-elle réellement entrevu quelqu'un, étranger indifférent, visitant les ruines, malfaiteur se dissimulant, passant voulant s'amuser d'une enfant effrayée?

Le découragement, et aussi une terreur, parfaitement justifiée, faillirent faire reculer la vaillante Lucette. Ne courait-elle pas quelque danger effrayant et inconnu? et inutilement, par ridicule idée d'enfant qui a créé dans sa folle tête toute une étrange et impossible histoire?

Et néanmoins, elle se dit qu'après avoir tant fait elle ne devait pas reculer si vite, qu'au lieu de se retirer, elle devait bravement marcher en avant qu'elle devait persister et chanter encore.

Alors elle avança, reprenant de sa pauvre voix frémissante et pourtant sonore, la ronde gaie des beaux jours disparus :

> Aux yeux font risette
> Ces gais environs;

Biens que, sans étiquette,
En paix nous admirons.
A nos yeux font risette
Ces gais environs!

Soudain, il lui sembla, dans les profondeurs d'obscurité se prolongeant à l'infini, voir une ombre s'en détacher, se mouvoir. Etait-ce le danger, était-ce le succès?... Ou simplement une erreur de sa vue, une hallucination de son cerveau?

Se raidissant contre la peur grandissante, faisant à son sang-froid un suprême appel qui lui fit comprendre qu'elle devait être invisible pour ne pas voir fuir celui qu'elle cherchait, invisible de visage, bien entendu, elle marcha encore, toujours fredonnant, sa lanterne à demi ouverte, éclairant en face, laissant l'obscurité derrière elle, portée à bras tendu.

Et enfin elle eut la joie, récompense bien méritée par sa vaillance, son dévouement intelligent, d'entendre une voix connue murmurer:

— Clairette! ma Clairette! C'est toi?

Elle ne répondit rien; mais posant sa lanterne sur une sorte de cube en pierre qui pouvait bien être un tombeau, et qui se trouvait placé au milieu du large couloir, et s'avançant rapidement, cherchant la main de celui qui avait parlé, s'y cramponnant presque, elle répondit:

— C'est moi, mon Oncle, moi, Lucette, qui vient vous apporter des nouvelles de Clairette.

Sa voix se brisa dans un sanglot : Lucette n'avait jamais vu pleurer son oncle (page 233)

CHAPITRE XI

LA LUMIÈRE SE FAIT

L E premier mouvement de Jacques Aubert fut
de s'enfuir, de disparaître dans les profondeurs
où il se cachait, l'infortuné, plus victime que
coupable ; mais sa nièce le retenait vigoureuse-
ment, de ses deux petites mains fermes et douces ;
et puis, elle lui apportait des nouvelles de Clairette,
de l'enfant aimée, malade peut être ; comment résister au désir d'entendre parler d'elle, de recevoir ses
filiales tendresses?

Et il resta, quoique horriblement gêné et confus
devant Lucette, la fille de ce frère qui devait le maudire, lui reprocher l'argent et l'honneur perdus.

Aussi n'osait-il parler, se taisant devant cette enfant qui lui semblait un juge sévère.

Mais elle, tendre et enjouée :

— Vous ne m'embrassez pas, mon Oncle? Est-ce que je vous fais peur? M'avez-vous prise pour un fantôme?... Moi qui vous prend pour mon cher et bon Oncle, dont le silence nous tourmentait tous si fort, je vous embrasse la première, sans cérémonie... pour Clairette et pour moi.

— Merci, mon enfant, merci de tes douces paroles et de ta démarche. Parle-moi vite de ma fille... Alors elle m'a reconnu ?... Elle t'a révélé ma présence?... Pourquoi n'est-elle pas venue avec toi?... Serait-elle souffrante? Tire-moi d'incertitude, je t'en supplie.

— Elle n'est pas venue avec moi parce que je ne lui ai point parlé de ma démarche, — expliqua Lucette à la fois véridique et habile. — C'est une idée à moi; je vous ai deviné, pressenti... La pauvre Clairette n'osait pas espérer que ce fut vous, cette apparition fugitive; j'ai préféré ne pas lui causer cette nouvelle émotion et venir seule...

— Tu es venue seule, à cette heure, en ce lieu hanté! — exclama Jacques avec admiration, — chère petite, comme tu es brave, quel courage !

Mais à quoi bon ce courage et cette démarche? — poursuivit-il pensivement, retombant à la tristesse, sa coutumière compagne en ce lugubre asile. — Démarche inutile, vaillance d'enfant qui ne peut avoir nul résultat, ma pauvre petite; si tu as de l'amitié pour moi, ne révèle pas ma présence à ton père, ni à personne au monde...

— Pas même à Clairette? — interrogeait-elle doucement.

— Pas même à Clairette, si elle ne m'a pas reconnu, si elle doute... J'ai eu tort, l'autre jour, je suis si

malheureux, si atrocement malheureux!... j'ai reconnu
la voix de ma fille, je n'ai pu résister; songe donc,
Lucette; ma chère petite fille, ma Clairette aimée,
que j'ai abandonnée précipitamment, sans lui dire
adieu, sans l'embrasser, que je n'avais pas vue depuis
tant de jours!...

Je n'ai pu me dominer...

Il me semblait qu'elle me cherchait, qu'un instinct
filial l'avertissait que j'étais là!...

J'ai eu tort, je le répète...

Il valait mieux qu'elle me crût mort ou disparu;
je suis, je veux être mort pour elle; la pauvre mignonne
souffrira moins...

Ne lui dis rien, ma bonne Lucette, je t'en prie;
ou affirme lui qu'elle s'est trompée, que ce n'était
pas moi; elle a cru voir le fantôme des ruines, n'est-
ce pas?...

Je t'en supplie, tais-toi, ne parle pas de moi; si
tu savais les dangers que je cours, le déshonneur
qui me menace!...

Je suis le plus misérable des hommes, le plus infortuné des pères...

Sa voix se brisa dans un sanglot; Lucette n'avait
jamais vu pleurer son oncle, cet orgueilleux ne se
révélant à personne, posant pour l'infaillible; cette
faiblesse, ce désespoir remuèrent profondément la
vaillante fillette; elle se promit de tout faire, d'aller
jusqu'aux extrêmes limites de l'abnégation, pour consoler ce désespéré; si son malheur était sa faute,
n'était-il pas assez puni dans son abaissement, dans
sa douleur si touchante?

— Cher Oncle, — prononça Lucette en forçant Jacques à s'asseoir auprès d'elle, sur une large pierre
plate et basse, — je vous prie d'avoir la patience
de m'écouter:

Je ne suis qu'une enfant, mais je vous aime beaucoup, vous et ma cousine, et puis j'ai beaucoup
réfléchi depuis quelque temps, et il me semble
que si vous voulez bien causer avec moi, *en attendant mieux*, — elle appuya sur ces mots, — cela
vous fera un peu de bien; et même, qui sait,
peut-être vous ferai-je entrevoir qu'il y a remède à
tout, quand on a du courage et une famille toute
dévouée.

Il voulut protester, elle lui imposa silence.

— D'abord, — continua-t-elle, — permettez-moi de
vous dire qu'en ce qui concerne Clairette, vous
devez la revoir, lui prouver que vous êtes vivant,
lui jurer que vous ne songez nullement à mourir.
Si vous saviez!..... par moments elle vous croyait
mort, tué par vous-même! C'est atroce cela...

— J'y ai songé, — murmura le malheureux, — j'y
songe encore...

— Mais vous n'y songerez plus, — fit très vivement la jeune fille, à la fois tendre et impérieuse. —
Si cette pensée se représentait à votre esprit, vous
la repousseriez avec horreur, à présent que vous saurez quel désespoir vous causeriez à Clairette, à nous
tous; Clairette en mourrait, voyez-vous; la mort de
sa mère l'a tant ébranlée déjà!

— Ma pauvre Madeleine! — murmura Jacques. —
C'est moi qui l'ai tuée... Et c'est là mon plus grand
crime! A part cela, je suis plus malheureux, plus
insensé que coupable!

— Clairette s'accuse aussi, — osa dire Lucette. —
Elle prétend que sans elle, sans son aide et ses instances, Paris et tous vos chagrins eussent été évités; si
vous réalisiez ce pire malheur, le plus grand, presque le seul à redouter maintenant, elle se croirait la

vraie coupable, en tout, notamment dans ce coup
de désespoir, et serait frappée au cœur. Le voulez-
vous ?..

— Soit, je vivrai. Mais que prétends-tu me demander encore? Puisque tu sais les choses, tu ne peux
ignorer que je suis ruiné et déshonoré, que je me
cache pour éviter le dernier degré de la honte, que
j'ai compromis la fortune de ton père, que lui et toi
avez le droit de me maudire...

Que pourrais-tu donc exiger ou implorer, pauvre
petite folle qui as cru que ta présence, tes bonnes
paroles, pouvaient consoler une atroce peine comme
la mienne?...

Tu peux affirmer à Clairette que je ne me tuerai
point; que je disparaîtrai afin d'éviter tout scandale,
que je passerai ma vie à travailler et à penser sans
cesse à elle, regrettant mon bonheur perdu...

Là se borne ta mission...

Va-t-en, mon enfant, et merci; surtout, garde-toi
de révéler ma présence à ton père; s'il me croit mort,
il me maudira moins...

Affronter sa présence me paraîtrait plus dur à supporter que tout ce que j'ai souffert jusqu'ici...

Si, plus tard, bien plus tard, avant de mourir, il
te parlait de moi, dis-lui que je me suis bien re-
penti de ma folie, que je ne savais pas, que j'ai
eu tort de ne point l'écouter... que malgré toutes les
apparences qui me condamnent je suis resté honnête
homme...

— Il le sait, mon Oncle, — jeta Lucette d'une voix
vibrante. — Il le sait, il est déjà au courant de bien
des choses; jamais il n'a douté de vous; des misérables vous ont trompé, vous trompent peut-être encore,
vous forçant à vous cacher, tandis qu'ils se promè-
nent, eux, au grand jour, arrogants et tranquilles.

Mon père dit que vous êtes un Aubert, et que les
Aubert ont pu être trompés, mais n'ont jamais trompé
personne. Il vous aime, il a pitié de votre malheur,
il voudrait vous aider...

— Mais tu ne sais donc pas que par ma faute, par
mon entraînement, la moitié de sa fortune est en péril !
Tu veux me consoler à tout prix, mais je sens bien
qu'il me maudit, je devine sa colère... je ne veux
pas l'affronter...

N'essaie pas de m'amener vers ton père, Lucette...
Devant lui, j'aurais honte... j'aimerais mieux mourir.

D'abord, qui peut savoir ce qui m'attend hors d'ici ;
les gendarmes me guettent peut-être...

Oui, j'en suis là, moi, moi, l'honnête homme,
le descendant de cette vieille race de braves gens...

Je n'ose presque pas entrevoir le soleil, respirer
l'air ; il a fallu la voix de ma fille, un besoin fou de
l'embrasser...

— Comment vivez-vous ici, mon Oncle ? — demanda
tranquillement Lucette, interrompant sans s'excuser
l'explosion de honte et de peur par laquelle l'infortuné s'abaissait devant une enfant, tout en dégonflant
son cœur torturé, — Si vous ne sortez pas, il faut
que quelqu'un de discret et d'adroit vous apporte
vos repas, les quelques objets indispensables ; suis-je
indiscrète ?...

— Non, ma bonne petite, non tu n'es point indiscrète, — fit le pauvre homme soudain apaisé, répondant
tranquillement à une tranquille question matérielle. —
Je suis trop reconnaissant à l'ami dévoué qui m'a prévenu à temps, m'offrant ce refuge, m'envoyant chaque
jour tout ce qui m'est nécessaire, pour ne pas dire
tout haut son nom, et te faire remarquer combien
ton père et d'autres étaient injustes pour lui. Je dois
tout en ce moment à Lorenchet ; le pain que je mange

et la liberté relative ; grâce à lui, j'espère pouvoir fuir à l'étranger sans être inquiété...

Ce fut comme un vif rayon de lumière, fugitif, mais éclairant en plein un tableau dont on conservera toujours l'inoubliable souvenir ; dans ce cerveau bien équilibré de fillette aimante et sérieuse, désirant passionnément sauver le parent malheureux, sauver avant tout l'honneur du nom intact, l'honneur de la famille Aubert, une clarté se produisit soudain, jetant dans les ténèbres de honte où ils se débattaient tous, la vérité et l'espoir.

Si vous ne sortez pas, il faut que quelqu'un de discret et d'adroit vous apporte vos repas
(page 236)

CHAPITRE XII

L'ENQUÊTE DE LUCETTE

A TTENTIVEMENT, elle avait écouté les paroles de son père, émettant toutes les suppositions possibles, contant les cas analogues observés, les mille vilénies usitées en affaires, les exemples d'honnêtes gens trompés, déshonorés, tandis que les fripons, salués chapeau bas, se promenaient effrontément au grand soleil.

Plus attentivement encore elle avait lu et relu, en brave petite *terrienne* de race, qui a su de bonne heure qu'on peut avoir à défendre le patrimoine paternel, elle avait lu, disons-nous, toutes les lettres envoyées de Paris, relativement à son oncle, et s'était efforcée de comprendre, sous les expressions banales, sous les explications voilées à dessein, de gens qui veulent bien rendre service; mais ont peur de se compromettre, le fond de toute cette ténébreuse affaire.

Combien de nuits sans sommeil n'avait-elle point passées, devinant une énigme, à chercher âprement le mot de cette énigme !

Et voici que tout à coup, elle croyait le tenir, ce mot, surgissant à l'improviste d'une explication bien simple, de la reconnaissance même que le pauvre proscrit croyait devoir à celui qu'il prenait pour un ami dévoué.

Oh! ce Lorenchet maudit, que de mal il avait fait et pouvait faire encore !

Comme la voix du peuple, l'instinct féminin qui le condamnait avait raison!

Toutes ces pensées s'agitaient dans la tête de Lucette, la martelant; mais elle, stoïque, suivant son but, l'œil attaché au rayon de lumière entrevu, écartait toutes considérations secondaires, et reprenait, la voix calme, l'air à demi intéressé :

— Je comprends maintenant... le domestique de M. Lorenchet est chargé de votre subsistance? on trouvait que ce garçon était devenu bien bizarre, bien sauvage depuis quelque temps; il préférait ne voir personne, pour que nul ne fût sur vos traces. Je comprends aussi que vous soyez fort obligé à votre ami d'agir ainsi. Alors, ce n'est pas vous qui avez voulu quitter Paris et vous cacher ici? C'est M. Lorenchet, par sollicitude pour vous, qui a tout fait, tout disposé?

Entraîné par le besoin de conter ses angoisses, sachant Lucette compatissante et discrète, Jacques Aubert lui dit tout... tout ce qu'il savait du moins, car il était loin de savoir tout; l'honnête homme sans expérience du mal et lent à pénétrer les sombres arcanes d'infamie ou évoluent à l'aise les fripons.

Fiévreusement, il lui raconta ses déceptions successives, les pertes à la Bourse, les grandes affaires ne marchant pas, les échéances pénibles, passées à force d'expédients que l'on ne pouvait indéfiniment renouveler.

Il lui confia comment d'expédient en expédient, il était tombé de Charybde en Scylla, dans le fatal abîme des joueurs passionnés.

Il avait usé, pour ses affaires personnelles, de la caisse et des crédits sociaux, sûr, croyait-il, de pouvoir réintégrer les fonds au bout de quelques jours, ne songeant même pas qu'il y eût là un acte indélicat, attendu que les sommes qu'il déplaçait ainsi étaient grandement garanties par son actif à la société, et surtout par ses remises à Atkinson.

Mais, le malheur avait voulu qu'il perdit encore les derniers fonds engagés, de sorte qu'il n'avait pu combler ses découverts.

Lorenchet, mandé par lui, était accouru, ils avaient pris des arrangements, fait un virement des fonds employés au débit de Jacques et celui-ci avait immédiatement consenti à une cession de tous ses droits dans l'entreprise des Eaux.

Restait sa situation à régler avec Atkinson, et diverses autres créances.

Une vente mobilière avait été faite ultérieurement dans des conditions déplorables, à la requête de divers créanciers, mais la propriété de l'Abbaye restait à liquider, ainsi que la part problématique, tant pour lui que pour Nicolas, dans les entreprises de Londres.

Tout d'abord, Lorenchet, très affecté, avait voulu faciliter et préparer sa fuite en grande hâte sans trop

16

d'explications préalables, parlant même vaguement de se tuer tous les deux.

Mais si abattu, si affolé que fut Jacques devant le désastre de sa fortune, de son honneur peut-être, il eut voulu lutter jusqu'au bout; avec sa volonté, son reste de sang-froid d'homme pratique, il espérait liquider honorablement ses affaires, lorsque Lorenchet lui avait révélé tout à coup l'hostilité féroce de William Atkinson.

Celui-ci se trouvant lui-même subitement en suspension de paiements, accusait Jacques de sa déconfiture, et ne voyait d'autre moyen de justifier sa propre situation que par une dénonciation au parquet.

Et à l'appui de ses dires, Lorenchet communiquait au malheureux une lettre furibonde et menaçante de l'Anglais.

C'était en perspective, la banqueroute, les poursuites pour abus de confiance, la prison.

Complètement affolé cette fois devant cette éventualité, il se hâtait de profiter du dévouement de Lorenchet qui lui conseillait la fuite, lui offrant une retraite dans les catacombes de l'Abbaye, du moins jusqu'à ce que tout danger fut conjuré, ce à quoi, lui, Lorenchet travaillerait de son mieux, l'innocentant partout, apaisant les créanciers trop acharnés, tâchant d'obtenir un concordat satisfaisant.

Il s'appliquerait surtout à désarmer l'hostilité d'Atkinson, dût-il contribuer de ses propres fonds à sauver une situation si compromise.

S'il réussissait, Jacques reparaîtrait sur la scène des affaires et avec son génie et son activité, se rétablirait; mais en cas d'échec, il n'aurait plus qu'à passer à l'étranger, qu'à tenter la fortune sous un autre nom.

— M. Lorenchet vous tient sans doute au courant

A ce point de son discours, il s'embrouilla, redevenu gauche et embarrassé
comme jadis (page 203)

de ce qui se passe ? — demanda Lucette, suivant toujours son idée, poursuivant son enquête. — Il vous écrit, n'est-ce pas ?

— Oui, — avoua M. Aubert. — Il m'écrit par l'intermédiaire de son domestique qui réside à l'Abbaye, chez moi, dans cette demeure que je commençais à richement réparer et compléter ; tous les huit jours, j'ai un Bulletin.

Tout va mal, hélas !

Il me faudra, en effet, fuir à l'étranger ; dévoué jusqu'au bout, Lorenchet s'engage à m'en faciliter les moyens, à me fournir même un petit capital pour fonder quelque affaire au loin...

— Puis-je vous demander si vous partez bientôt, mon Oncle ?

— Demain matin, peut-être ; ici je ne vis pas, à la merci du premier curieux que la superstition n'aveuglera point ; demain, c'est le pèlerinage annuel à la source ; quelqu'un peut être tenté de pénétrer dans les souterrains ; des enfants, en jouant, peuvent découvrir un passage, comme tu en as découvert un toi-même, m'as-tu dit, il me semble...

Et puis, si près de vous tous, dans mon pays, à deux pas de cette belle ferme que me légua mon père, où j'aurais pu être si heureux entre mon enfant et ma chère femme, ma pauvre Madeleine que mes folies ont tuée, je souffre affreusement...

Je sais que l'on parle du fantôme, dans le pays... la justice n'a qu'à pressentir la vérité...

Ne cherche pas à me retenir, mon enfant, ce serait inutile.

— Je ne cherche pour le moment, ni à vous retenir, ni à vous éclairer en rien, mon Oncle, — fit doucement la jeune fille. — Je vous dirai simplement qu'à moins de vouloir tuer Clairette, vous ne devez pas partir sans l'embrasser; je l'amènerai ici demain soir; vous y serez, n'est-ce pas?... Je vous affirme qu'une déception, dans l'état fiévreux où elle se trouve, pourrait lui être fatale...

Elle s'imaginerait que je la trompe, que vous vous êtes suicidé; votre devoir est de lui promettre que vous vivrez, que tout se réparera...

J'ai votre promesse, n'est-ce pas?...

En attendant, donnez-moi un baiser pour elle.

A demain, mon Oncle.

Il voulut protester, discuter, mais elle ne l'écoutait pas, se dérobant aussitôt le baiser reçu, agile et adroite pour se hâter dans le labyrinthe des catacombes, le cœur allégé, gonflé d'espoir.

— Je le sauverai, — se disait-elle, radieuse, sans peur dans la nuit tiède, aspirant à pleins poumons l'air pur, admirant les tremblotantes étoiles apparues au ciel, soudain balayé des noirs nuages. — Ce n'était qu'une épreuve; père va consentir à tout, j'en suis sûre : nous le sauverons.

Elle était si ravie dans ses joyeuses pensées qu'un pas d'homme sur le chemin ne l'effraya point; plus rien de fâcheux, lui semblait-il, ne pouvait arriver.

C'était M. Bernier, qui très simplement lui dit qu'il s'était arrêté, tout le temps de la pluie, dans la chaumière de sa pauvre protégée, et que, si elle le permettait, il allait l'escorter à distance.

— Je vous remercie..... je n'ai pas peur du tout, — répondit-elle, très reconnaissante au fond, de l'attention, de la délicate serviabilité devinées.

— On n'a jamais peur quand on revient d'accomplir une bonne œuvre, — fit-il, dévoilant un peu son respect louangeur. — Permettez-moi, néanmoins, de vous protéger... de très loin.

Elle accepta en souriant et prit l'avance, remarquant, non pour la première fois, combien cet homme instruit et modeste était en outre complaisant et délicat; plus heureuse que tout à l'heure encore, car avoir à opposer, dans son esprit, des êtres estimables et bons à des bandits comme Lorenchet, est une joie pour les créatures d'élite.

Mais père, c'est bien ainsi que je l'entends et qu'il faut lui parler (page 250)

CHAPITRE XIII

JOURNÉE D'ATTENTE

Dès l'aube, Lucette Aubert rejoignait son père et lui racontait tout ; puis, sans lui laisser le temps de placer un reproche, une observation, elle concluait avec autorité :

— Je vous conduirai vers lui, n'est-ce pas, Père ? en lui disant de nous attendre, Clairette et moi, c'est à vous surtout que je songeais. Vous seul aurez assez d'autorité pour le retenir, pour lui persuader de ne plus se dérober, de se montrer hardiment. Tout ce qu'il m'a dit, tout ce que l'on vous a écrit, semble démontrer que mon pauvre oncle est dupe de ses associés ; en s'entendant avec vous, en se mettant

résolument à la tête de ses affaires, il peut confondre
ces misérables, désintéresser ses créanciers, j'en ai
la conviction...

— Mais, malheureuse enfant, — interrompit violemment Nicolas, chez qui la joie de savoir son frère
sain et sauf, tout près de lui, faisait soudain place
à l'épouvante de la ruine, tu n'as donc pas compris
que si je vais chercher Jacques, il ne me suivra pas,
épeuré comme tu me le dépeins, que si je lui réponds
de tout, m'engageant à sacrifier pour le sauver de la
honte, jusqu'à mon dernier sou !

— Mais si, Père, j'ai compris, — affirma tranquillement la sublime enfant. — C'est bien ainsi que
je l'entends, et qu'il faut lui parler... Certes, j'espère
qu'il s'agit surtout d'une machination habile englo-
bant un inexpérimenté... Mais si je m'abuse, si tout
est perdu, il faut au moins que l'honneur soit sauf,
l'honneur du nom, le vieil honneur des Aubert.

Qu'elle était touchante et belle en parlant ainsi la
vaillante fille des Aubert !

Son père oublia un instant qu'elle lui proposait de
tout donner, de devenir pauvre, de sacrifier sa terre,
sa ferme, son héritage familial, amour et orgueil du
cultivateur, pour l'admirer, dans sa fierté, dans son
désintéressement.

— Oh ! ma Lucette, ma brave petite Lucette ! —
exclama-t-il, tout remué. — Tu es bien de ma race,
toi, de la saine forte et honnête race des travailleurs, probes avant tout, sachant supporter la peine,
vaincre la malchance...

Mais il se reprit aussitôt, devant le tableau de la
ruine complète s'évoquant à ses yeux :

— Seulement, c'est de la folie, — gémit-il. — Je
vous dois compte de mon bien, de celui de votre
mère ; ton frère, toi surtout, ma Lucette, vous seriez

dépouillés; tu ne trouverais plus à t'établir, ou bien tu épouserais un homme au-dessous de toi comme éducation, te faisant souffrir...

— Ne parlons pas de moi, mon bon père ; qui vous dit que je veux me marier. Savez-vous que j'ai pensé bien souvent qu'il me serait très agréable, très doux, quand Charles sera marié et qu'une bru me remplacera en tout, de me dévouer aux pauvres gens, d'être une petite sœur de charité?

— Tu mens, cela n'est pas vrai, — cria le père, l'entourant de ses bras, comme si quelque ravisseur eut été là, prêt à emporter sa fille. — Je ne te crois pas... tu ne veux pas nous quitter... Toi, ma Lucette, la clarté et la joie de la maison, quitter ton vieux père! ..

Elle l'embrassa, un peu rouge du mensonge deviné si vite, et sans insister :

— Je n'ai besoin de rien, voilà ce qu'il y a de sûr; quant à mon frère, il travaillera; bien d'autres, au village, sont heureux n'ayant que leurs deux bras et leur bonne santé. Ne pensez pas à nous, ne pensez qu'à Jacques Aubert, qu'à sa vie, qu'à l'honneur du nom.

Et elle fut si persuasive, si habile, si vaillante, qu'elle amena le pauvre homme à se rendre à merci, à promettre que l'on irait chercher Jacques, que l'on ne lui ferait pas un seul reproche, que l'on sacrifierait pour lui son bien, une grosse part de son bien, du moins, s'il n'y avait que ce seul moyen de le tirer de peine.

Et comme ensuite Lucette conta tout cela à Charles devant Clairette, éperdue de joie et de gratitude, le pauvre garçon n'osa pas protester, n'osa pas dire qu'il ne voulait pas être pauvre et prétendait garder son patrimoine.

La journée leur parut à tous interminable, d'autant plus interminable que c'était une journée de repos; le travail aide à s'écouler les longues heures d'attente.

Comme l'avait dit Jacques, au courant de tout par le serviteur de Lorenchet et par Lorenchet lui-même, on allait ce jour-là en procession à la source miraculeuse; fête religieuse et populaire à la fois.

L'exploitation de cette source par Lorenchet, Aubert et Cᵢᵉ, n'avait rien ajouté ni rien enlevé à la confiance crédule des gens du pays; l'eau avait été bonne, jadis, à tels et tels, on venait en bande la fêter et la puiser... tout se bornait là; les assertions médicales, l'obstinée réclame n'y avaient rien changé.

Pendant que se déroulait dans le chemin la longue et pittoresque procession, mélange de pauvres et de riches, de vêtements cossus et de haillons, les uns, leur élégant panier ou leur cabas déchiré au bras, les autres suivis par une charrette quelconque, tout cela recélant des provisions, pendant que s'allumaient les cierges, que bourdonnaient les vieux cantiques, que s'échangeaient, çà et là, les propos peu dévotieux, les lazzis, les petites histoires champêtres, Nicolas Aubert et ses enfants, dévorés d'angoisses de tous genres, redoutant à la fois de trouver ou de ne pas trouver à son gîte le volontaire prisonnier, faisaient sur eux-mêmes d'immenses efforts pour paraître à l'unisson de la gaieté générale, pour jouer l'insouciance tout au moins.

L'inévitable Cavirot, à qui par une extrême prudence on n'avait pas révélé les derniers événements, allant et venant avec des airs affairés, vraie mouche de coche, très certainement convaincu que sans lui nul ne saurait se diriger, faire ses dévotions, ou s'installer pour le repas en plein air, vint augmenter le mal qu'ils éprouvaient tous trois à jouer leur rôle d'indifférents.

— Allons, enfants ! — pressait-il parmi les groupes, — il faut s'organiser, tirer des plans pour que l'on s'en retourne de bonne heure, ceux qui ne veulent pas voir le Moine dans la soirée, d'aucune fois...

— Est-ce qu'il doit venir ce soir? — interrogeaient de curieuses fillettes.

— Probable; d'abord aujourd'hui c'est un jour remarquable, puisque on le voit souvent maintenant, et que Clairette l'a encore vu ces jours passés.

— Clairette l'a vu?... Oh ! nous voulons le voir aussi ! C'est l'occasion, aujourd'hui que l'on est du monde pour se garder l'un et l'autre. Comment donc qu'il était, dites, Clairette?

— Ah bien oui ! elle va vous le dépeindre ! Demandez lui si elle a pris le loisir de l'examiner dans les yeux... Il paraît qu'elle s'est *épanouie* (évanouie) à terre tout de suite sans connaissance. Si vous l'aviez vue arriver, comme moi je l'ai vue, à la ferme, blanche comme la mort, vous ne demanderiez pas si bien à voir le Moine. Demandez lui voir si elle veut y retourner ce soir !

— La pauvre gachette elle a déjà assez de tourments depuis trois mois ! — reprenait la mère Catherinette, qui se trouvait là aussi.

Eh bien, on n'en sait donc toujours pas plus long sur le compte de Jacques? Il ne reviendra donc plus, en définitif?

— Moi je l'ai toujours dit qu'on ne le reverrait plus par ici, — affirmait la Grande Babillaude. — Du moment qu'il avait ses raisons pour partir, pourquoi faire qu'il reviendrait?

— Qu'est-ce que l'on en sait? — grommelait Cavirot. — Il ne faut pas vous casser la tête après cela. Si il revient il reviendra; vous le verrez bien.

Et pendant que s'échangeaient ces propos et cent autres, la chère petite Lucette n'avait qu'un souci :

— Pourvu que nous le trouvions encore, mon Dieu ! Pourvu qu'il n'ait pas profité de cette journée de répit pour fuir, devinant mon projet, redoutant de se rencontrer avec mon père? s'il est encore là, il est sauvé, je le sens... Et ne pas oser se rendre vers lui en plein jour!...

Son instinct de femme dévouée et aimante ne la trompait point; si Jacques fut parti, changeant de nom au loin, n'ayant de communication qu'avec Lorenchet, il était perdu, exilé à jamais, accablé sous un déshonneur dont nul ne pourrait le tirer; et comme si ce Lorenchet, le mauvais ange, eut deviné que le bon ange était là, veillant et agissant, prêt à lui arracher sa proie, il était arrivé depuis le matin, ayant tout préparé pour la fuite bien dissimulée de Jacques Aubert, le pressant de partir le soir même, cherchant à l'effrayer, affirmant l'urgence, lui conseillant, en attendant le crépuscule, de venir s'abriter au château neuf, où nul ne le découvrirait, de crainte qu'une bande de *fêtards* un peu excités, bravant le fantôme, ne visitât les profondeurs des ruines.

Mais l'implicite promesse faite à Lucette était sacrée à cette heure pour Jacques; et puis, le père voulait embrasser sa fille; se souvenant des craintes exprimées pour elle, si une déception la frappait, il frémissait à la pensée de lui infliger cette déception.

Aussi tint-il bon pour ne pas quitter les ruines ce jour-là, promettant de se cacher dans les plus lointaines retraites, se gardant, d'instinct, de s'expliquer, ne s'engageant pas absolument à partir le soir même.

Lorenchet le quitta, furieux comme tout bandit qui après avoir accumulé les infâmes ruses tremble d'échouer à la dernière minute, de trébucher sur un fétu qu'il n'aperçoit même pas.

— Je serai là à huit heures, — dit-il rudement à Jacques. — Je vous apporterai un vêtement de livrée; vous sacrifierez votre barbe, ne conservant que les favoris, qui ont suffisamment poussé pendant votre réclusion. Ainsi, vous serez méconnaissable; une voiture nous attendra, dissimulée dans un bosquet de bois; nous irons prendre le chemin de fer très loin d'ici. Demain vous serez en Suisse... N'allez pas rendre inutile, par un enfantillage au dernier moment, toutes les peines que j'ai prises pour vous, au risque de me compromettre; vous savez que c'est de la prison que je vous sauve?...

L'infortuné passa une journée atroce; ce furent de ces heures d'expiation suprême qui rachètent bien des torts.

Lorenchet lui faisait peur, à présent; certains mots, certaines réticences de Lucette lui revenaient en mémoire; la conduite de son *dévoué ami* devenait quelque peu louche; de sinistres lueurs brillaient par instants dans le gouffre d'infamies où il se débattait.

Devait-il s'obstiner à demeurer, attendre Lucette et Clairette?.. Viendraient-elles aujourd'hui, seulement? Et à quelle heure, si elles venaient? Fort tard, peut-être, quand tous les villageois, las de la fête, seraient rentrés et endormis?

Ce serait si bon, avant l'exil sans fin, de revoir sa fille, d'entendre sa chère voix, de l'embrasser et de la bénir!

Ah! Lucette avait bien su, dans sa finesse inspirée par le cœur, trouver le bon moyen, l'unique, de retenir le pauvre père, jusqu'à ce qu'elle revint avec du renfort.

Il n'en eut pas le temps, d'un même mouvement Nicolas Aubert et son fils se trouvèrent
à ses côtés (page 259)

CHAPITRE XIV

LE DERNIER DRAME DES CATACOMBES

A huit heures, Lorenchet reparaissait dans les souterrains, fiévreux, inquiet, pressant *son ami,* (sa victime, pouvons-nous dire), de procéder à son déguisement, pour ensuite hâter le départ.

Jacques, indécis, tiraillé des deux côtés, terrorisé par la crainte de la prison, dominé par cet homme néfaste auquel il croyait devoir de la reconnaissance, commença lentement à s'habiller, s'arrêtant pour causer, interrogeant sur tels et tels points demeurés obscurs, uniquement pour gagner du temps, et en arrivant, malgré tout son émoi, à constater autant d'embarras que d'impatience chez son énigmatique interlocuteur.

— Partons-nous, enfin? — demanda Lorenchet à bout de patience, ayant lui-même rasé et accommodé le faux domestique. — Vous êtes insensé de traîner ainsi. Voulez-vous donc, demain, traverser le village entre deux gendarmes? Je vous répète que l'on vous cherche, que l'on est venu dans la journée interroger votre frère...

Le malheureux eut un frisson : Lui, Jacques Aubert, mené comme un malfaiteur, arrêté en son pays, devant les siens!

C'est cela qui sûrement tuerait sa fille!

— Marchons! — fit-il avec la navrante résolution d'un homme montant à l'échafaud. — Guidez-moi en tout; je me fie à vous...

Mais au même instant, deux voix fraîches entonnèrent sous les voûtes la chanson si connue:

Le printemps apprête
Fleurettes et fleurons,
Dans la campagne en fête;
Et nous y fêterons;
Le printemps nous apprête
Fleurettes, et fleurons.

— Qu'est cela? — gronda Lorenchet dont le sang empourpra la large face. — Que se passe-t-il?... Qui donc à cette heure ose entrer dans les ruines, pénétrer jusqu'en ces souterrains?...

— Qui? Ma fille! C'est ma fille! — jeta Aubert dans un accès de joie délirante, comme s'il eut senti qu'avec les chères créatures le salut arrivait.

— Nous sommes perdus... perdus... perdus!—faisait le traître, affolé, cherchant à entraîner sa victime qui résistait, répétant :

— Laissez-moi donc; je vous dis que c'est ma fille...
elle vient me dire adieu; à présent, pour un empire
je ne bougerais pas; avez-vous peur qu'elle me trahisse?

— Vous êtes un fou, — balbutiait Lorenchet. —
Vous ne savez pas ce que vous faites; je vous dis que
tout est perdu... Vous me compromettez... Est-ce là
votre reconnaissance?... Voyons, suivez-moi... Je connais tous les détours, toutes les sorties...

— Père! mon bon père chéri! — appelait la douce
voix de Clairette. — Où êtes-vous donc? C'est moi!

Elle parut, appuyée au bras de Lucette, brave et
frissonnante, riant et pleurant tout ensemble.

Sans remarquer que les deux jeunes filles n'étaient
pas seules, que deux hommes les suivaient à quelque distance, portant des lanternes, Jacques ouvrit les
bras à sa fille, et la couvrit de baisers, sanglotant comme
un enfant.

Mais Lorenchet vit ces hommes, lui, et jugeant
que son ignoble rôle allait être découvert, chercha à
s'esquiver.

Il n'en eut pas le temps; d'un même mouvement
Nicolas Aubert et son fils se trouvèrent à ses côtés,
gardes-du-corps solides auxquels on ne pouvait fausser
compagnie.

— Pardon, — fit Nicolas, railleur, — que je ne vous
dérange point. Vous étiez ici, sûrement, pour aider
mon frère et lui donner de bons avis. Comme je
viens justement pour faire de même, j'espère n'être
pas de trop. Demeurez donc, nous allons causer un
brin et faire du bon ouvrage. Ici, on est tranquille,
personne ne viendra nous déranger; le fantôme du
Moine assassiné nous garde, vous le savez mieux que
moi...

Lorenchet n'avait rien à répondre; d'ailleurs, une
douloureuse exclamation du pauvre Jacques, qui venait

d'apercevoir son frère, interrompit la malicieuse évocation du crime de l'ancien Lorenchet.

— Nicolas! ici! ah! Lucette, que c'est mal : c'est un piège que tu m'as tendu! Je ne veux pas le voir; subir ses reproches est au-dessus de mes forces. Pourquoi ne suis-je pas parti?... Pourquoi ne suis-je pas mort? Va-t-en, Nicolas; par pitié, au nom de notre mère, va-t-en, sans me parler. Je sais bien que j'ai été un insensé, un orgueilleux... que mes imprudents conseils t'ont coûté la moitié de ta fortune ; je suis plus repentant du mal que je t'ai fait que de celui que je me suis fait à moi-même. Je n'ai que ma vie à t'offrir la veux-tu? Je suis prêt... Mais laisse-moi, ne m'accable pas, je t'en supplie...

Il pleurait, il se tordait les mains, affolé, au paroxisme du désespoir.

— Parle-lui, Lucette, — fit le brave Nicolas en essuyant une larme. — Il ne m'écouterait pas; et puis c'est ton droit. Dis-lui tout, ma bonne fille.

Et Lucette, la vaillante au cœur d'or, radieuse en la joie donnée, payée au centuple en cette heure bénie de toutes les angoisses passées, de tous les sacrifices à venir, ses deux mains jointes sur le bras de son oncle qu'elle maintenait solidement, tandis que Clairette, de l'autre côté, l'enlaçait tendrement, Lucette, le cœur bondissant et la voix tremblante, expliqua sommairement à l'abandonné ce que l'on pensait et ce que l'on voulait :

Son frère n'éprouvait envers lui ni colère ni rancune; tout était oublié. Il venait le chercher pour l'emmener à la ferme; de là, ils se dirigeraient ensemble vers Paris pour se rendre compte des choses et arranger au mieux toutes les affaires; le frère était solidaire du frère, et abandonnerait, s'il le fallait, jusqu'à son dernier centime pour que l'honneur fut sauf ; donc, quand on abandonne tout, nul n'a le droit de vous blâmer, et il n'y a plus à se cacher; il se montrerait donc, sans crainte, serrant la main aux amis et causant avec eux...

Ces réconfortantes paroles, si doucement dites, avaient calmé Jacques, peu à peu renaissant à l'espoir, mais la conclusion le fit bondir, car les sinistres affirmations de Lorenchet lui revenaient en mémoire.

Mais, ma pauvre enfant, tu ne sais donc pas? Je suis poursuivi... les gendarmes sont au Valmirey pour m'arrêter...

— T'arrêter! toi! des gendarmes! — exclama Nicolas. — Mais tu rêves!

— Comment, les gendarmes ne sont pas allés chez toi, ne t'ont pas interrogé sur mon compte?..

— Qui t'a fait ce mensonge absurde, infâme?

— Lui! Aujourd'hui même! — révéla Jacques en désignant du doigt Lorenchet, qui eut voulu être bien loin de là.

— Alors, je ne doute plus, — s'écria Nicolas en pleine joyeuse conviction. — Si cet homme a été jusqu'à te mentir, pour te forcer à te cacher, à fuir, c'est que tes amis de Paris et ma Lucette avaient raison, c'est qu'il y a contre toi une vilaine machination que ta présence eut empêchée, que ton absence favorise. Viens, mon bon Jacques, n'aie pas peur, viens devant les juges, dis-leur tout; dis-leur aussi que tu as un bon frère, honnête homme qui répond de toi, et paiera ta réhabilitation de toute sa fortune, s'il le faut. Viens m'embrasser, va, pauvre garçon, tu as souffert, tout est oublié.

Les deux frères s'étreignirent, riant et pleurant; puis, tandis que Charles, très ému aussi, presque entraîné au complet sacrifice, embrassait à son tour son oncle, Nicolas, redevenu le paysan pratique et

gouailleur, frappait sur l'épaule de Lorenchet atterré,
lui disant :

— Et j'espère bien que si la fortune de mon frère
est perdue, la mienne ne sera qu'écornée; n'est-ce
pas. M. Lorenchet? J'ai en idée, et d'autres, à Paris,
des gens bien placés pour tout voir, ont en idée
aussi, que le mal n'est pas si grand que vous avez
bien voulu le dire, que l'honneur sera sauf sans trop
grands sacrifices. N'est-ce pas votre idée aussi?

Le misérable essaya de leur en imposer encore, de
conclure avec aplomb à sa parfaite bonne foi :

— Je ne discuterai pas avec vous, M. Aubert; on
vous a mal renseigné, et vous perdez votre frère que
j'eusse pu sauver. A votre aise; que m'importe? Quant
à lui, c'est un naïf et un ingrat, méconnaissant tous
mes services, et qui n'était point de force à lutter
dans la grande bataille pour l'argent. Je me lave les
mains de tout ce qui va suivre. Adieu.

— Gardons-le! Enfermons-le! — cria Charles lui
barrant le passage. — S'il devance mon oncle à Paris,
il peut prévenir les juges, soudoyer de faux témoins,
faire quelques manigances endiablées...

— Non! Non! fit Jacques épouvanté, point convaincu
encore de la trahison, tremblant d'être réellement
ingrat, redoutant peut-être d'ajouter à sa mauvaise
cause de banqueroutier une accusation de séquestra-
tion arbitraire.

— Charles, laisse-le! — ordonna Lucette. — Ne
vois-tu pas que Dieu est avec nous, qu'il se charge
de punir cet homme et de sauver mon oncle.

Devant ces deux ordres, le jeune homme hésita,
laissant à Lorenchet, épouvanté comme un poltron
et un traître qu'il était, le temps de s'enfoncer dans
une sombre galerie.

Mais, presque aussitôt, Charles regretta cette hésitation, en entendant son père grommeler :

— Il avait raison, le fiston ; qui sait ce que ce bandit nous ménage, et combien son absence eut tout simplifié !

Il n'en fallait pas tant pour que son fils, très excité par les événements, mordu au cœur par l'horrible crainte de tout perdre, croyant presque en poursuivant Lorenchet poursuivre son bien envolé, s'élançât sur les traces du méprisable personnage.

Celui-ci avait de l'avance, connaissait tous les méandres des souterrains, mais n'avait pas de lanterne, tandis que Charles avait d'instinct saisi la sienne ; la lugubre partie était donc à peu près égale.

Frémissants, les deux frères et leurs filles écoutaient avec terreur, redoutant également que le bandit, acculé, ne frappât ou ne fut frappé ; Charles risquait la mort ou la cour d'assises... C'était atroce à penser.

Une seule lanterne éclairait de sa trouble lumière ces fronts où perlait une sueur d'angoisse ; Nicolas et Jacques s'appuyaient l'un sur l'autre, fraternellement, réconciliés du fond du cœur dans le même tourment partagé ; les deux jeunes filles, à genoux balbutiaient des lambeaux de prière.

— Oh ! Lucette ! — fit soudain Clairette dans un élan de repentir tel qu'il dominait l'orgueil et s'épanchait au-dehors, — combien aveugle et folle ai-je été ! Te souviens-tu ? Nous étions si heureux ! Pas d'inquiétudes, la vie facile, les bonnes affections, les joyeuses fêtes parfois.... Je crois revoir cette journée de jadis... le lundi de Pâques à l'Abbaye... Comme c'est loin ! De ce jour datent nos peines. C'est moi qui les ai voulues... Et à présent, nous sommes là, épeurées dans cette obscurité, ruinées, ma pauvre maman morte, ton frère, si bon, si gentil pour moi, à qui peut-être

il va arriver malheur!... Ah! si c'était à recommencer, mon Dieu, comme je chasserais ce fol amour-
propre qui m'a perdue, répudiant toute ambition,
jurant de demeurer au village natal, séjour béni!
comme je voudrais, insouciante enfant, jouer encore
avec vous toutes, sans avoir le cœur broyé par la
peine!

Et elle pleurait, brisée et repentante, dans les bras
de l'amie sage et dévouée, aux maternelles paroles
tendrement murmurées.

— Courage, — disait Lucette. — C'est peut-être la
fin de l'épreuve : tu as assez souffert... la paix va
revenir.

— Ecoute! — Elle se dressait, haletante. — Oh!
ce cri! Qui donc l'a poussé? Qu'y a-t-il?

Quelques minutes s'écoulèrent, dans une anxiété
que nulle parole ne peut décrire, puis un pas se fit entendre; c'était Charles, tout seul, l'air furieux.

— Il m'a échappé, — grondait-il, sans daigner répondre aux interrogations de Lucette, s'informant s'il n'était
pas blessé. — Il a dû trouver sur son chemin quelque
cachette connue de lui seul... Nous avons mené une
course insensée... deux fois il est tombé, ne voyant
pas un obstacle devant lui; deux fois il s'est relevé
quand je croyais le tenir et m'a filé dans les mains.
Je crois bien que la seconde fois il a dû se heurter
rudement la tête, car il a juré et puis a eu comme
une plainte. Je le suivais de près... tout à coup il
a disparu... je l'ai deviné derrière une colonne, en
un recoin que défendait une barre de fer posée en
travers; cette barre ne tenait pas; je l'ai arrachée, et
la brandissant comme une arme, au cas où le sacri-
pant voudrait m'attaquer, montant ma lanterne à
hauteur de mes yeux, pour l'aveugler et le voir de
suite, je me suis avancé. Il était là! J'imagine qu'il

m'a pris pour le fantôme, car il a jeté un cri de
bête que l'on égorge. . vous avez dû l'entendre ? J'en
ai eu froid dans le dos... Ensuite il s'est élancé, a
passé à côté de moi ; pendant une demi-minute j'ai
entendu le bruit de ses pas... et plus rien !... plus de
trace ! A-t-il grimpé, avec une agilité de singe, par
un escalier ruiné ? s'est-il effondré dans un trou ?
L'un et l'autre existent ; il y avait partout de quoi
se rompre le cou et me voilà... Voulez-vous venir
m'aider ?...

— Non, — firent d'un commun accord les deux
frères. — Laissons-le aller.

— C'est avec la légalité et non avec la force bru-
tale qu'il faut lutter contre ces gens-là, — continua
Nicolas. — Viens, mon pauvre Jacques ; ta chambre
est prête à la ferme. Dors tranquille ; demain je pars
avec toi pour Paris, et, foi d'honnête homme, nous
te sauverons et nous sauverons aussi l'honneur de
notre nom.

Le chirurgien, mandé en hâte, conclut, comme M. Bernier, à la mort imminente (page 269)

CHAPITRE XV

LA FIN D'UNE RACE MAUDITE

Deux jours plus tard, M. Bernier après avoir visité la grand'mère de la pauvre Lizon, brave femme au cœur trop sensible, se mourant du chagrin de voir l'espèce de réprobation qui les frappait, se rendait chez la mère Tonie et longeait les ruines de l'Abbaye, tout en causant avec un solide garçon, jadis prétendu de Lizon, quand il lui sembla entendre une faible plainte; il s'arrêta; le jeune homme n'avait rien entendu et continuait sa réplique :

— On verra plus tard, M. le Maître. Vous avez de bien belles paroles, et je veux bien vous croire quand vous dites que la petite Lizon n'a point eu de torts,

rapport à l'argent qu'elle a gagné là-bas. Mais enfin,
dans le pays, il y a des mots qui se disent, et je n'aime
pas cela. Et puis, si quelque jour le mal de la grande
ville la reprend, et qu'elle plante là son homme et
ses petits pour gagner de l'argent au loin?... On verra
plus tard... je ne peux pas dire mieux; si Lizon à l'air
guérie, et bien...

— Chut : écoutez... Je ne me trompe pas .. On se
plaint, on gémit... Venez voir...

— Mais c'est le fantôme qui fait sa plainte! . Y aller
voir?... merci bien...

— Soit, j'irai seul.

Et l'Instituteur pénétra, cherchant de tous côtés ; au
bout de quelques instants, il reparut, tout pâle.

— N'ayez pas peur; ce n'est qu'un homme, très
dangereusement blessé; allez me chercher de l'eau ;
puis vous courrez quérir du monde, du linge, une
espèce de brancard...

Le malheureux Lorenchet, car c'était lui, affolé par
la poursuite de Charles, redoutant d'être enfermé dans
les ruines et d'y mourir de faim, s'étant en outre
rudement heurté le cerveau, avait eu, en voyant
soudain Charles, sa barre de fer en main comme la
vision tant décrite du moine-fantôme, une sorte de
vertige ; réellement il avait cru voir celui qu'assassina
son aïeul, réapparaissant à l'heure suprême pour lui
annoncer la fin de tout, la découverte de tous ses
crimes, la mort...

Il bondit alors, affolé, ne cherchant qu'à échapper
à l'apparition vengeresse, se lança au hasard, dans
l'obscurité, en aveugle, en halluciné; par un de ces
tours de force que permet seule la folie, il escalada
l'escalier ruiné devant lequel avait reculé le fils Aubert, puis, soudain perdant pied, vint rouler, à moitié
brisé, au milieu d'un fouillis de pierres et d'arbustes.

Il y agonisa deux jours, expiant peut-être, brûlé par la soif, assiégé de fantômes, et sûrement il fut mort à cette place, sans secours, les rares passants disant tous, en entendant ses gémissements : *C'est le fantôme qui fait sa plainte,* si l'Institeur, par hasard, n'eut passé près de là.

Mais le secours venait trop tard ; le chirurgien mandé en hâte, conclut, comme M. Bernier, à la mort imminente.

Avec des soins attentifs, on fit vivre encore le malheureux une semaine; couvert de plaies, dévoré de fièvre, souffrant le martyre, tantôt il s'efforçait de repousser les assauts d'une imaginaire légion de fantômes, décrivant le grand moine au solide bras faisant tournoyer le lourd chandelier de fer, tantôt il appelait Jacques Aubert, l'implorant, le suppliant de partir, de se cacher, narrant les dangers qu'ils couraient tous deux, avouant parfois la terreur d'un châtiment encouru par lui seul, criant néanmoins qu'il voulait de l'argent, dût-il pour en avoir sacrifier l'humanité entière.

Le juge de paix vint écouter ces aveux involontaires et les fit écrire.

C'était un précieux témoignage en faveur d'Aubert.

Le monde visible et le monde invisible, les hommes et les démons s'unirent pour terroriser les derniers instants de ce misérable, atteint par ses propres fautes et par celles de sa race.

La mort, pour lui, fut la délivrance.

. . . .

Bien entendu cet accident fut, pour toute la contrée, une preuve de plus de la réalité du fantôme; les Aubert seuls eussent pu dire en quelles circonstances cet homme à l'esprit froid s'affola ainsi; mais naturellement ils s'en gardèrent.

Pour tous, le Moine rancunier, après avoir tourmenté

et fait périr l'aïeul et le père, avait assouvi enfin sa
longue vengeance sur le dernier fils, mort maudit, sans
postérité.

Quelques-uns conclurent bien que le fantôme, vengé,
devait être satisfait, bienveillant désormais aux humains;
pourtant, nul ne s'avisa d'aller juger de sa longanimité.
Plus que jamais, l'Abbaye, tombée aux mains d'un
arrière-cousin de Lorenchet, invendue et invendable,
fut considérée comme un lieu hanté et dangereux.

Toutes les vieilles légendes ont un fonds plausible
de vérité qui les rend admissibles, si fausses et si
bizarres soient-elles.

FIN DE LA TROISIÈME PARTIE

Conclusion

Le lendemain même, Nicolas Aubert, recevait les renseignements attendus (page 273)

Conclusion

CHAPITRE Ier

DÉTAILS PRATIQUES

E lendemain même de la scène des catacombes, Nicolas Aubert recevait les renseignements attendus sur William Atkinson.

Celui-ci n'était qu'un faux Anglais, un aventurier parisien qui se cachait à l'étranger sous un nom d'emprunt.

Sans responsabilité personnelle, il ne paraissait être qu'un prête-nom de Lorenchet, l'homme de paille dont la complicité favorisait ses

273

18

extorsions, sous le couvert d'opérations commerciales, et lui permettait de draîner en lieu sûr le produit insaisissable d'une vaste escroquerie.

Cela résultait d'un simple bulletin de renseignements, ne confirmant que trop sûrement, dans son laconisme même, toutes les appréhensions de Nicolas, anciennes et récentes.

— Oh, les brigands!... les scélérats!... — s'écriait Jacques furieux, lorsqu'il eut pris connaissance de la note que son frère lui communiquait. — Si l'on peut m'avoir roulé de la sorte!... Ils sont la cause de tous mes malheurs, j'en jurerais!... Oui, je comprends maintenant un tas de choses!... Oh! triple fou!... que j'ai été aveugle dans ma confiance!... Fallait-il être insensé!

Et il s'exaltait, s'arrachant les cheveux dans une crise de désespoir, tandis que tous rivalisaient à le consoler.

— Ne vous désolez pas, mon Oncle, — implorait l'excellente Lucette. — Mieux vaut mille fois être dupe que dupeur. Tout n'est pas perdu, puisque l'honneur est sauf.

— Il ne pouvait en être autrement, Jacques, — affirmait Nicolas. — Fatalement, tu devais être dupe de ta confiance en Lorenchet, mais tu ne pouvais déshonorer le nom d'Aubert. Là encore, et jusqu'au bout le misérable t'a trompé sur la conséquence de tes propres actes; tu n'avais ni à fuir ni à te cacher, et je ne comprends pas qu'un homme de sens comme toi ait pu céder ainsi à ses suggestions, s'affoler à ce point.

— Hélas! il n'y a en cela que la suite logique, ou plutôt déraisonnable de l'influence que ce bandit a toujours exercée sur moi, — répondait Jacques. — D'ailleurs en ce moment j'étais absolument démoralisé,

anéanti par les désastres successifs. C'est cet affole-
ment qui m'a fait commettre l'acte incriminé et qui
m'a fait accepter toutes les exagérations de Lorenchet, qui m'a fait tomber dans tous ses pièges.

— Le scélérat connaissait ton caractère, et il a su
tirer parti de ton emballement tour à tour optimiste et
pessimiste.

Ton emploi des fonds et crédits sociaux était une
irrégularité grave qu'un Aubert n'eût jamais dû se
permettre c'est vrai; mais il n'y avait ni faux, ni dissimulation dans tes écritures, m'as-tu dit, il n'y avait
ni intention ni possibilité de léser tes co-associés,
puisqu'ils étaient couverts par les garanties d'un chiffre
supérieur.

D'honnêtes gens auraient pu te blâmer, mais à coup
sûr ces coquins ne pouvaient te poursuivre, et c'était
pour toi, au contraire, le moment favorable de les
faire arrêter.

— Et dire qu'il n'est plus temps, qu'il n'y a plus
rien à faire, ou si peu!

— Quoi qu'il en soit, nous allons partir pour Paris.
Nous ferons ce qu'il faudra pour tirer cette affaire au
clair en la dénonçant à la Justice; du moins tu en
sortiras les mains nettes, et nous tâcherons que personne
n'ait plus rien à te réclamer. . . . .

. . . .

. . . .

Une sévère enquête, des correspondances des notes
de comptabilité spéciales trouvées dans les papiers de
Lorenchet devaient bientôt établir, jusqu'à l'évidence,
le complot des deux complices pour exploiter Jacques
Aubert et consommer sa ruine, l'attirant enfin, à l'aide
de divers acolytes, dans un réseau d'opérations où il
devait fatalement succomber.

C'est ainsi qu'il se trouvait être débiteur, pour une

forte somme, d'un arrière-cousin de Lorenchet auquel il cédait la propriété de l'Abbaye.

D'autre part, il faisait opérer régulièrement la liquidation de tous ses intérêts, de son association avec Lorenchet, exerçant ses droits contre la succession, mais sans recours possible contre l'insaisissable Atkinson.

Enfin, il parvenait à régler intégralement tous ses créanciers, grâce à la générosité de Nicolas et de ses enfants qui ne voulurent être que partiellement désintéressés, alléguant leur solidarité, alléguant qu'il appartenait aux Aubert d'acquitter les dettes et de protéger l'honneur des Aubert.

— C'est devant moi qu'il faut les déposer, c'est moi qui découpe (page 282)

CHAPITRE II

FIANÇAILLES

ET maintenant qu'un coup-d'œil rapide a été jeté sur ces ténébreuses affaires, coup-d'œil intentionnellement très rapide afin de ne pas exciter l'ennui du lecteur, qu'il nous soit permis, suivant les anciennes coutumes du conteur, de dire quelques mots de la destinée de ceux qui un moment intéressèrent, devinrent presque des amis.

C'est en pénétrant dans la Basse-Ferme en un jour de fête, en cette même joyeuse solennité des Rois pendant laquelle jadis la pauvre Clairette, ruinée et désespérée, était arrivée à l'improviste, pauvre petit oiseau battu par la tempête venant se réfugier dans un sûr asile, que nous verrons se fixer les destinées de cette chère jeunesse qui attira, nous l'espérons, la sympathie de ceux qui nous lirons.

L'assemblée était moins nombreuse, plus triée, l'intimité plus grande. On eut dit que Nicolas Aubert avait tenu à rester à peu près en famille, n'admettant que quelques rares amis.

Il avait l'air, ce soir-là, particulièrement satisfait, le digne Nicolas; on pouvait même constater, sur sa large face réjouie, une nuance de malicieuse gaieté, de finesse bonhomme qui intriguait fort ses enfants et son frère.

Jacques, un peu triste, légèrement honteux de ses erreurs passées, de sa folie, de son imprudente confiance, redevenu le solide et zélé travailleur du temps de sa jeunesse, mais n'étant plus maître, marchant aux ordres de son frère, cultivant pour lui les terres de la Haute-Ferme à grand-peine conservées, légèrement hypothéquées encore, n'oserait se permettre d'interroger ce frère, l'aîné et le possesseur du sol; aussi soumis que les enfants, moins curieux d'ailleurs, car il est vieilli et affaissé moralement, il attend la révélation de l'énigme devinée.

C'est surtout vis-à-vis de Clairette que s'exerce la verve de l'oncle, ce soir-là; il lui parle, la taquine, l'excite, cherche à ses respectueuses réponses un sens révolté ou badin; on dirait qu'il veut faire revivre la Clairette insoumise d'autrefois.

Elle est arrivée du matin seulement, la pauvre Clairette, n'ayant que deux jours à passer en famille, congé obtenu à grand-peine, sur les instances réitérées de Nicolas Aubert, écrivant *aux maîtres* de la jeune fille, affirmant qu'une affaire de la dernière importance réclamait Mlle Aubert.

Ses *maîtres!*

Oui, hélas! l'orgueilleuse Clairette a des maîtres, la paresseuse de jadis travaille et gagne son pain. Elle ne voulait pas, dans son fier amour-propre, rester à la charge des charitables parents qui sacrifiaient leur fortune pour sauver la vie de son père et l'honneur du nom.

Et puis, l'ancienne Parisienne s'imaginait ne plus pouvoir se plier à la vie rurale, à la simple existence de sa jeunesse; il lui semblait qu'en dépit du malheur, du sincère repentir, un virus indélébile demeurait en elle.

Depuis, peu à peu, elle avait pu se convaincre qu'elle se trompait, qu'elle saurait être heureuse encore au village, que sa vie ne pouvait être perdue pour quelques jours d'égarement.

Les images de son enfance se dressaient, une à une, souriantes et séduisantes : les fêtes familiales, les divertissements champêtres, les fiertés de la récolte engrangée lui revenaient parés de brillantes couleurs ; il lui semblait qu'elle aimerait, à présent, les petits poussins de Lucette, et sentirait sans dégoût la saine odeur des étables.

Mais c'était fini... elle le croyait, du moins; sa destinée était fixée; indéfiniment elle initierait les petites Anglaises aux beautés de la langue française ; indéfiniment elle vivrait chez les autres, dans un luxe d'emprunt, payée, presque assimilée à la domesticité.

Ses lettres à Lucette, affectueuses et tristes, reflétaient fidèlement l'état de son âme, notaient, une à une, les étapes de la transformation; ces lettres avaient le privilège d'intéresser vivement son oncle qui les relisait, les commentait, les ruminait... qu'on nous passe l'expression. Plus elles étaient sombres, plus il avait l'air satisfait. Quand il les abandonnait enfin, Charles s'en emparait, et on ne les apercevait plus... sûrement il les collectionnait.

Donc, en cette journée des Rois, la pauvre Clairette avait eu à subir les amicales taquineries de l'oncle ; et elle y répondait si doucement, avec un si doux et mélancolique sourire !

Le soir, au souper, ce fut pire encore ; la pauvre fille avait envie de pleurer ; Nicolas lui rappelait que le surlendemain il faudrait partir, qu'elle serait ravie de retrouver ses *English*, leur luxe criard, leur table surchargée de viandes et de lourds gâteaux, le joug doré qu'elle avait voulu et qu'elle aimait.

Puis, soudain averti par un regard de reproche de Charles qu'il allait un peu loin, il dirigea ses batteries vers M. Bernier, ne faisant plus attention à Clairette, qu'amicalement son cousin entretenait.

— Eh bien, M. le Maître, vous voulez donc décidément nous quitter. Çà n'est pas gentil, cela. Moi qui croyais que vous aviez de l'amitié pour nous.

— J'ai beaucoup d'amitié pour les habitants du Valmirey en général, et pour la famille Aubert en particulier, — répondit le jeune Instituteur avec une gravité que n'atténuait nul essai de sourire, — seulement, M. l'Inspecteur m'ayant offert un autre poste (sans nulle sollicitation de ma part, je vous le jure) j'ai pensé... j'ai cru... enfin je me suis dit que c'était peut-être là Providence qui avait arrangé les choses ainsi, et...

— Ta, ta, ta, ta ! tout çà, ce sont de belles phrases pour déguiser l'ambition, permettez-moi de vous le dire ; les jeunes gens veulent parvenir ; ce n'est pas un reproche au moins ; c'est si naturel...

— M. Aubert, — interrompit Claude Bernier, d'une voix étrangement émue, — si j'avais de l'ambition, je l'avouerais franchement. Ne gardez pas de moi cette idée fausse, je vous prie.

— Ah ! ce n'est pas de l'ambition? Mais alors ?

— Voulez-vous que je vous dise, moi, — ricana le père Cavirot interrompant l'interminable histoire qu'il contait à une jeune femme à la mine souriante au frais visage, dans laquelle on pouvait reconnaître Lizon transformée, heureuse jeune mariée, — voulez-vous que je vous dise? On se souvient de son jeune temps encore, bien qu'on ne soit plus jeune, et l'on a des yeux et de la jugeotte, je m'en flatte : A mon avis, M. le Maître aime le Valmirey, et puis les gens du Valmirey, et une autre personne plus que tout le reste. Alors, comme cela lui fait gros cœur... quoique il y en a qui aimeraient mieux rester... mais il est de ceux qui aiment mieux partir... Vous êtes trop fier, M. le Maître, voilà mon avis.

Personne ne répondit rien ; l'interpellé devint très pâle ; Lucette, un peu rouge, découvrit tout à coup qu'il y avait une observation urgente à faire aux servantes et quitta la table un moment.

— A votre place, mon cher ami, — reprit Nicolas Aubert sans paraître prendre garde à la révélation de Cavirot, — puisque vous avez le goût de la terre, vous me l'avez avoué, j'aurais choisi dans ce pays qui vous est sympathique (vous me l'avez avoué aussi), quelque brave et jolie fille aimant également la terre, ayant un peu de bien, et j'aurais planté là mes écoliers. Oui, voilà ce que j'aurais fait à votre place, vous m'entendez bien.

— Il n'y a pas de temps perdu, — grommela entre haut et bas le père Cavirot, qui devinait bien des choses et s'amusait comme un roi.

— M. Aubert, je suis pauvre, — dit très fermement l'Instituteur. — Laissons ce sujet, je vous prie; peut-être ne sentez-vous pas combien il m'est pénible !

— M. Bernier, — riposta non moins fermement le

père de Lucette, — vous êtes un brave et digne homme, et je vous estime. Je bois au succès de vos secrets désirs.

On n'eut pas le temps de commenter cette phrase, et M. Bernier, de plus en plus troublé, put se borner à choquer son verre à celui de son hôte... On apportait les gâteaux des Rois.

— Par ici, par ici, mes filles, — cria Nicolas Aubert très excité. — C'est devant moi qu'il faut les déposer; c'est moi qui découpe; que personne n'y touche. C'est plus sérieux qu'on ne le croit.

Il s'empara de l'un des gâteaux, le vira en tous sens, posa légèrement son doigt sur une saillie de forme bizarre, puis, l'air satisfait, découpa.

— Qu'on me passe des assiettes, — ordonna-t-il, — et que chacun garde bien la portion que je lui envoie, il ne faut pas contrarier le sort.

Et, à mesure qu'il mettait une portion sur une assiette, il nommait le destinataire.

— Et surtout, qu'on ne cache pas l'une des fèves, comme il y a deux ans, — fit-il soudain en regardant son fils, à qui on remettait sa part. — Il nous faut nos deux rois... et nos deux reines, — acheva-t-il en riant d'un bon gros rire.

Le second gâteau fut découpé et distribué avec les mêmes précautions; pendant ce temps, Jacques, sur l'ordre de son frère, apportait et débouchait des bouteilles qui avaient leur âge, vin rare et délicieux, liqueur des grandes circonstances.

Décidément, quelque chose d'important se préparait, on chuchotait, les suppositions s'échangeaient autour de la table. Seul des invités, le père Cavirot, l'éternel bavard, ne parlait que par sa mimique expressive, donnant à entendre qu'il comprenait, lui.

— Voyons, qui a les fèves ? — interrogea gaiement

Dès l'aube, Lucette Aubert rejoignait son père et lui racontait tout (page 249)

M. Aubert, qui savait bien, l'habile, malin, où elles étaient.

— En voici une, mon père, — dit Charles.

— Et voilà l'autre, — fit l'Instituteur.

D'un geste, le maître du logis arrêta les vivats.

— Choisissez vos reines, d'abord ; on criera après.

Les deux jeunes gens, éperdus, devinant que M. Aubert avait voulu et préparé leur éphémère royauté, le regardèrent dans les yeux, sentant qu'il avait aussi choisi *leurs reines*.

— Allons ! dit-il en leur souriant d'un paternel sourire, qui leur donna du courage.

— Clairette, — prononça le jeune Aubert, — veux-tu ma fève, aujourd'hui ? C'est d'aussi bon cœur qu'il y a deux ans.

— Oui, je la veux, de tout cœur, — répondit-elle les yeux humides.

— Dis donc, Charles, si tu lui demandais, par la même occasion, si, au cas où son père et moi, consentirions, elle accepterait de rester au Valmirey, et de s'appeler Mme Charles Aubert ? Sa pauvre mère le désirait tant !...

Ce fut une tempête de bravos, un ouragan de félicitations, pendant que Lucette, pendue au cou de sa cousine, lui arrachait le oui désiré.

— Nicolas, je ne veux pas, — essaya d'intervenir Jacques, — ma fille n'a plus aucune fortune.

— Si elle a regretté le Valmirey et la vie champêtre, si elle est aussi bien convertie que cette brave petite Lizon que nous voyons là, toute contente avec son brave mari qui a eu confiance, à la fin, elle est assez riche. Réponds, Clairette, es-tu convertie ?

— Oui ! Oui ! — cria-t-elle en sanglotant, et en se jetant dans les bras de son oncle.

L'émoi un peu calmé, Nicolas Aubert reprit la parole, ce nouveau arborant un air malicieux.

— C'est pas tout ça; il nous reste un autre roi sans reine. Mon cher Claude (ah! pardon, cette appelation familière m'a échappé) à votre tour de choisir... Seulement, si le bonheur de mon Charles vous tente, si mon avis de tout à l'heure vous semble bon, s'il y a à cette table quelque gentille fillette qui vous paraisse affectueuse et bonne ménagère, imitez mon fils, faites-en à la fois votre reine et votre femme.

Tous attendaient, haletants, émus, anxieux.

— Moi! moi! — fit le pauvre Instituteur qui croyait rêver. — Moi! je puis choisir?... à cette table?... Et si je choisissais votre fille, M. Aubert?

— Eh bien! je vous répondrais : Touchez-là mon gendre... Sauf le consentement de la mignonne pourtant... N'avait-elle pas vaguement parlé d'être Sœur de charité?

— Elle sera Sœur de charité sans cornette; l'ouvrage ne lui manquera pas pour cela, — jeta Cavirot gaiement, pendant que M. Bernier éperdu embrassait son futur beau-père, et que Clairette amenait Lucette à la fois timide et vaillante, prête de tout cœur au *oui* solennel des fiançailles. . . . . . .

. . . .

Ils travaillaient tous ensemble, si heureux; Jacques secondant de son mieux, repris définitivement au charme sain du sol, aux fiertés de la récolte, aux espoirs émouvants des semailles; Nicolas pouvant se permettre un demi repos bien gagné; Charles bûchant sans trêve, payé au centuple par une parole et un sourire de sa chère femme, devenue une vraie fermière, malgré les élégantes allures conservées; l'intelligent Claude Bernier, rendu à sa vraie vocation de travailleur de la terre, apportant son zèle, sa science, sa gaieté d'homme satisfait, comblé et le méritant, à l'édifice de prospérité solide qu'édifient les Aubert.

Comme l'a prédit Cavirot, la vaillante et sage Lucette, mariée au plus digne, pauvre d'argent il est vrai, mais apportant l'intelligence, le cœur délicat et fier, l'amour passionné de la terre respectable et sacrée, est aussi bien la Sœur de charité des pauvres, qu'une excellente fermière et une parfaite mère de famille. Son mari la conseille et l'accompagne, répandant avec elle aumônes et soins, touchante union de la science et de la charité. La Nabote, pauvre fille délaissée, la supplée parfois, rendue meilleure en se voyant aimée des malheureux, estimée de tous, son cœur aigri adouci par la salutaire pratique du bien.

Ah! comme ils se chérissent, et comme ils sont estimés et vénérés, tous ceux-là qui ont si éloquemment prouvé qu'avant tout il faut placer les saintes affections, la haute solidarité des liens du sang, l'amour du pays et de l'honoré travail, l'honneur du nom, affirmant tout cela d'une façon sublime! . . . . .

. . . .

Comme jadis, il y a des fêtes au Valmirey; comme jadis on se groupe gaiement pour des festins champêtres, des jeux et causeries; comme jadis on parle tout bas de fantômes et de vieilles légendes, et le refrain de la Ballade vibre encore, le soir, dans les sentiers déserts:

> L'heure de justice
> Guette les méchants;
> Tremblez, gens de vice,
> Paix aux bonnes gens.

. . . .

Et puis, comme jadis aussi, se déroule sous les arceaux du cloître une enfantine ronde; seulement, on ne voit pas, à l'écart de la gaie farandole, une Clairette imprudente, rêvant au luxe, aux perfides joies d'orgueil;

la nouvelle *Clairette,* bien équilibrée et sévèrement
enseignée au bien, se trouve heureuse et ne rêve point;
et sa mère, Mme Charles Aubert, fière et joyeuse,
fredonne sans souci, quand passe sa fillette chérie,
toute au plaisir simple et pur, l'air naïf de sa jeunesse :

> Notre maisonnette
> Est sous les liserons
> Dans un bonheur honnête
> Nous y demeurons.

FIN DE L'HONNEUR DES AUBERT.

UNE MISSION D'HONNEUR

M ON cher Roland, cette fois, la nouvelle est offi-
cielle.

Quelle nouvelle, s'il te plaît, mon vieux
Robert ?

— Celle que je pronostiquais avant-hier... Tiens, vous
écoutez, mignonne Denise; on dirait que cela vous intéresse.

— Je me sauve, monsieur Robert; je vous laisse causer
avec mon oncle, balbutia une gentille blondinette, aux
grands yeux bleus, brillants de volonté et d'intelligence,
toute rouge de l'amical reproche du vieux voisin.

— Mais non, restez, fit le vieillard en riant, je sais bien
que toutes les femmes, même au berceau, sont un peu
curieuses. D'abord, il est question de votre cousin Gérard;
décidément il épouse...

— La fille de l'Allemand! tonna l'oncle Roland, un
officier en retraite.

— La fille de l'Allemand? répéta d'un ton interrogatif et
presque douloureux, la petite Denise.

Gérard, son bon camarade d'enfance, son cousin, presque un frère, l'ami complaisant et affectueux, épousait
cette Dinah Leemann, une inconnue, d'une race et d'une

religion étrangères, qui n'aimait pas Denise, et que Denise n'aimerait pas, bien sûr!

— Parfaitement! la fille des Leemann, ricana monsieur Robert. Ils s'épouseront dans trois mois. On va venir t'en faire part.

— Mille tonnerres! lui, Gérard, s'allier à ces Teutons!

— Elle est riche, jolie; les Gérard ne voient en Leemann que le grand maître du commerce nogentais.

— Je leur parlerai : l'enfant a confiance en moi...

— T'écouterait-on? on te sait patriote, ardent, hostile à tout Allemand, les traitant d'espions; c'est pour cela sans doute qu'on t'a caché les projets.

— Je trouverai des preuves.

— Des preuves de quoi?

— Que Leemann trahit les braves gens qui l'accueillent, les officiers qui lui révèlent sans le savoir, en causant, les secrets de la défense; qu'il trahit la France, enfin, à qui il doit sa fortune!

— Tu ne prouveras rien.

— Peut-être que si.

— Je t'aiderai, mon oncle, vint lui dire crânement la petite Denise. Un Français ne doit épouser qu'une Française; c'est toi qui m'as appris cela.

Cela se passait en 1870; deux mois plus tard éclatait la guerre, et Gérard ne songeait plus qu'à une seule chose : s'enrôler, courir à la défense du pays.

Lors de l'invasion de la Haute-Marne, lieutenant de mobiles, il prenait part à divers engagements, notamment au combat de Provenchères, et se retrouvait le lendemain, 7 novembre, à la suite de la lutte de Brethenay, au milieu des braves écharpés et massacrés, dans le petit bois de Marault.

Ils demeurèrent là deux jours, les morts sans sépulture, les blessés privés de tout secours. Enfin on put obtenir de l'ennemi qu'il cessât de s'opposer à un impérieux devoir d'humanité.

Gérard respirait encore. L'un des premiers, il fut retrouvé et emporté. Plus tard il apprit que la petite sœur de charité qui, se hasardant sur l'infect champ de bataille, l'avait cherché, trouvé et désigné aux brancardiers, c'était sa mignonne cousine, la vaillante Denise.

Mais avant de savoir cela, il avait été profondément injuste pour cette petite héroïne.

Des espions allemands devaient exister à Nogent : l'ennemi, bien renseigné, ne s'était hasardé à attaquer cette malheureuse ville, que lorsque la garnison était devenue insuffisante, pour opposer une sérieuse résistance, les mobiles l'ayant évacuée. Qui donc les renseignait si bien ?

Dans ses colères, le commandant Roland mâchonnait entre ses dents le nom de Leemann ; mais ne le faisait point arrêter : nulle preuve !

— Je saurai, moi, se dit Denise.

Et elle rechercha, le dégoût aux lèvres, l'amitié de la *fille de l'Allemand,* lui apportant quotidiennement des nouvelles de Gérard.

Sans défiance, Dinah Leemann, une vaniteuse au cerveau étroit, une ennuyée, ne sachant pas, ou ne voulant pas se distraire en préparant des bandages pour les blessés, des vêtements pour les mobiles, bavardait devant cette petite, jugée par elle insignifiante, mais qui écoutait, comprenait, interprêtait, se souvenait.

C'est ainsi que Denise pût raconter à son oncle que les convois d'approvisionnement, chèrement revendus aux Nogentais par Leemann, passaient indemnes à travers les lignes prussiennes. Epicerie, farines, tabac, liquides, tout lui arrivait heureusement, doublant sa fortune en quelques mois.

Leemann fut expulsé par l'autorité militaire. Mais ce n'était point assez pour Denise : sa femme et sa fille demeuraient, et le projet de mariage restait debout; Gérard, toujours aveugle, criait à l'injustice et à la calomnie.

Un soir, où Dinah et sa mère étaient bien seules, où personne ne devait venir, Denise ne comptant pas, mademoiselle Leemann tira d'un écrin un riche bracelet, et coquettement l'agrafa sur son bras; Denise entrait au même moment.

— Oh! le beau bracelet! fit-elle, comme extasiée, l'air naïf. C'est un cadeau de Gérard?

— Ah! bien oui, de Gérard! fit dédaigneusement la jeune fille. Pauvre garçon! sa fortune ne lui permet pas.....

— Ce sont de vraies pierres, alors?

— Mais, certainement, petite ignorante, une grande dame comme celle qui me l'envoie, n'achèterait pas du faux.

— Une grande dame! Vous connaissez une grande dame, vous?

— Mais oui, et une vraie, tout comme ces rubis. Et Dinah riait de l'air émerveillé de la fillette. C'est madame von Wickède, la femme d'un général allemand. Mon père l'a connue en Allemagne, et alors.....

Elle s'arrêta sur un signe de sa mère. Trop tard... Denise était sûre que c'était là le prix d'une trahison. Hautaine, vaillante, elle dit lentement :

— Vous savez que c'est très vilain, cela, d'accepter un cadeau d'une Allemande. Je le dirai à Gérard!

Leurs poings à toutes deux, leurs robustes poings de Teutonnes haïssant la France, se levèrent sur la mignonne fillette.

Elle les brava, les maîtrisa de son franc et limpide regard, et se sauva en répétant :

Je vais le dire à Gérard!

Gérard ne voulut pas d'abord la croire ; il l'accusa d'avoir mal entendu, mal compris ; puis, comme elle s'obstinait, s'acharnant à lui redire que Dinah ne pouvait plus être sa fiancée, il l'accusa de mentir, de calomnier lâchement des absents.

Elle le quitta en sanglotant, le cœur broyé par ce dur mot de lâcheté, si imprévu.

Quand elle fut loin, il réfléchit, s'informa, vit l'oncle Roland, coordonna les faits dans sa tête, et désolé, mais viril, comprit qu'un vrai Français ne pouvait pas devenir l'époux de la fille des Leemann.

Cependant à peine remis et très faible encore, Gérard avait repris son poste, assoiffé de danger, sollicitant quelque périlleuse mission.

Précisément il était question d'envoyer un exprès à Langres, pour obtenir un secours immédiat. L'ennemi, trop bien renseigné, allait profiter de la faiblesse numérique de la garnison pour attaquer. C'était à peine s'il restait soixante hommes armés à Nogent.

Gérard s'offrit, parla de déguisement.

— Non, répondit le commandant Roland, le départ d'un homme, quel qu'il soit, éventerait la mèche... Il faudrait une femme.

— Ou un enfant, avança un de ses lieutenants.

— Moi ! moi ! mon oncle, moi ! cria soudain Denise, que nul n'avait remarquée, blottie dans une embrasure de fenêtre. Moi ! je connais la route, j'ai un costume de paysanne, laissé par ma sœur de lait à la maison. Je n'ai pas peur, j'irai !

— Toi, Denise, mon enfant ! oh ! non !

— Vous ne pouvez me refuser, vous m'avez dit que nous appartenions tous à la France, petits et grands ; laissez-moi la joie de m'exposer pour elle, de prouver qu'il n'y a pas de lâcheté en moi.

Elle regardait fièrement son cousin. Il fit un pas vers

elle, repentant ; mais elle se détourna, et reprit ses supplications de patriote passionnée.

— Va, dit enfin le vieil oncle, très ému, va ; tu es une Française.

Le lendemain 12 décembre, à huit heures du matin, l'ennemi apparaissait.

Deux mille hommes contre soixante !

Ils furent écrasés ; on revit le massacre, le pillage ; puis, pour finir, l'incendie ; des femmes et des enfants, enfermés dans leurs maisons, se précipitant des combles, s'écrasant sur le sol... des mobiles, fuyant les flammes, reçus par les bourreaux sur la pointe des baïonnettes, ou rejetés tout vifs dans le foyer embrasé.

Et la vaillante fillette qui avait fait inutilement, presqu'en courant, cette dangereuse course, revenait, sa mission remplie, pour voir sa ville natale en proie aux flammes !

— Mon oncle ? Gérard ? demandait-elle aux affolés, aux désespérés qu'elle rencontrait, et qui n'avaient garde de lui répondre.

Soudain elle les aperçoit, combattant encore, presque seule ; le commandant, mourant, perdant son sang à flots par dix blessures, Gérard s'obstinant à se faire tuer.

Elle bondit, franchissant des cadavres, des poutres embrasées, écartant les ennemis surpris.

— Gérard, murmurait-elle, suspendue à son cou, j'ai rempli ma mission, le secours vient. Dis-moi que je ne suis pas lâche.

Une balle dirigée contre l'officier atteignit Denise ; elle le sauvait ! Il la sentit défaillir, et, pour la mettre à l'abri, consentit à reculer, à profiter de la retraite d'une cave qui s'entrouvrit sous ses pas et se referma derrière lui.

La petite héroïne n'était pas morte, elle vécut trois jours encore, souffrant peu, heureuse, car elle avait reconquis l'estime et l'affection du grand ami de son enfance, et on lui faisait croire que l'ennemi était en fuite, que les Français étaient vainqueurs.

Ce n'était qu'une trève : entre elle est la mort ; entre la pauvre cité et l'Allemand.

A peine Denise avait-elle cessé de vivre, que l'ennemi reparaissait, et que la lutte continuait horrible, sans merci.

Une petite martyre, une petite morte, qui n'aura pas sa place dans le martyrologe de nos gloires, avait quitté ce monde ; on l'oublia vite, en nos désastres et nos deuils.

Un seul, tant qu'il vivra, ne l'oubliera point ; c'est celui qui l'avait insultée en une minute à jamais regrettée, tandis qu'elle le sauvait d'une honte ; c'est le colonel Gérard. Il n'est pas marié ; il ne se mariera pas. Quand on l'interroge à ce sujet, il répond en souriant tristement, qu'il a une petite fiancée... là-haut ! là-haut !

LA LEÇON D'UNE SŒUR

I

L E temps approche, disait le vieux Hans Kessler, assis le soir au foyer, entre son petit-fils Charles, et sa petite-fille Nelly, voilà tes dix-neuf ans sonnés; il faudra pourtant nous séparer... Y songes-tu? es-tu prêt, notre Charles?

— Oui, grand-père, répondait nonchalamment le jeune homme interpellé.

— Tu es heureux d'être jeune, reprenait l'aïeul, quel bonheur que la jeunesse! avoir devant soi l'avenir, c'est-à-dire : la liberté, la patrie retrouvée!... Tandis que moi, le vieux débris de l'Empire, je me vois condamné à m'éteindre sur cette terre d'Alsace qui est maintenant une terre d'exil; toi, tu vas partir, avec ma bénédiction, pour servir la France qui est toujours la Patrie. Il ne sera pas dit que le petit-fils de Hans Kessler, que celui dont les Allemands ont fait un orphelin, deviendra un soldat prussien !

— C'est vrai... Mais vous, grand-père, et toi, petite sœur, êtes-vous bien décidés à demeurer seuls ici, à subir les persécutions que vous attireront mon départ? Vous êtes décidés à tout... même à ne plus me revoir?

Ce fut la fillette qui répondit, ardente et animée.

— Mais oui, certainement! nous sommes décidés à tout, puisqu'il le faut; à tout, plutôt que de te voir revêtir l'uniforme prussien, l'uniforme des égorgeurs... Oh! je la vois toujours cette horrible journée d'incendie et de massacre qui nous fit orphelins, où tous nous avons failli trouver la mort! Il y a déjà cinq ans, mais pour moi, c'est d'hier!... Tu n'auras qu'à te dire que tu obéis au devoir; tu n'auras qu'à travailler pour ton avenir. Nous saurons bien nous tirer d'affaire ici. J'aurai soin de grand-père; je ne suis plus une enfant, puisque je vais avoir tantôt quatorze ans à Pâques. Et puis, tôt ou tard nous nous retrouverons, moi aussi, je suis une Française!

— Oui, tu es une vraie et bonne petite Française, s'écriait l'aïeul attendri. Oh! comme je reconnais bien en toi le cœur du vieux Hans Kessler!

Mais pourquoi suis-je si vieux, cloué à cette maison qui m'a vu naître, à ce sol qui est notre seule ressource? Pourquoi ai-je tant vécu? Est-ce pour avoir la perspective de mourir en exil?... Est-ce donc pour cela que j'ai marché jadis de victoire en victoire, soldat de la Grande Armée?... Je vous l'ai dit bien des fois, mes enfants, soit lorsque je vous racontais moi-même, soit quand vous lisiez les merveilles de cette armée héroïque; je vous l'ai dit : *j'en étais!*

« *J'en étais!* » Ces deux mots, le vieux brave les prononçait avec une inénarrable fierté. Dans son regard et dans son sourire rayonnait sa part de gloire au souvenir de la grande épopée dont il avait été l'un des héros : « *j'en étais!* » pour lui ces mots en disaient plus que l'étalage des plus glorieux blasons.

Et cédant à son penchant de vieillard expansif, il se reprenait à refaire une fois de plus, avec l'enthousiasme et l'illusion de l'inédit, le glorieux itinéraire des victoires tracé et dirigé par l'empereur. Il parlait de *lui* avec les mêmes formes de respect que s'il eût été présent comme autrefois. Car, il l'avait approché, le grand Empereur, il lui avait parlé, « *à lui, en personne naturelle!* » Il l'avait suivi assez longtemps, et d'assez près. N'était-il pas l'un des vieux de la vieille garde? Le magnifique uniforme qu'il gardait dans la vieille armoire, n'était-il pas là pour l'attester, aussi bien que ses titres d'états de services?

Il disait comment, après la campagne de Russie qui avait décimé tant de beaux régiments, il avait été admis, à vingt-quatre ans, à faire partie de la vieille garde, cela grâce à de beaux faits d'armes, et grâce aussi à sa belle stature, à ses qualités martiales.

Les enfants s'intéressaient habituellement à ces récits, que cependant ils savaient par cœur, heureux lorsqu'ils pouvaient recueillir quelque détail nouveau, ou provoquer par leurs questions curieuses quelques commentaires.

Mais, chose anormale, ce soir-là, plus que jamais, les paroles du vieux brave rencontraient en la jeune Nelly une oreille plus attentive que chez son frère. D'un caractère indolent et léger, celui-ci manquait de tempérament et de volonté; superficiel et versatile, il ne gardait de toute chose qu'une impression fugitive. C'était encore un grand enfant, bien plus porté aux distractions qu'aux pensées sérieuses.

Nelly, au contraire, faisait preuve d'une volonté, d'une force de caractère et de sentiments au-dessus de son âge. Ses souvenirs de la guerre étaient pour elle de précieuses leçons, où s'était trempé son patriotisme d'Alsacienne; et son rêve eût été de manifester utilement son dévouement à la patrie française.

Cette patrie était pour elle comme un soleil éclipsé; mais, il lui fallait vivre dans l'ombre de l'exil, jusqu'au jour où la mort de l'aïeul lui permît de quitter la maison natale. Sincèrement elle eût voulu être à la place de

Charles, qu'elle trouvait trop peu ardent à mettre à exécution les projets depuis quelque temps concertés.

Ce soir là, Charles Kessler n'avait prêté qu'une oreille distraite aux récits du grand-père, tout absorbé qu'il était dans une secrète et puérile préoccupation.

On était à la veille du mardi-gras, et dans la journée, le jeune homme avait été invité par ses camarades à prendre part avec eux au cortège de carnaval.

Tous avaient déjà composé leurs travestissements, plus ou moins savants et compliqués, suivant les éléments sommaires et hétéroclites qu'ils avaient eu sous la main, et dont le masque devait compléter l'excentricité.

Longtemps, Charles s'était ingénié à créer son personnage. Créer est bien le mot, car il ne pouvait trouver dans le bourg, un costume tout fait à louer, comme cela se pratique dans les villes. De plus, il voulait opérer économiquement.

Tout à coup, de la causerie même, en cette soirée, sembla jaillir son inspiration; un instant il fut tenté de s'écrier : « Euréka ! » mais il sut se contenir et garder son secret, secret à la fois puéril et coupable.

II

— Où cours-tu donc si pressé, Charles? demandait Nelly le lendemain, en voyant son frère s'esquiver furtivement avec un énorme paquet.

— Tu le sauras un peu plus tard, petite sœur.

— Alors, c'est un grand mystère pour l'instant? Vraiment tu m'intrigues depuis ce matin, avec ton air et tes allures de conspirateur !

Il était déjà loin, ne l'écoutant plus. Mais la curiosité féminine de l'intelligente fille avait été mise en éveil, et

bientôt elle en arrivait à se formuler ces déductions successives :

— Nous sommes au jour du carnaval, Charles est bien
capable de faire partie du cortège. Ce paquet qu'il portait
devait être son travestissement.

— Mais en quoi pouvait bien consister ce travestissement ?

Impuissante à deviner la vérité, elle se livra bientôt à
une enquête domiciliaire, visitant à fond la garde-robe et
notamment la grande armoire où elle serrait le linge et
les vêtements.

— Tout est bien au complet, pourtant, se disait-elle, la
pensée et le regard hors de la bonne direction.

Mais tout à coup se reculant pour une dernière inspec-
tion d'ensemble, elle demeura stupéfiée, les bras tom-
bants.

— Est-ce possible ?... murmura-t-elle.

Le rayon supérieur de l'armoire, où depuis de longues
années reposait soigneusement plié, le vieil uniforme de
l'aïeul, le rayon des glorieuses reliques était vide !

— Oh! pourvu que grand-père ne voie pas cette disparition! songea-t-elle. Cela le tuerait!... mais il ne saura
rien... Cela ne sera pas !

Et elle s'élança au-dehors, parcourant les rues au
hasard.

Bientôt une rumeur de folle gaîté parvenait jusqu'à elle,
grandissante et rapprochée.

Puis, c'était le spectacle de cette joie populaire, douloureuse et révoltante pour elle, la fille de Hans Kessler.

Par une rue opposée, le cortège débouchait sur la place,
escorté d'une troupe de gamins et de badauds en grande
liesse.

Au milieu de sempiternels pierrots, coudoyant d'invraisemblables Chinois, et de soi-disant Kroumirs, s'agitait un personnage inédit, plein de brio, constituant le

clou, le *great attraction* de ce divertissement grotesque.

C'était un grand gaillard, revêtu d'un costume imposant et digne d'une autre scène :

Culotte collante de peau blanche, grand habit aux longues basques pointues, buffleteries blanches, s'étalant en croix de Saint-André sur la poitrine, monumental bonnet à poil surmontant le front ; c'était enfin l'uniforme complet des vieux braves de la garde impériale.

La fillette avait aussitôt reconnu, avec une stupéfaction indignée, l'injurieux travestissement, qui lui apparaissait comme la plus flagrante profanation. Ce glorieux uniforme, emblème d'une bravoure légendaire, porté jadis de victoire en victoire à travers l'Europe, était déshonoré, profané dans la grotesque parade carnavalesque ; et cela, à la plus grande joie d'un groupe de fonctionnaires et de soldats prussiens, qui, se tenant en vedette, applaudissaient, ironiques et satisfaits.

Et à mesure qu'elle approchait, elle se rendait compte des motifs de la gaîté frénétique qui agitait la foule.

L'altière coiffure à poil, si crânement portée jadis par l'aïeul, ainsi qu'un pavillon victorieux, s'agitait, oscillait, maintenant comme un bonnet de Folie ; des grelots y étaient attachés çà et là, qui, malgré leur tintement dérisoire, apparaissaient à Nelly comme de grosses larmes désolées.

Des camarades facétieux avaient cru très ingénieux d'allonger encore les longues basques de l'habit, en y attachant des saucisses qui traînaient jusqu'à terre et regimbaient à tous les mouvements, à toutes les virevoltes du pseudo-vétéran. Et celui-ci, armé d'un gigantesque sabre de bois, exécutait des moulinets, des parades et des ripostes, simulant une défense énergique contre un cercle d'ennemis représentés par une demi-douzaine de roquets qu'il remorquait à ses chausses.

Pour la vaillante fillette, quel contraste entre la gloire

passée et cette parodie lamentable exécutée sur la terre d'exil, et sous les yeux mêmes de l'ennemi! Violemment atteinte dans son amour filial et civique, elle se précipita au-devant de son frère, résolue et indignée.

Mais elle avait à franchir les rangs houleux des spectateurs, à dominer cette foule inconsciente et légère qu'elle allait rappeler au respect de son deuil patriotique. Elle avait à passer devant les agents de l'autorité allemande, et sous leurs yeux, elle allait évoquer le souvenir non effacé de la patrie.

Et elle n'était qu'une enfant... Peut-être allait-elle se faire arrêter, jeter en prison... Qu'importe!... Le péril même l'aidant à surmonter sa timidité naturelle, le danger ne donnait que plus d'énergie à sa résolution en l'entraînant. C'était pour la France!

Intrépide, elle marcha droit au but, écartant la foule distraite qui, sans la voir, lui faisait obstacle.

Elle parvint jusqu'au fameux personnage, objet de tous les regards. Brusquement la rumeur s'apaisa, s'éteignit, et ce fut au milieu du silence et de la stupéfaction générale qu'elle s'écria :

— Quoi! c'est toi, Charles Kessler, fils de Pierre et de Marthe Kessler, morts pour la France; toi, le petit-fils du vieux brave Hans Kessler, c'est toi qui traîne dans une grossière mascarade, dans une singerie impie, cet uniforme qui est un emblème de gloire, une gloire qui est à nous? Quoi! n'as-tu pas honte? ou plutôt n'as-tu pas conscience de ta folie?

Malgré le masque bête et impassible dans son rire figé, qui couvrait sa face, on devinait le jeune homme confus et mortifié comme un buveur subitement dégrisé. Il se taisait, alors que déjà circulait de toutes parts un murmure approbateur en faveur de Nelly.

Aux Allemands qui se rapprochaient avec des rires et

des mots d'insolence, elle jetait ce cri de protestation et de colère :

— Oui! ceux-là étaient de vrais braves, de vrais et glorieux conquérants! Devant l'histoire, ils sont l'orgueil du siècle, comme de lâches et féroces conquérants de nos jours en sont la honte!...

— Vive la France! s'exclamait-elle ensuite toute vibrante et transfigurée.

— Vive la France! s'écriait Charles Kessler à son tour.

Et le même cri s'élevait de toutes parts. L'exemple d'une enfant avait suffi pour électriser tous les cœurs, pour réveiller le culte vaguement somnolent de la patrie.

Un instant les agents prussiens avaient appréhendé quelque émeute dangereuse pour leur faiblesse numérique; mais tout en se promettant de dénoncer les séditieux, ils les voyaient avec satisfaction reprendre le chemin de leurs demeures respectives.

Le carnaval était oublié, le cortège dissous, tous se retiraient corrects et dignes, l'âme relevée par les paroles de la petite-fille du vétéran.

Et celle-ci en quittant son frère qui allait se dévêtir chez un camarade, lui soufflait à l'oreille ce conseil, cet espoir :

— Il t'est facile de réparer, si tu le veux, Charles... Et tu le voudras!

III

Un instant après, le frère et la sœur se retrouvaient seuls dans un recoin de leur maison.

Il eut voulu pleurer, s'alléger des sanglots qui l'étouffaient, mais il se contraignait, subitement transformé, voulant faire preuve maintenant de caractère et de virilité.

— Je suis un misérable, gémissait-il; je le sens, et tu as bien fait, petite sœur, de venir me le crier! Tes paroles ont été une étincelle pour enflammer le patriotisme qui sommeillait au fond de mon cœur, j'étais endormi, tu m'as réveillé. C'est une véritable révolution qui s'opère en moi, au nom de la patrie!

— Je t'ai dit aussi : « Tu peux réparer... »

— Et je le veux!... Je vais m'y préparer, j'ai déjà trop tardé. Le plus tôt possible je partirai pour reconquérir ma qualité de Français. Je veux qu'un jour tu reconnaisses rachetée ma faute d'aujourd'hui; je veux qu'un jour tu sois fière de moi. Puissé-je aussi donner cette joie à grand-père avant qu'il ne meure!... Mais tu me promets que, du moins, il ne saura pas ce qui vient de se passer? De près ou de loin je tremble d'être maudit!

— Oui, je te promets qu'il ne le saura pas. La consigne sera donnée aux quelques personnes qui l'approchent. D'ailleurs qui oserait le lui dire?

Quelques jours après, béni par l'aïeul, encouragé par sa sœur, Charles passait secrètement la frontière, et venait en France, pour s'engager dans la légion étrangère, le seul corps de notre armée accessible aux Alsaciens et aux étrangers.

Mais bientôt le vieux brave était poursuivi par l'autorité allemande, impitoyable à son grand âge. Rendu responsable de la désertion de son petit-fils, il était jeté en prison où il succombait au bout d'un mois, heureux, disait-il, de ce bonheur inespéré à son âge, de mourir pour la France.

Pendant ce temps Nelly, restée seule, voyait la vieille maison confisquée pour payer les amendes encourues. Puis ses derniers soins et ses derniers devoirs accomplis, la vaillante enfant, si sincèrement Française, passait à son tour la frontière pour rentrer au pays de France, réalisant ainsi son rêve le plus cher.

20

Recueillie d'abord par une famille d'Alsaciens fixés à Paris, honorée pour son précoce héroïsme, Nelly, au bout de quelques années, se retrouvait réunie à son frère Charles Kessler, un brave et brillant officier, décoré pour faits d'armes au Tonkin...

Charles a noblement, bravement racheté sa légèreté d'un jour, et sa sœur, la petite fille du vétéran, est fière de lui.

LES DEUX NOËLS

JOURNAL D'UNE PETITE FILLE

Veille de Noël 1869.

JE vois bien maintenant que ceux qui disent qu'on n'est pas toujours heureux en ce monde ont raison ; jusqu'à présent j'avais cru que c'étaient des méchants ou des grincheux qui disaient cela.

Et pourtant il me semble que ce serait bien facile d'être toujours contents. Nous étions si joyeux hier : pourquoi grand-papa, si bon, quoique vif comme la poudre, a-t-il tout gâté?. Qu'est-ce que ça peut lui faire que ce cher Lüdwig, mon futur grand frère soit Allemand, puisqu'il aime bien ma sœur Laure, et que ma sœur Laure l'aime bien? Pourquoi les Français doivent-ils détester les Allemands?... Monsieur le vicaire dit que nous sommes tous frères... Pourquoi?... pourquoi?.....

Je n'arriverai pas à comprendre et à me répondre, bien sûr... Et je suis dépitée... Et j'ai le cœur gros... Et tout le monde est triste ici.

Méchant grand-papa ! S'il avait voulu embrasser Lüdwig, l'appeler son petit-fils, nous serions si contents, si contents !

Comme il m'a fait peur, quand il criait, tout rouge, les yeux brillants comme du feu :

— Elever des enfants pour les donner aux Allemands! Il
n'y a plus de sang français! Les rejetons du vieux colonel
Brülfert ont du sang de grenouille dans les veines... pas
un seul grain de salpêtre... En quel temps vivons-nous?

Et de gros jurons que je n'oserais pas écrire!

Pourquoi avons-nous connu Lüdwig, si bon, si gentil,
si aimable?

Allons, bon, encore des pourquoi!

C'est la musique qui en est cause. Il est si bon musicien, Lüdwig; il adore Wagner; papa et Laure, l'adorent
aussi. Papa l'a rencontré dans plusieurs soirées, l'a
invité...; il a donné des conseils à Laure, puis des leçons...
Je voyais bien, moi, qu'il avait de l'amitié pour elle. Un
jour il a dit à papa qu'il allait partir, qu'il ne reviendrait
que si on l'y invitait... Et il est parti, en effet, seulement
tout le monde, sauf Laure, voulait qu'il revint. Mais
Laure, au fond, ne demandait pas mieux. Alors, papa lui
a écrit de revenir: ils arrivent ce soir, veille de Noël, son
père et lui. Ce serait une soirée de fiançailles. Comme
c'eût été gentil! Et grand-père qui brouille tout! On ne
l'avait pas prévenu, grand-père; on savait bien qu'il
n'aime pas les Allemands. Il a fallu lui dire... Que
va-t-on faire?

Laure vient de traverser la salle d'études, je n'ai pas
osé lui parler, elle pleurait. Comme nous sommes malheureux!

Bon! grand-père qui se fâche encore; dans le salon sa
voix retentit.

— Malheur à moi, j'ai trop vécu! Les vieilles gloires se
perdent dans la honte.

Et le voilà qui commence à raconter le vieil épisode que
nous savons par cœur, mais qu'on lui laisse toujours
redire sans l'interrompre, car ça lui fait tant plaisir.

« C'était à Iéna, l'Empereur demanda au moment de la
» bataille:

— Les trois Brülfert sont avec nous ?

— Oui, sire.

— Très bien ! si nous avons les trois Brülfert nous aurons la victoire. »

Papa lui glisse bien doucement :

— Pardon, cher père : vous parlez de plus d'un demi-siècle ; en remontant ainsi, toutes les nations européennes seraient nos ennemies.

— L'Allemagne l'est et le sera ! l'Allemagne nous guette... Vous êtes de la race actuelle, de ces aveugles volontaires qui ferment les yeux pour ne point voir. Quant à moi, je proteste contre ces accommodements de chiens et chats, qui font de ma petite-fille la *fiancée de l'ennemi*... Je m'en vais, je n'en serai pas témoin.

Il est arrivé jusqu'en la salle d'études, frappant le parquet de sa canne : Laure l'a suivi, s'est jetée à son cou, en sanglotant.

— Bon papa, restez, je vous en supplie..... nous sommes d'une nouvelle génération, non responsable ; restez, bénissez-nous.

Comme grand-père me gâte, et que j'étais désolée du chagrin de Laure, j'ai eu l'audace de m'en mêler :

— Bon papa, nous aimons tant Lüdwig !

— Elle aussi, ma petite Paulette ! a-t-il fait d'un ton lugubre. Les cœurs n'ont pas de patrie. Cœurs dégénérés, tous ! Puissé-je mourir avant que mon nom ne soit atteint de cette tache !

Il nous a échappé... il est allé s'enfermer chez lui... Lüdwig et son père vont venir ; qu'allons-nous faire ?

Ah ! oui, comme on est malheureux, parfois, dans la vie !

Jour de Noël 1869.

Eh bien ! non, tout peut s'arranger, tout s'est arrangé à peu près.

Oh ! la belle soirée de Noël.

Maman a intercédé ; papa ne demandait qu'à trouver un moyen de tout concilier : à eux deux ils l'ont trouvé.

Laure et Lüdwig seront fiancés, mais on mettra en avant des prétextes d'affaires à régler, de propriétés à vendre, et on fixera le mariage à six ou sept mois, en juillet 1870, par exemple, avant de partir pour les eaux. D'ici là, on causera doucement avec grand-père, on l'habituera à ce projet ; peut-être obtiendra-t-on de Lüdwig qu'il se fasse naturaliser Français...

Oui, c'est cela ; tout ira bien.

Accompagné de son père, Lüdwig est arrivé ; il avait l'air si heureux ! Comme il m'a embrassée !

Un moment il a paru tout triste de l'absence de grand-père. Je crois qu'il a deviné que grand-père ne l'aime pas. Mais on lui a raconté bien vite que le grand âge de Monsieur Brülfert le force à mille précautions, qu'il était fatigué et a dû se coucher de bonne heure ; alors, il a bien vite repris sa gaîté.

Et la veillée s'est délicieusement passée pour tous, surtout pour les fiancés.

Fiancés ! Le joli mot ! Et, c'est le vrai titre pour eux, maintenant, titre consacré par les deux familles : tous leurs rêves d'avenir sanctionnés, comme leur a dit maman, les larmes aux yeux.

Je les regardais, causant à part, pendant que les parents parlaient d'argent, de titres, de maisons ; ils se regardaient dans les yeux, et elle avait l'air de trouver que la voix de Lüdwig était une bien jolie musique.

Je craignais d'être oubliée... et c'était la veille de Noël, le passage du petit Jésus. Quoique je sois une grande fille, je fais toujours semblant de croire au passage du petit Jésus ; c'est si amusant, cette gentille supercherie des bons parents. Et l'on me gâte tant, qu'on fait semblant de

croire à mon ignorance, et que le tapis, devant ma cheminée, disparaît sous les cadeaux... *du bon petit Jésus.*

Oui, je craignais d'être oubliée; mais les bons cœurs
n'oublient pas; ma chère Laure, si heureuse, voulait que
je sois heureuse aussi.

Elle m'envoya coucher, souriante, l'air malin, me
disant de faire de beaux rêves.

Je n'eus garde de m'endormir : me pinçant, me racon-
tant des histoires à moi-même, j'atteignis minuit.

Et doucement, la porte de ma chambre s'ouvrit, et à
travers la mousseline de mes rideaux, je vis arriver les
fiancés, les bras chargés de superbes choses.

Après avoir bourré de bonbons et de fruits glacés mes
pantoufles, ils étalèrent à côté, le gros Baby tant désiré, le
ménage, le nécessaire à ustensiles d'argent, les beaux
livres dorés sur tranche.

— Va-t-elle être heureuse, au réveil, la petite chérie,
murmura Laure. Vous l'avez comblée, Lüdwig; la chère
gâtée pourra remercier l'ange de Noël.

— L'ange de Noël, c'est vous, ma chère Laure, répondit
Lüdwig. Noël est un beau jour pour les rêves enfantins.
Il me garde de doux souvenirs dans le passé. Mais le plus
beau Noël de ma vie, mes rêves comblés !... Vous devinez?
Noël est un beau jour !

Ils s'en allèrent, bien doucement, répétant ensemble :

— Noël est un beau jour !

Et moi heureuse, ravie, comblée aussi, faisant appel à
toute ma raison, déjà très réelle, pour ne pas courir à la
cheminée, je me suis endormie, répétant aussi :

— Oui, Noël est un beau jour, un bien beau jour.

Je ne l'oublierai jamais le gai Noël de l'année 1869.

Veille de Noël 1870.

J'oublierai moins facilement encore le sinistre Noël de 1870.

Les anniversaires se suivent sans se ressembler.

Je ne suis plus la petite fille de l'année dernière, j'ai vieilli en quelques mois. Il me semble que je sens et que je pense comme doivent penser et sentir les grandes jeunes filles.

C'est encore la traditionnelle soirée de Noël. Mais dans les foyers français, pour tous les cœurs en deuil, pleurant des amis ou des proches, pleurant sur la patrie blessée, pour tous, c'est le Noël des vaincus, un lugubre jour des Morts.

Grand-papa est mort d'une attaque de colère impuissante en voyant la frontière franchie, la France vaincue; papa est à l'armée de la Loire, blessé, peut-être; nous sommes sans nouvelles; maman et moi nous faisons de la charpie, nous allons parfois à l'ambulance; Laure est religieuse!

Pauvre Laure! elle dit qu'elle est veuve, quoiqu'elle n'ait jamais été mariée! Elle prétend qu'elle n'aime plus Lüdwig, qu'elle n'aime que la France et le bon Dieu.

Nous ne savons pas ce qu'est devenu Lüdwig, le grand frère si bon, si affectueux.

Ils ont été heureux quelques mois, après le beau Noël des fiançailles! grand-père grondait toujours, mais on espérait le vaincre.

Puis, de vagues rumeurs... des difficultés diplomatiques... papa commençant à être du parti de son père... Lüdwig partant, très fier, parlant de sa patrie, à lui, ne nous disant pas au revoir, n'embrassant personne, pas même moi.

Et grand-papa disant alors que la conduite de Lüdwig

le raccommodait avec lui, que c'était un *brave homme d'ennemi*.

Tout était fini ; on ne songeait plus, Laure surtout, qu'à la patrie envahie ; elle s'accusait, comme d'une faute, de son affection pour un Allemand, ce n'était plus qu'une patriote, ayant hérité, comme dirait avec fierté notre pauvre aïeul, de l'âme des vieux Brülfert.

Elle a sollicité l'habit des sœurs hospitalières du village ; elle a voulu, comme elles, soigner les blessés ; on l'a laissé faire. Elle dit qu'après la guerre elle prononcera ses vœux.

Ce soir on se bat. J'entends des coups de fusil tout proche : on y est habitué et l'on n'y prend plus garde ; maman n'a pas voulu quitter notre villa, afin que papa sût où nous retrouver toujours. Le rez-de-chaussée est converti en ambulance, ce qui nous protège et nous permet de faire un peu de bien. Puisque nous ne pouvons pas combattre, il faut soigner ceux qui ont combattu pour la France.

Nous recevons aussi les Allemands ; puisqu'ils souffrent, ce ne sont plus des ennemis.

Notre jardinier qui s'est hasardé au-dehors, vient de me dire qu'un général français a été surpris et tué ; ses hommes se sont bien défendus, et ont blessé ou tué plusieurs ennemis. Il parait que les Allemands s'étaient blottis dans des caves ; c'est lâche ; un d'eux le leur a dit. Celui-là ressemblait à M. Lüdwig, m'a dit le jardinier, et a été criblé de coups de sabre.

Pauvre Lüdwig ! pauvre Laure ! pauvre France ! Oh ! que nous sommes à plaindre, tous ! Jamais je n'ai été si désolée. Je voudrais pleurer tout haut.

Non, c'est lâche de pleurer. Je vais à l'ambulance. On va y apporter de nouveaux blessés ; les bonnes sœurs disent que je les seconde bien, que moi aussi, une petite fille, je viens en aide à la patrie.

Jour de Noël 1870.

Tout est fini. Il est mort! Laure est bien réellement veuve. Pourrai-je raconter cela. Je le veux pourtant.

Que c'est atroce, la guerre !

Comme j'entrais à l'ambulance, on apportait un blessé, un Allemand... Je l'ai tout de suite reconnu. Mon pauvre grand frère, blessé, mourant !

Il a dit, dans son délire, qu'il s'était fait envoyer de ce côté, afin de nous protéger.

Vite, j'ai couru au docteur, le suppliant de tout laisser pour ce blessé là. Il s'est fâché, il voulait soigner les nôtres d'abord. A quoi bon, d'ailleurs, puisqu'il était blessé mortellement ?

Je suis allée chercher une sœur, qui l'a pansé, lui a lavé le visage, m'a prescrit ce qu'il fallait lui donner à boire.

Un moment, soulagé, il m'a reconnue.

— Paulette, ma petite Paulette, a-t-il murmuré; ma chère petite sœur !

Puis, le délire est venu ; il appelait sa fiancée, il croyait être encore au Noël des fiançailles, il énumérait les présents apportés pour moi; tout à coup, il s'imaginait être dans la mêlée, il se refusait à tuer des Français... il voulait revoir Laure et les siens, les protéger...

C'était navrant, pourtant je tenais bon, je ne pleurais pas; doucement je lui parlais, humectant ses lèvres sèches.

Mais il me montra sa main, sa seule main valide, où brillait encore l'anneau des fiançailles, et il dit : « Bénie « soit la mort, puisqu'une frontière de sang nous sépare. » Alors, alors, je l'avoue, j'ai sangloté.

Peu à peu, il s'est calmé, mais il parlait toujours, quoique très bas, d'une voix d'enfant :

— Noël est un beau jour pour les rêves enfantins...

L'ange de Noël passe... Oh! je vois près de moi deux anges de Noël! Laure! Paulette!... Que m'apportent-elles? Je suis un petit enfant... Je veux comme Paulette, mettre mon soulier sous la cheminée... L'Ange de Noël m'apportera un souvenir.

Il essayait de se lever; la sœur lui avait défendu de bouger; il pouvait en mourir de suite. Je l'arrêtai de toutes mes forces.

— Si vous ne remuez pas, lui dis-je; si vous êtes sage et si vous dormez, l'Ange viendra, je vous le promets.

— Je serai sage, fit-il d'une voix faible; je vais dormir. Que m'apportera l'Ange?

A tout hasard je promis :

— Une lettre de Laure.

Il eut un doux sourire, un sourire comme ceux d'autrefois.

Qu'allais-je faire?... Laure refuserait d'écrire, de venir, c'était sûr.

J'écrivis moi-même, mon écriture ressemblant à celle de ma sœur; et puis, dans la fièvre,... à la clarté des veilleuses.....

Je rendais ainsi au bon frère qui m'avait comblée, les joies dont je lui étais redevable.

Quand il se réveilla, je m'approchai avec sa grande botte, d'où émergeait un feuillet à demi roulé.

Il lut, rayonnant de joie, ces quelques mots, pure vérité, où Laure lui disait qu'elle serait sa veuve toujours, et se consacrerait à Dieu.

Il me prit la main, la baisa.

— Mon petit ange de Noël !

Et ce matin, quand le docteur m'eût appris que le blessé allait mourir, pendant qu'un prêtre était auprès de lui j'allai chercher Laure, lui disant simplement qu'un moribond voulait lui faire ses adieux.

Sans doute elle devina, car elle ne me demanda rien, devint très pâle, et me suivit sans hésiter.

Lüdwig la reconnut, lui tendit la main ; elle lui donna la sienne. Au même instant, le prêtre le bénissait une dernière fois. Il me sembla que c'était leur mariage qu'il consacrait.

Le pauvre frère resta ainsi, nous regardant l'une après l'autre, pendant une ou deux minutes... Je ne sais pas... Puis, il murmura : Au revoir ! là-haut !

Il était mort !

Laure lui ferma les yeux ; ensuite, elle me reçut dans ses bras et nous pleurâmes toutes deux.

Comme nous voulions monter dans notre chambre, et y pleurer en liberté, une sœur arriva, affairée.

— De nouveaux blessés !... Il faut trouver de la place, des matelas, de la paille au moins, nous dit-elle. Petite Paulette elle-même va nous être bien utile.

Refoulant notre chagrin, nous sommes restées à notre poste, faisant tout ce qui était possible. Comme elle était vaillante et triste, ma sœur, ma sublime Laure, une vraie Française ! J'ai tâché de la seconder de mon mieux.

Ah ! voilà donc les souvenirs qu'il nous faudra conserver de ce jour de Noël !

Eh bien ! il s'y mêlera un souvenir consolant : nous avons fait notre devoir, même moi, la *petite* Paulette, comme m'appelle ironiquement la bonne religieuse. Nous aussi, le chagrin dans le cœur, malheureuses, désolées, nous avons lutté, nous avons travaillé, nous avons souffert. . . . .

— Pour la France !

FIN.

TABLE

—

PREMIÈRE PARTIE

MIRAGE PARISIEN

DEUXIÈME PARTIE

PARIS, TERRE PROMISE

317

TROISIÈME PARTIE

LA FIN D'UN RÊVE

CONCLUSION

Appendice

FIN DE LA TABLE

LIMOGES. — Imp. E. ARDANT & C